LES YEUX BAISSÉS

Du même auteur

Harrounda
roman Denoël, coll. « Les lettres nouvelles », 1973
coll. « Relire », 1977, coll. « Médianes », 1982
La Réclusion solitaire
roman, Denoël, coll. « Les lettres nouvelles », 1973
Seuil, coll. « Points Roman », 1981
Les amandiers sont morts de leurs blessures
poèmes et nouvelles suivis de
Cicatrices du soleil *et de* Le Discours du chameau
Maspero, coll. « L'Amitié franco-arabe », 1976
Seuil, coll. « Points Roman », 1985
La Mémoire future
Anthologie de la nouvelle poésie du Maroc
Maspero, coll. « Voix », 1976 (épuisé)
La Plus Haute des solitudes
Seuil, coll. « Combats », 1977, coll. « Points Actuels », 1979
Moha le fou, Moha le sage
roman, Seuil, 1978, prix des Bibliothécaires de France
et de Radio Monte-Carlo, 1979
coll. « Points Roman », 1980
A l'insu du souvenir
poèmes, Maspero, coll. « Voix », 1980
La Prière de l'absent
roman, Seuil, 1981
coll. « Points Roman », 1982
L'Écrivain public
récit, Seuil, 1983
coll. « Points Roman », 1990
Hospitalité française
Seuil, coll. « L'histoire immédiate », 1984
coll. « Points Actuels », 1985
La Fiancée de l'eau
théâtre, suivi de
Entretiens avec M. Saïd Hammadi, ouvrier algérien
Actes Sud, 1984
L'Enfant de sable
roman, Seuil, 1985
coll. « Points Roman », 1988
La Nuit sacrée
prix Goncourt, 1987
Seuil, coll. « Points Roman », 1989
L'Enfant de sable *et* La Nuit sacrée
un seul volume relié, 1987
Jour de silence à Tanger
récit, 1990

TAHAR BEN JELLOUN

LES YEUX
BAISSÉS

roman

ÉDITIONS DU SEUIL
27, rue Jacob, Paris VIe

IL A ÉTÉ TIRÉ DE CET OUVRAGE
VINGT-CINQ EXEMPLAIRES
SUR PAPIER VERGÉ INGRES DE LANA
DONT VINGT NUMÉROTÉS DE 1 À 20
ET CINQ HORS COMMERCE
NUMÉROTÉS DE H.C. I À H.C. V
LE TOUT CONSTITUANT
L'ÉDITION ORIGINALE.

ISBN 2-02-012643-5 (éd. brochée).
ISBN 2-02-012943-4 (éd. Luxe).

© ÉDITIONS DU SEUIL, JANVIER 1991.

Pour la petite bergère de M'Zouda.

Prologue

L'histoire du trésor caché dans la montagne par l'arrière-grand-père il y a plus de cent ans est vraie. De toutes les petites filles de la tribu, ce fut elle que le doigt tendu du vieux désigna. Personne ne sut pourquoi. Elle était comme toutes les autres filles de son âge, ni trop sage ni trop turbulente, mais elle avait des yeux immenses habités par une lumière douce et changeante. « Avec ces grands yeux, lui avait dit le grand-père, tu verras des choses qui ne te plairont pas, des choses que ton âme rejettera, mais tu auras la sagesse et la volonté de ne rien dire, de laisser les hommes cultiver le malheur, le mensonge et la traîtrise ; tu laisseras la terre les engloutir et tu seras la seule à savoir pourquoi les hommes creusent eux-mêmes leur tombe. Tu verras aussi des choses merveilleuses : des prairies où chaque arbre sera un miroir tourné vers le soleil, donnant de la lumière, des fleurs et des fruits. Tu verras le jour se lever d'abord dans tes yeux, se propager ensuite dans les montagnes et les rivières. Tes yeux seront le lieu où chaque nuit que tu auras traversée laissera un morceau de tes rêves, où une histoire versera dans une autre histoire, où la lumière du matin déposera l'alphabet du secret. *Ce n'est pas un privilège, mais c'est ainsi. Ma conscience et le destin t'ont choisie. Ma main s'est dirigée vers ton regard et j'ai aperçu au loin un éclair comme un éclat de rire, comme une foudre bienfaisante qui descendait du ciel et approuvait mon geste. Tu vivras longtemps et tu auras l'avantage de voir venir la mort non par la maladie et ses souffrances, mais par les premiers mots du secret qui viendront s'assembler sur la langue, tu pourras les prononcer sans rien craindre car ils ne sont pas le secret mais son enveloppe, ce qui le maintient au cœur de ton âme. Tel un oignon il a plusieurs pelures, qui lentement tombent. Quand tu arriveras à l'essentiel, tu prononceras la phrase qui t'a faite; les mots tomberont comme des braises dans un tas de cendres recueilli par deux mains ouvertes; ils renaîtront par le souffle de la femme enceinte, et le secret sera transmis en même temps que tu rendras l'âme. C'est ainsi. Ton âge sera déterminé par la volonté du silence.*

» A présent pose tes yeux dans mes mains; pose tes mains sur ma poitrine; regarde cette cendre émaillée de braises rouges; le secret est là; comme tu le vois, il est question de trésor que d'autres mains ont enterré sous le quarantième olivier à l'est de la tombe du saint de notre tribu; ce trésor doit revenir à la petite-fille de la petite-fille de notre aïeul.

» Toutes ces pierres sont posées sur une motte de terre très brune, la substance même de notre vie, la terre de notre terre, le sable noir de nos passions, le lit profond dans lequel reposent nos ancêtres, cette terre est habitée par l'esprit de nos parents et des parents de nos parents; elle est cendrée; si une main étrangère la touche, elle

10

devient braise et brûle les doigts intrus. Seule ta main a le pouvoir de traverser cette dernière barrière avant d'atteindre l'écran fin tissé par l'araignée des profondeurs, de l'ouvrir, sans le déchirer, et de poser la paume de la main sur le tissu blanc brodé par les sept femmes centenaires de notre tribu et de tirer sur la ficelle en or qui dénouera le sac contenant quelques merveilles de ce monde. »

Après un moment de silence où le vieil homme resta pensif, il prit les mains de la petite fille dans les siennes, posa la tête sur le haut de l'oreiller et transmit ses dernières paroles avec la lenteur de celui qui s'en va dans la douceur du crépuscule. « Il est des trésors cachés dans des îles. Le nôtre est dans la montagne. Nous sommes des gens de la terre et nous tournons le dos à la mer. Je ne sais pas ce qu'est une île. Qu'importe ! J'ai appris la terre comme on apprend à lire et à écrire... ; et je ne sais pas grand-chose. Tu sais à présent, non seulement que nous avons un trésor, mais aussi le lieu où il est enterré. Tu te marieras la deuxième année de ta puberté. Tu auras d'abord un fils, puis deux filles. Tu auras beaucoup de petits-enfants ; parmi eux se trouvera celle dont la main heureuse ira déterrer le trésor. Tu la reconnaîtras. La mort te laissera le temps de lui transmettre le secret. Tu connaîtras enfin la sérénité de la nuit éternelle. »

Le grand-père mourut peu après, en tenant les mains de sa petite-fille âgée de dix ans à peine. Elle pensait que la mort était une interruption de la lumière, elle s'endormit une partie de la nuit dans les bras du mort et lorsqu'on découvrit le vieil homme, froid et livide, on crut un instant que la petite, elle aussi, avait été empor-

11

tée par la mort. Elle se leva en sursaut et se jeta sur le grand-père, pleurant, s'agrippant à sa gandoura et lui demandant de se réveiller. En fixant son visage éteint, elle se rendit compte qu'il n'y avait plus rien à faire ; elle recula, essuya ses larmes, les mains repliées sur la poitrine comme si elles retenaient un objet précieux. Ce fut à ce moment qu'elle devint la nouvelle dépositaire du secret, la gardienne des mots et des chemins, la protectrice de cet héritage jamais nommé, parole donnée et gardée intacte, rapportée et transmise dans le silence de la confession.

Aujourd'hui, la dépositaire du secret est une grand-mère. Elle attend le retour de sa petite-fille qui, seule, possède la clé du trésor. Mais le sait-elle elle-même ?

1

L'horizon n'est pas bien loin ; avec les nuages il se rapproche, vient jusqu'à notre village. Quand il fait beau, il s'éloigne, va ailleurs. Il m'arrive de tendre le bras et d'avoir l'impression de le toucher. C'est une ligne brisée faite de buissons ramassés et de collines nues. Comme les chèvres que je garde, moi aussi je grimpe à un arbre, je me cale, assise sur une branche principale et j'essaie de voir s'il y a quelque chose derrière cette ligne mouvante : des arbres puis des collines sur lesquels plane une légère couche de brume comme un voile ou une moustiquaire. Sur l'arbre, j'oublie tout, le troupeau, le chien et le temps. Je peux passer toute une journée ainsi perchée sans m'ennuyer. Je fredonne un chant, je m'assoupis un peu ; le reste du temps, je rêve. En fait, je fabrique tout un monde à partir de figures qui m'apparaissent sur fond de ciel ou entre les branches de l'arbre : des animaux sauvages que je dresse, des hommes que j'aligne en haut d'une falaise, je les observe réduits à néant par la peur ; je ne fais que les épier ; je ne les pousse pas ; des oiseaux de proie dont j'adoucis les traits ; des nuages qui simulent la folie, des arbres qui se renversent, d'autres montent

13

au ciel ; de là, je convoque le visage ingrat de Slima. C'est ma tante. Elle ne m'aime pas ; je la déteste. Mon père m'a laissée chez elle en partant travailler à l'étranger. Il m'a promis de revenir me chercher. Je l'attends. C'est pour cela aussi que je monte dans les arbres. Je scrute l'horizon et la piste, espérant le voir arriver un jour. Ma mère est souvent chez ses parents. Ils habitent de l'autre côté de la colline. Elle est enceinte et ne peut pas s'occuper de moi. Lorsque ma tante se proposa de m'accueillir chez elle, je ne voulais pas la suivre. Je savais qu'elle allait me maltraiter. Donc, assise confortablement sur la branche maîtresse de l'arbre, je fais venir à moi, plus exactement sur l'écran du ciel que je vois entre les feuilles, la figure hideuse de Slima. Je décide qu'elle est laide. C'est de l'argile malléable. Je fais deux trous à la place des yeux et une grande déchirure horizontale à la place de la bouche. Le nez est coupé. Avec mes pieds, je donne des coups jusqu'à ce que tout se confonde et qu'on ne reconnaisse aucune forme humaine.

Pourquoi la laideur de l'âme s'échappe-t-elle du coffre intérieur et couvre-t-elle le visage ? La laideur physique ne me fait pas peur. C'est l'autre que je crains parce qu'elle est profonde, elle vient de tellement loin. Sur le visage, elle s'affiche et fait le malheur. Elle creuse son lit sur le corps et dans le temps. Tout est dans les yeux. Quand ils sont baignés d'une eau jaune, c'est qu'ils sont contaminés par la laideur de l'âme. Ma tante avait la haine dans les yeux. Ils étaient jaunes par moments, rouges quand elle se mettait en colère. Même petits, ses yeux envahissaient son visage. Ils étaient petits et profonds comme des trous

14

étroits par où passe la haine. C'est un liquide qui circule dans le corps. C'est à nous de le transformer, de lui donner un peu d'humanité. Moi je n'arrive pas à ne pas rendre la haine à ma tante. En fait, je rends la douleur à l'envoyeur. Je refuse de lui ouvrir la porte. Je ne suis pas dupe. Elle pense qu'une enfant est incapable de comprendre ce qui se passe autour d'elle. Moi, non seulement je comprenais tout, mais, en plus, je ne restais pas muette et passive. Ma première confrontation avec ma tante s'est passée de nuit. Je ne dormais pas. Je m'étais levée pour marcher dans la ferme. La lune était pleine ou presque. Il y avait de la lumière. Je marchai sans faire de bruit. En pénétrant dans l'étable, je me rendis compte que les vaches avaient le sommeil très léger. Elles s'étaient toutes levées, croyant que c'était l'heure de sortir. Je fus prise de panique. Ma tante, alertée par le bruit des bêtes, entra dans l'étable armée d'un bâton. Elle pensait avoir affaire à un voleur. Elle me frappa. Elle m'avait bien sûr reconnue, mais elle continuait à taper comme si j'étais un sac de foin. Je comptais les coups. Dix, vingt, peut-être trente. Mon corps était insensible. Chaque coup avait son poids de haine et de rancune. Je n'allais pas lui pardonner. Ni oublier. Bien au contraire. Je pensais déjà à l'avenir. Elle, vieille, impotente, moi, jeune et vive, je n'allais pas la frapper. Mais juste la regarder, l'observer, mesurer sa douleur et rire, sans bouger, sans rien faire, même pas rire, juste sourire. Seuls ses yeux essaieraient de lancer quelques dernières flammes pleines de cette haine qui l'habitait. Ne jamais rendre la haine par le mal, mais la rendre sans rien y ajouter, la redonner, la renvoyer à ce corps las,

15

plein et usé. Elle pourrait y faire des trous et moi j'assisterais sans réagir. Je pensais bien qu'il ne fallait pas emprunter le même chemin qu'elle. Elle disait que j'étais fille de démon. J'étais terrible, mais pas mauvaise. J'aimais ce village, ses collines, ses arbres, sa boue et ses habitants. C'était mon village. Je le portais en moi, même s'il ne ressemblait pas au village réel. Mais je n'avais pas prévu d'y faire vivre cette tante. Quand j'y pensais, je ne la voyais pas apparaître dans ses ruelles. Parfois, j'entendais sa voix, rauque, brutale. Une voix faite pour crier, pour hurler, insulter et dominer. Même les animaux avaient peur de sa voix. Elle devait les empêcher de ruminer ou de se laisser aller sur le foin. Ils la regardaient de biais comme s'ils n'osaient pas l'affronter. De temps en temps, elle risquait quelques gestes qui se voulaient des caresses. Les vaches la repoussaient, les brebis s'échappaient sous sa main. Tout le monde la repoussait. Même les pierres glissaient sur son passage. Les arbres ne bougeaient pas. Ils étaient témoins muets d'un drame qui se jouait quotidiennement. Les voisins ne se mêlaient pas de nos histoires. Parfois ils murmuraient quelques prières pour qu'entre eux et nous il n'y ait point de contact. Personne n'y tenait d'ailleurs. Moi j'aurais voulu avoir des amies, savoir que je n'étais pas seule et abandonnée, pouvoir être protégée, savoir que je pourrais me réfugier chez les uns ou les autres. Je n'avais même pas le droit de dire que j'étais sans famille, que mes parents étaient loin, de l'autre côté des mers, qu'entre eux et moi il y avait comme une montagne haute et infranchissable. J'attendais l'été avec impatience pour voir mon père. Ma mère le rejoignait. Ils venaient pas-

16

ser deux ou trois semaines au village. Ils étaient là pour se reposer et je n'avais ni le temps ni l'occasion de leur parler, de m'isoler avec eux et de leur raconter mon calvaire. Ma tante devenait gentille à l'approche de l'été. Elle m'achetait une robe, des sandales, me donnait à manger plus régulièrement, m'obligeait à avaler une graine qui fait grossir. Elle me disait : « Tiens, prends de la helba, ça te donnera un peu de force ! » En fait, ça me faisait enfler. Je changeais un peu de forme, mais, comme j'étais menue, les transformations même minimes se voyaient. Je ne voulais pas gâcher le séjour de mes parents. J'évitais de leur poser des problèmes.

Un été mon frère cadet tomba malade. Il devint pâle et vomissait tout ce qu'il mangeait. Mes parents décidèrent de le laisser au village. Ma tante était ravie. On lui offrait ainsi une autre victime. Eux ne soupçonnaient pas le malheur que cette femme préparait. Moi je savais. En même temps, je me disais qu'à nous deux nous arriverions peut-être à changer le cours du drame.

Ce fut rapide et fulgurant. Il perdit la parole, puis la voix. Il nous regardait avec ses grands yeux, effrayé. Il nous demandait ainsi de faire quelque chose, intervenir auprès de Dieu ou du saint du village pour faire cesser les douleurs au ventre et lui rendre la faculté de parler. Il y avait une sérénité surprenante sur son visage, c'était comme un sourire naturel et permanent. Ses yeux grandissaient pour accueillir toutes les larmes de l'enfance. Il ne pleurait pas, mais fixait le ciel comme s'il interrogeait quelque étoile sur l'origine de cette souffrance. Son estomac avait enflé. Il y avait posé ses petites mains. Les gens qui venaient le voir lui faisaient peur. Il devait les prendre pour des géants, des fantômes envahissants. Il détournait la tête pour ne pas les voir. Lorsque ma tante s'approcha de lui avec un bol de lait chaud, il la repoussa, renversant le bol sur ses mains. Elle hurla et bredouilla quelque méchanceté. Pour la première fois de ma vie, je vis un visage devenir vert. Pendant quelques secondes, j'entrevis la mort. Elle avait les traits de ma tante à la peau vert pâle. Cette même couleur envahit les joues puis le front de mon frère. Les yeux restaient ouverts. Il n'y avait plus rien dedans. Plus de larmes. Plus d'image. Ses mains crispées arrêtèrent définitivement la douleur. Lui était hissé sur un toit de feuillage. Son petit corps devenu transparent flottait parmi les nuages. Un oiseau, peut-être une colombe, survola la maison. Une bourrasque de vent chaud balaya la cour. Elle emporta le lit de paille après avoir tournoyé, comme si elle recherchait les affaires du petit. C'était cela le rire jaune du désert. Ce rire, quand il vient, c'est souvent pour laver une maison où la mort a bâclé son travail. Dans notre cas, elle fut du côté de l'injustice et de la démence. Elle était venue à la demande d'une sorcière. La mort n'a pas de pudeur ; elle s'unit aux brigands et au désordre. C'est une main de granit qui fouille dans les bottes de paille. Nous nous réfugiions souvent là, quand on apprenait la mort de quelqu'un dans le village. On se cachait parce qu'on avait peur qu'au passage elle fauche l'un de nous, comme ça, juste pour ne pas être seule, pour se faire accompagner d'un enfant qui lui montrerait le chemin du ciel, lui ouvrirait les portes magiques et invisibles. Car un enfant mort est

18

un ange qui va directement au paradis. On nous l'avait tellement dit et répété qu'on avait fini par y croire. Même devenu un ange du paradis, mon frère me manquait terriblement. Je ne pouvais pas accepter sa disparition soudaine et continuais à me raconter des histoires. J'étais obsédée par la couleur verte. Chaque fois que mon regard se posait sur ma tante, cette couleur envahissait son visage. En fait, je voyais les gens en couleurs, le vert étant réservé à ma tante ; j'ajoutais un peu de jaune pour les yeux et du bleu sur les lèvres, organisant à ma guise sa tête de sorcière minée par la jalousie et la haine. La volonté de venger mon frère et de rendre justice à ma famille donnait à mon imagination une puissance insoupçonnée. J'étais devenue plus forte et plus intelligente que cette femme douée pour le mal.

Notre village était loin de la ville. La mort ne pouvait venir que de Dieu. Un enfant malade mourait parce qu'il n'y avait pas de médecin et parce que les guérisseurs étaient tous des charlatans. La mort est la dernière parole du destin. Qui oserait en douter ? Mon frère avait été empoisonné. Je le savais. Je l'ai toujours su. Je ne pouvais pas le prouver. J'avais l'âge du deuil. Quant aux sanglots causés par l'absence, je n'avais pas le droit de les montrer en public. Je les gardais en moi, je les retenais longtemps et j'éclatais, loin de la maison, lorsque je me trouvais seule avec mon troupeau de vaches et de chèvres, je pleurais des heures, assise à l'ombre d'un arbre, jouant avec mon bâton de bergère. Cela me soulageait. Je m'assoupissais dans une belle tranquillité, surveillant les bêtes du coin de l'œil. Avant, mon frère me rejoignait, et nous faisions des

19

projets très doux pour l'avenir. Nous aimions parler à voix haute de nos rêves : quitter ce village, voir toute la famille réunie autour de notre père, acheter des bonbons par kilos et les distribuer aux autres enfants, porter des habits tout neufs, boire du Coca-Cola, mâcher du chewing-gum, monter dans une voiture, aller à la fête foraine, porter des chaussures... On faisait ainsi des listes de nos rêves. Lui était plus timide et n'osait pas tout me dire. Quand il me parlait de ce qu'il désirait avoir ou faire, il devenait grave comme s'il avait le pressentiment de sa mort. Sa voix changeait. Son regard se portait au loin puis se baissait, comme s'il ne voyait rien venir. C'était un enfant triste parce qu'il n'avait jamais compris pourquoi son père n'était pas là, avec nous. Tous ses rêves tournaient autour du père absent. Il disait : « Moi, mon rêve, c'est mon père. Où est Lafrance ? C'est loin ! Si je cours jusqu'à la colline là-bas, est-ce que je verrai Lafrance de mon père ? A force de penser à lui, j'ai oublié son visage. Toi, tu peux me dire comment est son visage ? L'autre jour, je l'ai dit à ma mère, elle s'est mise à pleurer. C'est vrai, parfois je le vois bien, il est tout près de moi, il suffit de tendre les bras pour le saisir. D'autres fois, tout est flou. Son visage ressemble à un nuage. S'il ne revient pas, je partirai le chercher. Je prendrai le car du vendredi et, à la ville, il y aura bien quelqu'un pour m'indiquer où se trouve Lafrance. Je me souviens très bien de son odeur. Ça sent le pétrole, la sueur et une épice que maman met dans le tajine. Tu connais son odeur, toi ?

– Oui, bien sûr, mais il n'y a pas de pétrole...

– Non, je veux dire que ça sent le pétrole du car quand il arrive au village. Il sent le voyage... »

Son regard se perdait un bon moment dans une rêverie, puis il murmurait : « Mon père est parti à cause de ma tante. Ils se sont disputés. Elle lui a fait honte. Je me souviens qu'elle a crié ; il a eu peur et quelques jours après il nous a quittés. »

– Non. Il ne nous a pas quittés. Il est allé à l'étranger travailler, comme le mari de ma tante. C'est pour nous qu'il est parti. C'est pour nous rapporter des cadeaux. Tu te souviens de la voiture à pile qui marchait toute seule et faisait peur à notre grand-mère ?

– Oui, mais il ne va pas revenir. Je le sais.

Un oiseau de nuit nous survola à cet instant précis et je sus qu'un drame allait survenir. C'était l'heure de rentrer les bêtes. Mon frère resta immobile à regarder l'horizon, pendant que je rassemblais les vaches d'un côté et les brebis de l'autre pour les diriger vers la ferme. J'étais nerveuse. Avec mon bâton, je fouettais l'air. Ça sifflait. C'était un signe du malheur.

Le soir, le dîner fut pénible. Ma mère ne mangeait pas. Elle n'avait pas faim. Sur son visage, il y avait l'expression d'une inquiétude muette. Superstitieuse comme toute la tribu, elle pressentait quelque chose de tragique. Ma tante fit une mauvaise plaisanterie, puis accusa ma mère d'être fainéante. Elle cherchait à la provoquer ; ma mère ne dit rien, se leva et murmura en sortant de la pièce quelque chose comme une prière du genre « Qu'Allah nous préserve du mal et que l'absent soit en bonne santé ». Elle pensait à mon père. C'était même une obsession. Elle supportait très mal d'en être séparée et, comme toutes les femmes d'émigré, elle craignait l'accident du travail ou l'agression dans la rue. Elle était loin de penser que le malheur

21

allait s'emparer de son fils. Le poison était pétri dans une boulette de viande hachée. En rentrant, il avait faim. Ma mère était encore dans les champs. Ce fut à ce moment que la tante lui fit avaler la boulette de la mort.

Après ce dîner macabre, mon frère eut envie de vomir, il avait peur de sortir seul. Je l'accompagnai ; mais il ne parvint pas à rendre ce qui l'encombrait. Nous restâmes tard la nuit dans la cour de la ferme. Tout le monde dormait. Nous contemplions le ciel étoilé, quand il me demanda de lui décrire le visage de notre père. Je fus surprise et considérai cela comme un jeu :

« Il est grand, il est beau, il est tendre et si gentil ; ses yeux sont pleins de douceur, ses mains épaisses sont comme un lit ; j'aime y laisser ma tête dormir et rêver ; mon père est l'homme le plus beau de la tribu, il est bon, incapable de faire du mal à qui que ce soit ; je ne l'ai jamais vu en colère ; je ne l'ai jamais entendu crier ; il fait toutes ses prières et demande à Dieu de nous donner le meilleur des choses... »

Il m'interrompit, réclamant une description précise de son visage :

« Ses yeux sont noirs ; ses sourcils se rejoignent ; son nez est petit ; son menton est rond et ses joues bien pleines. Il a un front large barré par quelques rides. Ses cheveux sont drus et le lobe de ses oreilles est épais... Il paraît que c'est le signe de la bonté et de la richesse... »

Il dormait, les yeux entrouverts. Je mis ma main sur son front. Il avait une forte fièvre. J'essayai de le réveiller. Je n'y arrivai pas. Son sommeil était profond ; on aurait dit qu'il s'était évanoui. Je courus chercher ma mère. Nous le transportâmes à l'intérieur, et restâmes à ses côtés jusqu'au petit matin. Il se réveilla en sursaut, vomit d'un jet un liquide verdâtre mélangé à du sang. Au lever du jour, il était mort.

2

Toute la nuit, mes yeux restèrent fixés sur lui. Je le regardais perdre la vie ou plus exactement j'observais comment la vie s'échappait lentement de ce petit corps qui n'avait même pas eu le temps de tomber malade. Elle le quittait par bouffées saccadées. Elle avait une forme étrange : c'était de l'air qui sentait la moisissure. Les dernières bouffées étaient nauséabondes. Et moi, j'aspirais profondément cet air fétide pour retenir en moi la vie de ce frère dont l'innocence était pour moi comme une brûlure. Ma tête tournait : un mélange de migraine et de vertige manquait m'emporter loin de cette pièce où tous les objets devenaient haïssables parce que témoins impassibles d'une mort injuste. Je les regardais aussi, les fixant jusqu'au tremblement de mes paupières. C'était la pièce principale où on mangeait et où on dormait. Seule ma tante avait une chambre, pas très grande, mais assez confortable. Ce devait être le lieu secret où elle préparait les combinaisons et mélanges mortels. Elle s'enfermait là et ne permettait à personne d'en franchir le seuil, pas même (surtout pas) à ma mère. C'était la seule pièce de la ferme qui avait une porte en bois avec serrure et clé.

La nuit, à la lumière de la bougie, elle devait mettre ses plans au point. Des gens venaient la voir. Elle s'enfermait avec eux, et nous, nous n'avions pas le droit de lui poser des questions. Ce n'est que beaucoup plus tard que j'appris qu'elle était connue dans les villages voisins pour jeter des sorts et pour entretenir des relations suivies avec les démons.

Nous dormions sur des matelas remplis de paille et de foin. Ils étaient minces et épousaient la forme du sol. Au milieu de la pièce une table basse, à l'entrée une bouilloire, une grande théière, des verres sur un plateau. Sur le mur une image pâle de la Kaâba, un chapelet suspendu à un clou. On n'avait pas de montre. Pas besoin d'heure. Sur ce mur couleur de terre, je passais des nuits à projeter les images de mes rêves. Je donnais figure à toute forme naturelle ; je jouais avec elle. Mes rêves étaient ceux d'une bergère qui voulait envoyer aux abattoirs toutes les bêtes dont elle avait la charge ; je voulais m'en débarrasser pour pouvoir quitter ce lieu devenu maudit depuis le départ de mon père. Partir n'importe où, quitter cette ferme, échapper à la sorcière, aller en ville, entrer à l'école.

Notre village devait être une erreur. Loin de tout, il n'était accessible qu'à dos de mulet. Les hommes étaient tous partis soit en ville, soit à l'étranger. Il n'y avait que des femmes, des enfants et quelques vieillards. C'était un village que la vie effleurait à peine. Le temps y avait fait halte et les gens avaient cru que tout allait changer, que l'électricité allait faire son entrée dans cet amas de maisons vides et chancelantes. Nous n'avions ni électricité ni route ; quant à l'eau, cela dépendait des pluies. Alors, l'hôpital, l'école, le gaz butane, le papier, les crayons de couleur, c'était le bout du monde, l'autre côté de la nuit, l'inaccessible.

Il y avait une école coranique dans l'unique petite mosquée. Mais les filles n'y avaient pas droit. Mon frère y allait ; je l'accompagnais de temps en temps et restais à rôder autour comme une folle, recevant l'écho des versets récités par l'ensemble de la classe. Je les répétais maladroitement, sans rien comprendre. Je rageais, je piétinais le sol en maudissant l'école et le vieux fqih aveugle. Un jour, je mis la djellaba de mon frère, me couvris la tête avec le capuchon et me substituai à lui. Il était content de ne pas aller, ce jour-là, à l'école. Lui sortit les bêtes et, moi, je pris son ardoise et me faufilai avec les autres garçons, la tête baissée. Les enfants se mirent à rire. Le fqih imposa le silence, et avec un long bâton, sans se déplacer, chercha l'intruse. Il tâtonna un moment, puis le bout du bâton atteignit ma tête couverte ; d'un geste précis, il fit basculer le capuchon. J'étais comme nue. Les enfants crièrent. Le fqih me donna un coup sec sur la tête. Je poussai un cri et partis en courant. J'entendis le vieillard dire : « Aveugle, certes, mais pas bête... Les femelles, je les repère, elles sentent mauvais... Continuons... » Depuis ce jour, l'école devint mon rêve unique. Pas celle-là qui n'aimait pas les filles, mais l'autre, celle qui forme des ingénieurs, des professeurs, des pilotes...

Ainsi, j'avais dix ans et je ne savais ni lire ni écrire. Quand mon père nous envoyait une lettre, je tenais à l'ouvrir et je faisais semblant de la lire. J'inventais tout. Ma mère riait, mais restait inquiète. Elle attendait le retour du facteur ou l'arrivée de l'épicier ambulant qui savait à peine lire. Elle aimait bien ma lecture... Elle croyait que j'étais une surdouée et que j'avais appris à lire toute seule avec les vaches ou à la rigueur avec mon frère. Il avait du mal à déchiffrer l'écriture de mon père. Il peinait puis abandonnait en affirmant : « Il dit que tout va bien et qu'il va venir bientôt. »

Après, je prenais la lettre et disais, en épelant les mots comme quelqu'un qui découvrait pour la première fois l'alphabet :

> Au nom de Dieu le Miséricordieux [toutes les lettres commencent ainsi, je ne pouvais donc pas me tromper],
>
> Flins, dimanche, avril 19.., enfin cette année...
>
> Mes chers, mes très chers,
> Je pense à vous tous les jours. Je suis en bonne santé. Il ne me manque rien que le regard sur vos visages. Il fait froid. Je me couvre bien. Comment tu vas, toi mon épouse, et toi Driss et toi Fathma ? J'ai envoyé l'argent. J'ai donné à El Hadj un cadeau pour chacun. Il rentre bientôt. Qu'Allah vous protège du mauvais œil. Ici tout va bien. Tous les cousins vous saluent, Omar, Brahim, Mohamed, Kaddour. Saluez toute la famille...

Ma mère s'étonnait toujours de la brièveté de ces lettres. La tante se mettait chaque fois en colère parce que je ne la citais pas. Mon père ne pouvait pas oublier sa sœur, mais ma lecture m'appartenait et je disais ce que je voulais entendre ; elle m'arrachait la lettre des mains et hurlait : « Je ferai parler ce morceau de papier ; je saurai la vérité ; quant à toi, nièce indigne, je sais que tu ne sais pas lire, tu es une comédienne, tu te moques des personnes âgées, mais Dieu saura te remettre sur le droit chemin. Je te laisse à Dieu et à ses prophètes... Tu n'as de respect pour personne... »

Ma mère ne disait rien. Elle évitait l'affrontement avec cette mégère. Elle restait étrangère à la tribu et préférait se taire et ne pas réagir, sachant de quoi était capable sa belle-sœur. Stérile, elle accusait son mari d'être incapable de lui faire des enfants. Elle n'avait aucune honte à évoquer ces problèmes intimes devant la famille. Elle disait que son mari avait dû manger quelque chose de pourri la veille de leur nuit de noces. Elle en parlait avec certitude, refusant même de consulter les guérisseurs. Une fois, lors du passage de la camionnette médicale – elle venait tous les quinze jours –, sa mère lui demanda de voir le médecin. Elle refusa, prétextant que ma grand-mère la poussait à montrer son corps à un homme, tomba par terre et simula une crise d'épilepsie. Depuis ce jour, ma grand-mère ne lui adressa plus la parole. Le respect des parents est une des recommandations d'Allah. Même quand ils ont tort, il est du devoir du musulman de leur obéir. Mon père m'avait expliqué cela alors que j'étais toute petite ; j'avais fait une bêtise, puis j'avais traité ma mère de menteuse. Ce fut pour moi un jour noir. Mon père m'enferma à l'étable et me laissa sans nourriture pendant toute la journée. Je me souviens avoir bu l'eau sale dans une bassine réservée aux animaux. J'eus mal toute la nuit, mais ce n'était pas à cause de l'eau. J'étais blessée – j'avais honte – et, depuis ce jour, je sais qu'il ne faut jamais manquer de respect aux parents.

Le lendemain, pour apaiser ma colère, je disparus une bonne partie de l'après-midi. J'avais trouvé dans la montagne une cachette idéale, une espèce de trouée dans la roche qui ressemblait à une petite grotte. Je la considérais comme ma maison secondaire, mon refuge, ma tombe. Une fois dedans, je bouchais l'entrée avec une grosse pierre et quelques feuillages. L'été, il y faisait très bon. Là, je retrouvais les personnages de mes rêves. Chacun était représenté par un caillou plus ou moins grand. Il y avait le roi et la reine, il y avait le mendiant et le fou, il y avait le cavalier voilé, puis ma famille. Mon père, c'était un caillou poli, doux au toucher ; je le mettais à la droite du roi, une belle roche incrustée de cristaux. Je le liais à la Justice. Quand j'avais une plainte à formuler, je m'adressais à cette superbe pierre dotée de tous les pouvoirs. La reine ne se manifestait jamais. C'était une belle pierre enroulée d'un fil d'or que j'avais volé à ma tante. Mon cavalier, ce n'était pas une pierre, mais un morceau de bois que j'avais taillé et coloré avec des pétales de fleurs. Je ne le faisais pas intervenir dans mes histoires. Je le gardais pour plus tard, le jour où je serais obligée de quitter le village. Le mendiant, c'était un peu de sable humide. Quand je soufflais dessus, il tombait et devenait le fou du roi. Avec de la salive, le sable bougeait, c'était cela, la folie. Je savais que devant le roi personne ne devait bouger.

Ma mère, c'était la moitié de la pierre polie représentant mon père. Avec un morceau de craie, j'avais tracé une ligne au milieu de la pierre et je savais que ces deux êtres étaient inséparables « pour la vie jusqu'à la mort ». Mon frère, c'était un petit caillou fra-

30

gile qui s'effritait dès qu'on le touchait. C'était mon caillou préféré. Quant à ma tante, ce n'était pas une pierre, mais un scorpion mort que j'avais ramassé et installé au fond de ma grotte.

C'était cela, mon jardin secret, mon école coranique, ma maison illuminée. J'y entassais un tas d'objets qui, entrés là, perdaient leur fonction pour devenir les personnages d'un songe dont j'organisais la vie dans le moindre détail : le couteau ne servait pas à couper, mais à soutenir le toit du palais ; le bol en terre cuite, c'était la vallée où se reposaient les soldats ; la petite cuillère en bois servait de barque pour mon frère et moi...

Je passais des heures à mettre de l'ordre dans cette prairie de sable et de cailloux. Quand j'avais un peu de temps, je mettais au point mon alphabet. J'avais une planche coranique, volée bien sûr, sur laquelle j'écrivais des lettres qui n'étaient ni berbères, ni arabes, ni étrangères. C'était des signes qui m'appartenaient ; j'étais seule à en connaître les clés, le sens et la destinée.

Je ne parlais que le berbère et je ne savais pas s'il s'écrivait. Les lettres que nous envoyait mon père étaient rédigées en arabe par un écrivain public. Lorsque le facteur nous lisait la lettre, je ne comprenais pas grand-chose, mais j'en devinais le sens.

Mon alphabet, c'était des petits dessins et des couleurs, des points, des virgules, des traits, des étoiles... Un jour, mon frère me suivit et me surprit au moment où je déplaçais la grosse pierre servant de porte. Je sursautai et n'eus d'autre choix que de le faire entrer en lui faisant jurer de ne jamais en parler à qui que ce soit. Nos deux corps se glissèrent dans la grotte et, tout en tenant mon frère par l'épaule, je lui présentai mes personnages et amis. Cela provoqua chez lui un fou rire émerveillé. Il ne soupçonnait pas sa sœur d'être capable d'une telle dérive, une telle audace ; avoir une autre maison et gouverner un autre monde. Il me demanda s'il pouvait participer à ce rêve, car lui aussi avait des personnages qu'il découpait dans des morceaux de nuage et qu'il promenait dans sa petite tête.

Je dégageai un petit espace et le lui offris :

– Voici ta maison. Tu as le droit d'y inviter qui tu veux ; mais attention, pas de dispute entre les miens et les tiens. Pour le moment, chacun restera chez soi. Petit à petit, nous ouvrirons les frontières et nous les ferons se rencontrer.

Il était heureux. Il trépignait de joie. Les personnages étaient dessinés dans un cahier. Il les avait découpés et collés avec de la farine mouillée sur des planches de bois ; c'étaient tous des animaux : un dromadaire à deux têtes, un serpent coiffé d'un chapeau de paille, un coq unijambiste, un cheval ailé, un taureau à tête humaine, un petit âne... Il me dit qu'il était l'âne à cause de sa gentillesse. Les autres animaux ne représentaient probablement qu'eux-mêmes. Il n'avait à l'égard des membres de la famille aucune acrimonie. Seul mon père avait droit à être représenté par un soleil éclatant. Il gardait ce dessin sur lui et ne le montrait à personne.

Nous avions là nos secrets, déposés, enfermés, à l'écart de toute indiscrétion. Il lui arrivait d'aller seul à la grotte où il organisait des batailles entre tous ses animaux. Un jour il revint en pleurant : le serpent avait mordu l'âne !

– Il est mort après avoir souffert, me dit-il. Le serpent était venimeux et je ne le savais pas. J'ai enterré l'âne en dehors de la grotte. J'avais mal et j'ai pleuré.

J'essayai de le consoler en lui disant que c'était un âne en papier et qu'il pourrait en dessiner d'autres.

– Non ! Celui-là n'était pas en papier.

J'appris ainsi par lui que ce qui se passait dans notre lieu secret n'était pas un jeu. C'était sérieux. A partir de ce jour-là, je fréquentai de moins en moins la grotte et veillai sur l'humeur de mon frère. Je gardai le secret jusqu'au jour où Halifa, une voisine avec qui je chassais les moineaux, me proposa de me montrer quelque chose de précieux. Elle me demanda d'échanger nos secrets. Je promis et jurai de ne rien dire. Elle me banda les yeux et m'emmena dans le bois par un chemin détourné. Je la suivis en lui donnant la main. Elle s'arrêta. J'entendis le bruit d'une porte qui grince. Elle m'enleva le bandeau, je me trouvais à l'intérieur d'un tronc d'arbre. C'était beaucoup plus grand que ma grotte et puis il y avait une belle lumière qui traversait quelques déchirures dans l'écorce. Cet antre à peine éclairé lui servait de dépôt et de garde-manger. Elle ne devait pas manger à sa faim ; elle volait de la nourriture et la stockait : des boîtes de sardines, un paquet de biscuits, un petit sac plein de fruits secs, une ficelle, deux ou trois assiettes cassées, un ouvre-boîtes rouillé, des clous, des pinces à linge, un paquet de cigarettes Troupes à moitié plein, une bougie, une boîte d'allumettes...

A l'intérieur, on pouvait se tenir debout. Nous n'étions pas très grandes. Elle se leva et me dit :

33

– Ici, c'est mon trésor, mon secret et mon rêve.

Moi je regardais les objets bien rangés, mais elle me montrait ses petits bouts de seins, sa bouche puis son ventre.

Nous avions le même âge, dix ans à peine. Elle me demanda de lui montrer mes seins.

– Mais je n'en ai pas..., pas encore.

– Cela ne fait rien, montre quand même.

J'ouvris ma robe. Elle s'approcha et posa l'index sur chaque bout de sein puis le porta à ses lèvres. Je devais en faire de même. Ses bouts de seins étaient plus visibles, plus gros que les miens. Je les touchai et les trouvai très doux. J'eus envie de les caresser, puis je rougis de honte.

Je partis en courant, bouleversée par ce contact qui éveilla en moi une sensation étrange, bonne et toute nouvelle.

La nuit, j'en rêvai. Les seins avaient grossi et j'avais ma tête posée entre eux. J'allais de l'un à l'autre et buvais, non pas du lait, mais de l'eau sucrée. Je serrais mes mains entre mes cuisses et je n'éprouvais pas de honte. Ce fut en me réveillant que je ressentis le poids d'une énorme faute. J'étais mal à l'aise et me mis à détester Halifa et à me dégoûter moi-même. Je découvrais que mon corps pouvait ressentir autre chose que le froid et la faim, la chaleur et la fatigue.

3

Adossée à l'arbre, je m'endormis en comptant les vaches. Une brise légère me caressait le visage. Je me laissai aller à cet état d'abandon très doux, propre à certains enfants. Je n'étais pas une enfant douce. Mes pieds avaient marché sur tant de cailloux tranchants que tout mon corps, et même mon âme, se mirent à détester tout ce qui pouvait être doux et tendre. Mais j'avoue que le sommeil de cet après-midi-là fut merveilleux et je ne l'ai jamais retrouvé. C'est peut-être pour cela que je m'en souviens encore.

Une main se posa sur mon épaule. Je me retournai et je vis un homme grand de taille, mince, avec une superbe moustache rousse. C'était un étranger, probablement un Français, encore jeune. Mais comment était-il arrivé jusqu'au bled ? Personne au village ne l'avait invité. Il portait un sac à dos et avait l'air perdu. Il ne parlait pas un mot de berbère, et moi, pas un mot de français. Je lui fis signe de s'asseoir. Il sourit, déposa son sac par terre et en sortit une flûte en métal. Je n'en avais jamais vu. Il me la tendit et me demanda d'en jouer. Je l'examinai, je soufflai dedans. Un bruit bizarre en sortit. Il sourit puis me prit les doigts et les plaça sur les trous. Je compris qu'il fallait envoyer de l'air et retirer les doigts au fur et à mesure jusqu'à former des sons qui feraient de la musique. A la fin de la journée, je jouais avec une facilité étonnante. Au moment de faire rentrer les vaches, il dormait profondément. J'essayai de le réveiller, mais je vis qu'il était heureux dans son sommeil – je n'insistai pas. Je cachai la flûte dans ma grotte et rentrai à la ferme. Je pensai à cet homme tout le soir et toute la nuit. J'étais submergée par son image, par son sourire.

Ma tante parla au dîner d'un étranger, voleur d'enfants, qui serait recherché par la gendarmerie. Il les attirait dans le bois pour les vendre ensuite, en France, à des familles qui n'avaient pas d'enfants.

Au lieu de passer la nuit à trembler de peur, j'eus une réaction inverse : j'étais nerveuse de bonheur ! Je me voyais enlevée par ce beau cavalier – entre-temps je lui aurais procuré un superbe cheval – et emmenée loin de ce village hanté par le malheur et la solitude. Et puis, l'idée de partir en France donnait à mon rêve des couleurs et une musique superbes. Je me disais que c'est peut-être moi qui encouragerait cet étranger à me prendre dans ses bagages. Quelle aventure ! En France, même vendue, je saurais m'enfuir et retrouver mon père. C'était cela mon rêve. Et mon frère ? Qu'allait-il devenir entre les mains d'une tante rongée par la haine, une grand-mère impotente et une mère malheureuse et désemparée ? Je ne le laisserais pas seul..., à moins que l'étranger accepte de nous enlever tous les deux. Ma mère perdrait la raison... Non. Je renonçai à tous ces projets et m'endormis dans les bras du beau ravisseur, sous l'arbre... Je mis de l'ordre dans mon rêve, habillai le Français avec une belle gandoura bleue et nous partîmes tous les deux dans la brume du matin.

Le lendemain, j'attendis l'étranger au même endroit. J'étais entourée par les bêtes qui me regardaient avec des yeux humides, pleins de compassion. Au milieu de la journée, j'allai chercher la flûte et en jouai dans l'espoir de le voir réapparaître. Je jouai très mal. J'avais tout oublié et je sus que c'était sa présence qui guidait mes doigts. A la place de mon cavalier, je vis surgir ma tante, les cheveux hirsutes, un bâton à la main. Elle me donna un cou sec sur le tibia. Elle prit la flûte et s'en alla en me menaçant de tous les malheurs. Je rentrai tard le soir en boitant, décidée à me venger. La nuit, j'élaborai plusieurs plans pour me débarrasser de cette femme :

Mettre le feu dans sa baraque. Mais l'incendie risquerait d'embraser toute la ferme.

Introduire pendant son sommeil un kanoun de charbon. Elle mourrait asphyxiée. Deux inconvénients : la porte était toujours fermée et elle mourrait en dormant, sans souffrir et sans savoir que c'était cela ma vengeance.

Profiter de son absence durant la journée et glisser dans son lit trois ou quatre scorpions (le village en était infesté). Non. Elle est plus forte que ces bestioles. Ce fut elle qui nous avait appris, un jour, comment prendre un scorpion sans se faire piquer.

Lui lancer une bouilloire d'eau brûlante sur le visage. Cela la défigurerait, mais elle était déjà laide.

Attraper quelques rats ; les enfermer dans une cage pendant un jour ou deux jusqu'à ce qu'ils redoublent de férocité à cause de la faim. Attendre qu'elle entre dans l'espèce de hutte où une fosse nous servait de toilettes et lâcher les rats. Ils la boufferaient et lui arracheraient ses grosses fesses.

Je retins ce dernier plan. J'avais besoin de temps, de patience et de courage. Les rats m'ont toujours fait horreur. Il m'arrivait de m'évanouir à leur vue. Il fallait d'abord les attraper, ce qui n'était pas facile. Je ne pouvais pas demander à mon frère de m'aider.

Plus le temps passait, plus mon désir de vengeance devenait une hantise. Je l'imaginais les jambes en l'air, son séroual tombé la bloquant dans ses mouvements et les rats se précipitant sur son ventre, sur son sexe, arrachant des lambeaux de chair en sang. Ce spectacle que je revoyais souvent dans ma tête me faisait frémir. J'en avais peur et, en même temps, il fallait passer à l'action. Avec quelques torchons, je fabriquai des gants et eus la chance de trouver une caisse en bois laissée là par l'épicier ambulant. Il fallait la fermer. Quelques planches firent l'affaire. Le matériel était prêt. Je passai ensuite à l'autre étape : surveiller ses allées et venues, creuser un passage pour les rats, trouver une pierre pour le fermer, empêchant les sales bêtes de ressortir, noter enfin l'heure où elle allait à la fosse. Je remarquai qu'elle la fréquentait deux fois par jour : le matin juste après le petit déjeuner, le soir avant de s'endormir. J'optai pour le soir. L'obscurité et le silence rendraient l'action plus effrayante. Mon but était non seulement de lui faire mal, mais aussi de lui faire peur et de la perturber pour la vie.

Je n'eus pas de mal à trouver les rats. J'utilisai le tamis pour les coincer et les enfermer dans la caisse. Ils poussaient de petits cris stridents qui me faisaient mal aux oreilles et me donnaient des frissons de dégoût. Ils étaient déjà affamés et particulièrement méchants. Je les cachai dans la grotte et attendis le jour et l'heure.

Le premier soir, elle n'alla pas à la fosse. Cela m'inquiéta. Mon plan n'était pas tout à fait au point. C'était l'époque des figues. Je savais qu'elle les aimait beaucoup. J'en cueillis un bon kilo et les lui offris le lendemain matin. Elle trouva cela curieux et crut que je lui faisais ce cadeau pour me faire pardonner. Je la laissai le croire et ajoutai quelques mots gentils à mon geste en lui disant que dorénavant je serais obéissante. Comme prévu, elle se précipita sur le plat de figues et n'en laissa qu'une ou deux pas assez mûres. J'étais sûre que, le soir, elle irait se soulager fréquemment dans la fosse.

J'étais prête, assise non loin du lieu de l'opération, sur la caisse où les rats, impatients, s'agitaient. Tout le monde dormait. J'avais mis une djellaba noire pour me fondre dans le paysage. La nuit n'était pas très éclairée. Les conditions étaient bonnes. Ça ne pouvait que réussir. Je ne pensais pas à ce qui allait se passer ensuite.

Munie d'un seau d'eau, elle sortit. J'étais cachée derrière un arbre près de l'étable. Elle pénétra dans la fosse et laissa la porte entrouverte. Il ne fallait surtout pas perdre de temps. Je courus, fermai la porte de l'extérieur et lâchai les rats qui s'engouffrèrent dans la fosse en poussant les cris de la faim et de la joie (des rats joyeux ! quel spectacle !). J'entendis un hurlement, puis le bruit d'un corps qui tombe. Entre ses cris et ceux des rats, je ne faisais plus de différence. Avec ses pieds, elle donnait des coups dans la porte. Cela faisait un tel boucan que tout le monde se réveilla. J'en profitai pour me précipiter dans notre pièce. Ma mère était debout, effrayée. Elle crut que c'était un voleur. Moi aussi, je demandai ce qui arrivait. Ma mère me dit d'aller dormir. Je refusai. Je voulais savoir. Ce fut ma mère qui vint à son secours. Elle ouvrit la porte. Le spectacle était horrible. J'eus un moment pitié d'elle, puis je retrouvai ma satisfaction intérieure. La pauvre femme était par terre, sang et excréments sur les jambes. Elle pleurait, disait que les djinns étaient de retour. Elle menaçait toute la tribu et promettait que sa vengeance serait cruelle. Elle n'accusait encore personne, mais remarqua l'absence de mon petit frère. Dans son esprit, il était l'auteur de cette opération, complice des djinns ou en rapport avec le mal, sous ses apparences d'enfant innocent.

J'eus très peur. Je pressentis que sa vengeance allait se porter sur mon frère. J'eus envie de me dénoncer pour l'épargner. C'était trop tard. Elle allait porter le malheur dans la famille. Sa haine s'était renforcée. Ses yeux étaient jaunes. Je ne savais pas que la haine avait une couleur. Pourtant, j'aimais bien le jaune. Mais quand il remplissait ses yeux, il devenait sale. C'était le mal qui baignait le fond de l'œil.

Les morsures des rats n'étaient pas importantes. L'effet de peur était plus fort. L'opération était réussie parce que, pour la première fois, ce monstre était par terre, humilié, face à une violence aveugle, jeté dans le noir, sentant la merde et l'urine. Le monstre redevenait humain pendant quelques minutes, le temps de ´aliser qu'il n'était pas le seul à pouvoir terroriser les autres. Que ce fut grâce aux djinns ou aux rats, j'avais réussi à lui faire mal et à lui faire éprouver la peur. Ma victoire était amère et triste. Je redoutais sa revanche.

Durant quelques jours, elle ne sortit pas de sa chambre. Elle maudissait à longueur de journée, les cieux, la terre, le village et la tribu. On se disait, avec mon frère, qu'elle devait faire ses besoins dans son lit. En fait, elle était si traumatisée qu'elle n'avait plus de besoins à faire! De temps en temps, elle ouvrait la porte et lançait ses malédictions. Elle avait un répertoire d'insultes varié et terrifiant : « Enfants du jour enténébré! », « Enfants de la honte et de l'adultère! », « Que le vide souffle sur votre maison et sur toute votre famille! », « Que le néant vous emporte sur un lit de braise! », « Que Dieu maudisse l'arbre qui vous a donné de l'ombre et qui vous a fixés dans ce village où vous n'aurez même pas droit à une tombe! », « Que les hyènes vous dépècent en plein sommeil! », « Que Dieu maudisse les racines, la religion et le jour du trou par lequel vous êtes sortis! », « Que la fièvre verdisse votre peau et que le sable bouche tous vos trous! ».

Après les insultes, les menaces : « Ma vengeance vous surprendra comme l'éclair, comme la foudre... Elle apportera la douleur, l'étouffement, les larmes et la mort... Ma haine ne se fatiguera jamais... Je sais l'alimenter, l'aiguiser et la rendre patiente. La haine est ma meilleure compagne. Je l'ai bue dans le lait de ma mère. A défaut de progéniture, j'ai mille et un personnages que je commande et qui m'obéissent. Ils viendront vous enterrer vivants, et une fois morts, ils vous déterreront pour rire et danser sur vos corps blêmes et livides... »

Des jours et des nuits à entendre cette folle ! Sa voix, tantôt stridente, tantôt grave, nous enveloppait comme un drap sale ou une couverture bouffée par les mites. Ma mère priait et demandait à Dieu de nous préserver de la hargne de cette femme décidée à commettre un meurtre dans l'obscurité et l'absence d'homme. Ma mère avait peur. Elle pleurait et réclamait le retour de mon père. Ma grand-mère était pratiquement sourde et ne savait pas ce qui se passait dans la ferme. La nuit, on se barricadait. On dormait, ma mère, mon frère et moi, dans le même lit. On se collait les uns aux autres. Quand j'emmenais les vaches paître, je glissais un couteau de cuisine dans ma besace. Mais j'avais surtout peur pour ma mère, incapable de se défendre, et pour mon frère, si naïf et si innocent.

Des semaines passèrent sans que rien n'arrivât. C'était l'accalmie précédant le drame. Elle n'avait pas oublié, mais prenait son temps pour bien exécuter son plan. Elle savait que j'étais l'auteur de son humiliation. Lorsqu'elle passait à côté de moi, elle me lançait des regards où la jubilation se mêlait à de la colère froide, bien digérée. Elle allait frapper par surprise. Ce fut ainsi que son choix se porta sur mon petit frère. A cause de son innocence. A cause aussi de sa seule existence. Il fallait punir tout le monde : mes parents et moi, en nous arrachant cet enfant ; ensuite moi, en me rendant responsable de ce malheur. Toute ma vie, je devrais porter cette faute, cette immense culpabilité dans l'âme. Si mon frère est mort, c'est parce que j'ai provoqué ce monstre. Je vivrai donc avec ce poids, espérant une justice divine.

La méchanceté est un art. Elle n'est pas à la portée de n'importe qui. Il faut savoir l'utiliser et en faire une règle de vie. Ni ma mère ni moi, et encore moins mon père, n'avions l'envie ou même la possibilité de manipuler la haine et la méchanceté.

Pendant longtemps j'ai réfléchi à cela : comment le mal peut s'emparer d'une âme, la dessécher, la vider de sa substance et en faire une lame tranchante qui déchire les cœurs et s'en réjouit. Comment la haine s'installe chez un être jusqu'à ce que ce soit lui qui devienne un instrument consentant du malheur. Beaucoup plus tard j'ai compris, ou du moins j'ai cru comprendre, que la haine préserve, qu'elle endurcit et développe l'énergie. Ma tante n'avait jamais été malade. Elle n'avait pas de cœur et sa peau était plus épaisse qu'une cuirasse. Elle ne pouvait pas souffrir. Elle était inaccessible. Ma seule consolation était que cette femme allait mourir dans une solitude absolue. Piètre consolation ! Contre sa férocité, nous ne pouvions rien. La mort était ainsi venue par ses mains. Le corps de mon frère fut lavé par le fqih aveugle ; on l'enveloppa dans un drap blanc et on l'enterra à la prière de midi. « C'était le destin », « C'était la volonté de Dieu », disaient les gens. Le fqih, croyant nous consoler, dit : « Dieu avait besoin d'un ange ; il a élu cet enfant ! » Je pleurais dans un coin. Mes yeux ne voyaient plus les choses à leur place. Les arbres étaient tous penchés jusqu'à toucher terre : les bêtes étaient sur le dos, les pattes en l'air, le ciel basculait de droite à gauche, les gens m'apparaissaient tout petits. Seule ma tante, qui s'était habillée en blanc pour porter le deuil, était immense. Sa tête, plus grosse que son corps, se dandinait. Ses bras s'allongeaient et raclaient la terre quand elle se déplaçait. Ses pied laissaient derrière eux des trous immenses qui fumaient, enfin il se dégageait d'elle une odeur d'excréments qui empestait tout le village. Elle apparaissait telle qu'elle était : un monstre au faîte de sa gloire.

Nous étions incapables de l'affronter. Ma mère la soupçonnait d'avoir empoisonné mon frère, mais elle ne pouvait le crier. Sa douleur était telle que cela ne servirait à rien ; en tout cas pas à ressusciter son fils. Ma grand-mère pleurait en silence et son doigt désignait en permanence la chambre de ma tante.

Ainsi on pouvait tuer, enterrer et pleurer un enfant dans un petit village de la montagne à une ou deux heures de route de la ville. Le destin a frappé. La fatalité s'est exprimée. Ma tante a répondu à l'appel du ciel. Dieu a fait le reste.

Non ! Ma mère croyait à ces histoires comme sa mère, sa grand-mère et son arrière-grand-mère... Moi je refusais d'avaler une telle ignominie. Je voulais être celle par qui la rupture arrive. Ce n'est pas parce que nous étions isolés dans ce bled qu'une criminelle pouvait rester impunie. J'attendais le retour de mon père pour faire éclater le scandale. Mais je connaissais mal mon père. En dix ans, j'avais dû le voir un mois par an... Cela faisait pour moi six, sept mois. Il était parti au milieu de la nuit, j'avais peut-être quatre ans. Je me souviens de ce matin où je sentis un vide immense autour de moi. Je pleurais. Il n'était plus là. Je restais à jouer avec les pierres. Voilà pourquoi il m'arrivait parfois de perdre le visage de mon père dans mes souvenirs.

Comment allait-il réagir ? Livrer sa sœur à la justice ? Se taire ? Pleurer en silence ? Ou fracasser la tête du monstre avec une grosse pierre ?

Ma mère partit en ville à dos de mulet. Elle emporta une lettre de mon père contenant un numéro de téléphone où on pouvait lui laisser un message. Durant le trajet, elle se demandait comment lui annoncer la nouvelle : « Driss est malade, viens vite » ; « Driss a eu un accident, il faut que tu viennes » ; « Viens, nous allons bien, sauf Driss ». Elle ne pouvait pas lui laisser comme message : « Ton fils est mort, rentre à la maison ! » Non. Si au moins elle arrivait à lui parler directement, mais c'était impossible. Ce numéro était celui d'un compatriote épicier se trouvant sur le chemin du dortoir de mon père.

Lorsqu'elle imaginait cet homme, rentrant fatigué le soir, pour manger et dormir, et que l'épicier allait voir ou lui envoyait quelqu'un pour lui dire : « J'ai un message pour toi, ta famille a appelé... ton fils Driss est parti chez Dieu !... », elle pleurait à chaudes larmes.

Dans ces moments-là, l'exil était vraiment une injustice. Si cet homme n'avait pas émigré, peut-être que la tante n'aurait pas osé donner une boulette de viande mélangée à du poison à un enfant innocent et qu'elle avait pris comme cible de sa vengeance, parce qu'il n'avait rien fait, parce que c'était un garçon, prunelle des yeux de mes parents. Elle cherchait à faire mal ; non seulement elle avait réussi, mais cela dépassait son espérance.

Ma mère annonça brutalement la nouvelle à l'épicier qui devait, le soir, l'apprendre à mon père.

4

Par quel miracle le chagrin se dissipe-t-il ? Comment combler un trou énorme dans le cœur, dans le foie, dans la tête ? Comment penser une journée sans que le visage de Driss n'envahisse avec son sourire et sa naïveté le lieu où l'on se trouve ?

Contrairement aux imageries des contes, la mort n'est pas un squelette hideux muni d'une faucille parcourant les champs, menaçant par-ci, fauchant par-là, des êtres faibles, sans défense. La mort pour moi a un visage : celui de ma tante, un visage bouffi par la frustration, le manque, la jalousie, et l'immense malheur qui l'habite et qu'elle distribue à tour de bras pour se soulager.

La mort, à présent, garde une odeur, celle des habits sales de ma tante : une odeur de transpiration accumulée pendant plusieurs semaines, mêlée au parfum des clous de girofle, un parfum rance relevé avec du poivre et de la cannelle. Le tout, mélangé aux encens funéraires, donne à la mort une odeur terrible, laissant derrière elle des effluves que la poussière et le soleil impriment sur les objets, sur les arbres et les plantes. Elle peut être nue ou transparente, j'ai appris depuis à la reconnaître, à sentir sa présence et à mesurer chacun de ses gestes, à pressentir le sens de ses mouvements. Je vis sur mes gardes, car j'ai tout appris sur la mort et le deuil quand j'avais dix ans.

J'avais vu des bêtes mourir, mais c'était naturel. Elles mouraient comme elles étaient nées, lentement, sans pleurs, sans cris. Elles partaient, nous abandonnant leurs corps dont on ne savait que faire. Peut-être qu'elles souffraient, peut-être qu'elles n'avaient pas envie de quitter ces pâturages et ces établtes, mais leur mort ne leur posait apparemment aucun problème.

Je n'avais cessé de penser à mon père. Pleurer seul dans une chambrée où d'autres émigrés jouaient aux cartes en attendant le sommeil. Pleurer et ne rien dire, car il ne devait y avoir là aucun ami à qui parler, lui dire combien ce jour, il était dévasté, incendié à l'intérieur de lui-même, combien il était seul, abandonné de Dieu qui lui avait ravi son fils, combien l'exil, même volontaire, avait creusé en lui un sillon douloureux, où plus rien n'allait être comme avant, où le ciel allait avoir moins d'étoiles et la mer moins de mystère. Le jour, le travail, le soleil, le souvenir, tout cela n'avait plus d'importance. Lui, qui vivait avec un petit paquet de souvenirs liés les uns aux autres par une même ficelle, celle du regard et de l'infinie tendresse, il allait tout abandonner, tout quitter, dans la folle espérance de revoir, ne serait-ce qu'une fois, son fils.

Dans ce paquet de souvenirs, il y avait surtout l'image de ses deux enfants, de sa femme et enfin de sa mère. Quand il voulait se reposer et se détendre, il se mettait au lit, sur le dos, fixait le plafond crasseux de l'hôtel et passait en revue tous ces visages. Il ne le faisait pas souvent de peur d'user ces images à l'existence fragile. Ce soir-là, tout s'était brouillé dans sa tête : il ne voyait pas bien, ne distinguait pas les figures les unes des autres. Ses yeux pleins de larmes ne pouvaient rien voir. Entre eux et les souvenirs, un écran maintenait tout dans le flou du brouillard. Il bégayait, prononçant sans arrêt le prénom de son fils comme dans un délire. Le mari de ma tante, qui ne dormait pas dans la même chambrée, accourut pour le voir et l'aider. C'était un homme bon. Le mariage avec la sœur de mon père ne lui avait pas réussi. Il était faible et sans imagination. Face à la brutalité de ma tante, il opposait une bonté mièvre qui le rendait pitoyable. Il fut le premier à émigrer. Il envoyait l'argent, mais ne rentrait pas l'été. Au bout de trois ans, ma tante décida qu'elle n'avait plus de devoirs à l'égard d'un mari absent, un mari qui n'était pas un homme parce qu'il n'avait jamais réussi à lui donner un enfant. Les premiers temps de leur mariage, elle le battait, le ridiculisait devant la famille. Il parvint, en distribuant de l'argent à droite et à gauche, à avoir un passeport. Il partit un matin dans la camionnette de l'épicier et on n'eut de ses nouvelles que quelques mois plus tard sous la forme d'un mandat envoyé de la poste des Mureaux, en France.

Le drame allait lui permettre de régler un vieux compte avec sa femme. Il décida d'accompagner mon père, se chargea d'avertir l'usine, acheta les billets d'avion et essaya de redonner du courage à son beau-frère. Intérieurement, il ne pouvait soupçonner sa femme d'avoir empoisonné ce pauvre garçon ; mais il repensa durant le voyage à une fameuse dispute entre elle et lui le jour de la naissance de Driss. Dans la colère, elle avait juré la perte de cet enfant si elle n'arrivait pas à en avoir. Il ne pensait pas qu'elle était capable d'aller jusqu'au meurtre. Il chassait de son esprit cette idée qui revenait tout de suite après. Au milieu du voyage, c'était devenu une obsession. Elle devint une certitude en arrivant au village. Un taxi les déposa devant la ferme au milieu de la nuit. Mon père resta un bon moment assis sur une pierre. Il maintenait sa tête entre ses mains et pleurait. Mon oncle fit de même. Au lever du jour, ils partirent tous les deux au cimetière et se mirent à chercher la tombe dont la terre était la plus fraîche et la taille la plus petite. Ils la trouvèrent sans difficulté. Mon père étala un tapis et se mit à prier. Le fond de l'air était frais. Il régnait sur ce petit cimetière une douceur exceptionnelle. La terre était à peine mouillée par la rosée. Mon père eut froid. Il remonta le col de sa veste, s'agenouilla et baisa la tombe. Lorsqu'il se releva, il avait de la terre sur le front et le menton. Il sortit un mouchoir de sa poche et le remplit de cette terre. Fut-ce à ce moment-là ou plus tard qu'apparut un cavalier sur un cheval blanc tacheté de gris, une colombe sur chaque épaule, irradiant de la lumière et qui s'adressa à mon père en ces termes :

« Homme si proche venu de si loin, ne sois pas triste ! Fais confiance au destin et à la parole de Dieu. Ton fils est parti. Il est au paradis. C'est un ange. Ici, sur terre, dans le village, il n'avait que faire. Il ne pouvait qu'être victime du venin de la jalousie. A présent, il ne souffre plus. La mort l'a emporté le jour où il a terminé d'apprendre tout le Coran. Il est parti avec la dernière sourate, le dernier verset. Il s'est envolé sur les dernières syllabes de la parole de Dieu. Sois confiant, ô homme ignorant et brave! Ne cherche pas la vengeance ; ne bouleverse pas la fatalité. Laisse le soin à Dieu le Tout-Puissant de te rendre justice, même si c'est dans ta famille que tu seras de nouveau atteint. Ne fais rien. Prie en bon musulman. Demande la miséricode de Dieu. Quitte ce village, emmène ta femme et ta fille loin, très loin d'un œil torve qui, à force de se poser sur vous, finira par perpétuer le malheur. Sois patient. Ce sera cela ton courage, ta force, ta foi. Pars d'ici, change d'horizon, change de terre. Tu seras à l'abri d'un mal habitant une femme qui t'est proche. Pars, fais d'autres enfants et ne reviens jamais à ce village du malheur. Ne dérange pas les vieilles personnes qui s'y éteindront lentement. N'emporte rien de ce village, pas même la poignée de terre que tu as prise à l'instant. C'est un lieu maudit. Tous les hommes l'ont abandonné. N'y restent que les vieilles personnes et une folle qui sera étranglée par la vipère dont elle tire le venin. Ne crache pas en partant. Ne dis rien, abandonne les objets, vends les bêtes si tu peux et prends le chemin de l'exil. A présent, le soleil se lève, je dois retourner à d'autres cimetières où m'attendent d'autres travaux. Adieu, homme brave ! »

Le cavalier fit un demi-tour et disparut dans un nuage de poussière, précédé par ses colombes qui lui montraient la route.

Lorsque mon père me raconta cette histoire, je n'osai pas le contrarier. Je le laissai croire à ses visions. De toute façon, c'était la voix de la raison qu'il avait dû entendre. Que faire encore sur cette terre sèche ?

51

Partir, emmener sa famille, l'éloigner de ses racines peut-être pour mieux les aimer et les supporter ; mettre à l'abri son bien, son capital le plus précieux, être avec les siens. Si par malheur un drame devait à nouveau arriver, il tenait à être présent.

Je pensai un moment que la tante avait choisi Driss comme victime pour me faire encore plus mal et me laisser avec la faute sur la conscience. J'appris des années plus tard qu'elle m'avait bien visée, qu'elle voulait ma mort, pas pour se venger du mauvais tour que je lui avais joué, mais parce que, d'après les paroles de l'arrière-grand-père mourant, j'étais celle dont la main est douée pour découvrir le trésor caché dans la montagne. L'histoire d'envie et de jalousie était secondaire. J'étais plus dangereuse et plus encombrante que mon frère qui, lui, n'était porteur ni d'énigme ni de secret mais de sa seule enfance. Elle espérait toujours avoir une fille, tant que le trésor n'était pas découvert.

Son plan était déjà en cours d'application : simuler la grossesse, accoucher toute seule, en l'absence de tous, peut-être dans la montagne, et rentrer avec un nourrisson qu'une femme lui aurait procuré en ville moyennant quelque argent. Elle nous aurait fait le coup de l'« enfant endormi » ; son mari n'aurait rien à dire et elle aurait mis « sa » fille en concurrence avec moi pour l'affaire du trésor. L'arrière-grand-père avait dit que « cette fille serait désignée par le destin ; elle naîtrait durant la dixième décennie après ma mort... ». Elle devait se considérer comme un destin, tirant des ficelles, ruinant des espoirs, régnant sur ma famille d'où les hommes ne pouvaient qu'être absents.

52

En rentrant du cimetière, mon père avait l'air plus serein. Il s'approcha de ma mère, mit la main droite sur sa tête et la baisa. Il recula puis vint s'asseoir près de moi, déjà réveillée. Il me prit dans ses bras, me serra très fort et pleura longuement. Il disait quelque chose, mais ses sanglots m'empêchèrent de comprendre ce qu'il voulait nous dire. Il pleurait sur sa vie et nous racontait les péripéties de son histoire : voici un homme simple ; issu de la branche pauvre de la tribu, un brave homme qui a dû émigrer en France à l'âge de vingt ans, ne sachant ni lire ni écrire, ne connaissant de l'islam que certains versets du Coran et les prières, un homme sans prétention, sans grande ambition, dont le seul capital est sa force physique et, ses biens les plus précieux, ses deux enfants et son épouse. De la France il ne connaît que les murs de l'usine et la chambrée qu'il partage avec neuf autres émigrés. Il s'est trouvé, du jour au lendemain, déplacé d'un village que le ciel avait maudit à un autre village où il ne reconnaissait ni les gens ni les choses. Il vivait en pensant à nous. Il travaillait pour que nous ne manquions de rien. Il nous offrait sa vie. Et sa vie c'était nous. A présent, sa vie est infirme ; il lui manque Driss.

La décision était prise : nous ne resterions pas dans ce village ; nous allions, nous aussi, émigrer, partir pour la France, refaire notre vie, là-bas, auprès de lui, sous sa protection. Il allait faire les démarches nécessaires, trouver les papiers, trouver un logement, vendre le bétail et la terre, confier ma grand-mère à des cousins et laisser sa sœur crever de solitude et d'abandon.

53

Mon père avait changé, je ne le reconnaissais plus. Il était devenu un homme dynamique, prenant vite des décisions qu'il appliquait. Il avait perdu le sourire, mais pas la force de continuer à vivre malgré le drame. La mort de Driss l'avait tellement secoué qu'il avait acquis une nouvelle énergie. Ce n'était plus un homme résigné, abattu, croyant à la fatalité et exécutant des travaux sans réfléchir. On aurait dit que la vie avait frappé à sa porte et qu'elle lui donnait une nouvelle chance. Certes, il était toujours analphabète, comme moi, et pourtant il se débrouillait bien dans les couloirs de l'administration. Il reconnaissait les imprimés à la couleur et à des signes qu'il prenait comme repères. Il avait loué les services d'un étudiant rencontré dans le car, qui remplissait les papiers et le guidait. En une semaine, le dossier de nos passeports était prêt. Il ne manquait plus que l'autorisation de la France qu'il ne tarda pas à nous envoyer. Ma mère ne pouvait pas s'opposer à ce départ précipité. Elle pleurait en cachette, car elle avait peur de l'inconnu. Elle demanda à mon père s'il y avait là-bas des familles berbères avec qui parler. Il lui dit oui, sans trop de précision. Ma mère devait s'arracher à cette terre qu'elle n'avait jamais quittée. Elle ne connaissait même pas le village voisin. C'était un saut dans le vide, même si mon père la rassurait. Pour moi aussi, c'était un saut dans l'inconnu, mais c'était le plus beau cadeau qu'on pouvait me faire. C'était l'aventure. J'étais curieuse de connaître d'autres lieux et surtout très heureuse de quitter ce village, avec son bétail, ses arbres, ses fermes, la tante... J'étais contente, mais triste. Comme mon père. Notre deuil était muet. On portait en nous

54

assez de chagrin pour nous laisser nous ensevelir sous terre. Et, pourtant, ce même chagrin nous procurait une nouvelle énergie pour vivre.

L'été, mon père revint nous chercher. Il n'avait pas de bagage. Il était dans une voiture longue qu'on appelait « familiale ». Il se reposa une journée, puis remplit le coffre de quelques affaires. Ma mère nous fit rire : elle voulait emmener le kanoun et le charbon. Mon père lui dit :

– Tout ça, c'est fini. Là-bas tu auras une cuisinière à gaz, tu auras un frigidaire, de l'électricité, de l'eau dans des robinets, tu auras même une télévision mieux que celle de l'épicier... Là-bas, même s'il fait froid, même si le travail est dur, c'est la civilisation !...

La civilisation ! Ce mot sonne encore aujourd'hui dans ma tête comme un mot magique qui ouvre des portes, qui pousse l'horizon encore très loin, qui transforme une vie et lui donne le pouvoir d'être meilleure... Mais comment entrer par cette porte si on ne sait ni lire ni écrire ? Je posai la question à mon père.

– Dès notre arrivée, tu iras à l'école. Ce n'est pas trop tard. A dix ans et demi, on t'acceptera dans une école spéciale, et comme tu es intelligente, ça ira très vite.

Au moment du départ, ma tante sortit de sa chambre en pleurs, les cheveux dénoués, se jeta sur les pieds de mon père, baisa ses chaussures en demandant pardon :

– Pardon, je suis innocente, je n'ai rien fait, je ne suis qu'une pauvre femme, seule et abandonnée par un faux mari, personne ne m'aime, toi, mon frère, mon semblable, mon foie, je te demande pardon, emmène-moi, ne me laisse pas ici, pitié, je vais mourir, tu n'as pas le droit d'abandonner un membre de ta famille et de ta tribu. Dieu te punira si tu me laisses... Tu as cru ta femme et tu ne veux pas entendre ta sœur... Driss est tombé malade parce qu'il est descendu la nuit dans le puits... Il a été frappé par les djinns... C'était la pleine lune, tu sais qu'il ne faut jamais faire ça une nuit de pleine lune... C'est la vérité, le reste n'est que médisance, tu auras d'autres malheurs... Méfie-toi... Rappelle-toi la parole et les consignes des ancêtres : « Celui qui quitte sa terre est un homme perdu... Celui qui arrache les racines de ses origines appelle sur lui la malédiction... »

Mon père ne bougea pas. Il était sourd à ses imprécations. Assise sur la banquette arrière de la voiture, je l'admirais. Avant, je l'aimais comme on aime un père absent. Maintenant, je l'admirais. Il regardait au loin et attendait la fin de la scène. Lorsqu'elle s'aperçut qu'il était inébranlable, elle se précipita dans sa chambre et en sortit un bidon de pétrole avec lequel elle s'aspergea :

– Je vais mourir et tu auras une mort sur la conscience toute ta vie !

Un instant il eut peur. Tout en hurlant et tirant sur ses cheveux, elle surveillait du coin de l'œil la réaction de mon père. Elle essaya de craquer une allumette ; la boîte était mouillée. Elle n'arrivait pas à mettre le feu à sa robe. A ce moment, mon père eut un geste courageux et risqué. Il sortit de sa poche un briquet et le lui tendit. Elle refusa de le prendre. Mon père monta dans la voiture, fit marche arrière et nous partîmes.

Sa robe déchirée, les cheveux défaits, le visage plein

de poussière, elle se cognait la tête contre le sol en maudissant l'humanité entière. En nous éloignant, nous la vîmes rapetisser jusqu'à devenir un petit tas qui se confondait avec les pierres.

Dans la voiture, nous étions silencieux. Mon père conduisait. Il était en sueur. Même si sa sœur était un monstre, cela lui faisait mal de l'avoir abandonnée. Il n'avait pas le choix. Il avait compris qu'elle était redoutable et qu'elle était en train de perdre la tête.

5

On apprit plus tard qu'elle était devenue folle. Quelque temps après notre départ, elle quitta le village à pied et descendit en ville où elle se réfugia d'abord dans une mosquée, puis dans le cimetière. Elle gagna sa vie en proposant ses services de sorcière. Elle prétendait avoir de la cervelle d'hyène en poudre qu'elle vendait cher. Très efficace pour jeter un sort et en compliquer le dénouement.

Elle fut recueillie, alors qu'elle mendiait à la sortie de la mosquée, par une femme qui lui proposa de travailler chez elle. C'était une grande famille d'Agadir. Le mari était un important commerçant, ses enfants allaient tous à l'école, et la femme s'ennuyait ; elle n'avait rien à faire. Elle avait une bonne pour le ménage et une autre pour la cuisine. L'arrivée de Khadouj – elle se fit appeler ainsi – provoqua la colère du mari. Il déclara que « sa présence le rendait mal à l'aise », que l'expression de son visage n'inspirait pas confiance. Durant la dispute, elle se fit toute petite, ramassa son baluchon, et les pria de l'excuser pour cette intrusion involontaire. Elle leur parla d'une voix douce :

– Je suis désolée, j'ai honte d'avoir provoqué cette turbulence dans une maison de gens de bien. Et je viens de loin. Sachez que je suis une femme abandonnée par un mari qui est parti en France où il a refait sa vie. Il m'a laissée avec cinq enfants et il ne nous envoie pas un centime. J'ai dû laisser les enfants à ma mère, la pauvre, et je cherche à gagner un peu d'argent juste pour leur donner à manger. La vie est ainsi. A certains, elle donne tout, à d'autres, elle retire jusqu'à leurs enfants. Je vous propose de me prendre à l'essai pendant une semaine et ensuite vous prendrez votre décision en toute liberté. Que Dieu vous garde et enrichisse votre richesse...

Avec sa voix doucereuse et sa tête baissée, elle réussit à les convaincre de la garder.

Au bout d'une semaine, elle complotait déjà avec l'épouse contre le mari. Ce dernier, malin et très avisé, fit confiance à sa première impression et la renvoya sans ménagements. La femme n'eut pas le temps de protester ni de la défendre. Khadouj se trouva de nouveau dans la rue, le visage défait, la démarche hésitante. Sa volonté de vivre grâce au mal commençait à s'user et à se briser. Seule, elle n'avait personne à maltraiter. Elle errait dans les rues, parlant toute seule, gesticulant, apostrophant les passants :

« Toi qui cours dans cette ruelle sans issue, arrête-toi et écoute-moi. Je suis la dernière-née dans une famille de saints. Un de mes aïeux avait caché dans la montagne un trésor... » Elle s'arrêta brutalement, réfléchit, puis se mit à courir jusqu'à la gare routière, à la sortie de la ville. Il y avait là des gens qui attendaient l'autocar, d'autres qui attendaient des voyageurs, d'autres enfin qui n'attendaient rien ni personne, ils étaient là à longueur de journée comme témoins du temps, repères pour le soleil, agents à tout faire... Ils allaient et venaient, puis s'asseyaient par terre, le dos contre le mur, la main sur le front pour se protéger du soleil ou pour retenir leur tête qui risquait de tomber. C'étaient des gens sans attaches, sans profession précise ; ils peuplaient la place pour lui donner un aspect vivant, humain. Ils étaient prêts à tout, proposant leurs bras pour transporter n'importe quoi. Certains portaient les morts, d'autres transportaient des personnes handicapées sur leur dos, leur faisant faire un tour en ville parce qu'elles s'ennuyaient et n'avaient pas de petite voiture. D'autres vendaient du vent. Assis derrière une table basse, ils inventaient des souvenirs à ceux qui n'en avaient pas ou qui les avaient oubliés. « Vendeur de souvenirs vrais, frais, authentiques, vérifiables », avait même écrit l'un d'eux sur une ardoise d'écolier accrochée au mur. Ils n'avaient pas beaucoup de clients. Les souvenirs n'étaient pas une denrée rare dans ce pays, mais il faut dire qu'à Agadir ce petit commerce de la mémoire avait été assez florissant. Après le tremblement de terre, certains survivants perdirent la mémoire, d'autres cherchèrent à vérifier leurs souvenirs, et puis il y eut ceux qui ne vécurent pas cette nuit terrible et qui, en visite à Agadir, se faisaient raconter, dans le détail, le tragique événement, par ces vendeurs du vent se présentant comme des « illuminés que les murs ont épargnés dans leur chute ».

Ma tante fit irruption dans cette place publique non pas pour redonner vie à des souvenirs enfouis ou éteints, mais pour conter son aventure. Elle avait le sens du jeu et de la mise en scène. Elle savait comment se placer et comment retenir l'attention du public. Quand elle se mit à raconter l'histoire fabuleuse et inachevée du trésor caché dans la montagne, elle fut entourée d'un public nombreux, attentif et généreux. Les contes, c'est l'affaire des hommes. Les gens accouraient entendre cette femme sortie du néant pour faire rêver ceux et celles qui acceptaient de jouer le jeu : « C'est l'histoire du trésor caché dans la montagne. La découverte de la cachette et son ouverture ne sont pas au bout d'une clé métallique. Les aïeux ont décidé qu'une enfant viendrait et aurait la main droite douée pour trouver le lieu et, au toucher de la terre, les pierres se déplaceraient jusqu'à faire apparaître un coffre fermé par une serrure en or. Cette fille sera innocente... J'ai longtemps cru que c'était moi... [Rires de la foule.] Vous vous moquez parce que je ne suis plus jeune, mais méfiez-vous des femmes que la vie a trompées. Je n'ai pas la main douée pour retrouver le trésor, mais j'ai le don de lire dans les yeux des autres, je peux lire le passé et quelquefois l'avenir... Mais pour cela, il faut venir me voir dans mon trou... Tiens, toi qui as l'air absorbé, ta femme est possédée..., elle perd son sang et toi tu perds la raison. Viens me voir, je te donnerai ce qu'il faut et tu ne paieras qu'après... Cette histoire de trésor est folle ; elle m'obsède, même si, de nos jours, personne ne croit plus à ces contes de vieillards qui ne savent pas quoi inventer pour faire taire la radio !

» Je suis une femme de pierre et d'argile – ma vie est un long chantier –, nos pieds aiment marcher sur des poussins ou des raisins encore verts – je ne suis pas douce car la vie est ainsi –, chacune de mes rides est un sillon par lequel le sang des autres est passé. Je ne suis pas un monstre, je suis un miroir, votre miroir, là où vous n'aimerez pas vous voir. Je suis le reflet de vos peurs et de vos incertitudes. Je suis chargée par la mort de toutes vos douleurs. Si je suis belle, c'est à vous que je le dois, si je suis laide, c'est que je suis trop proche de vos pensées... Car elles sont malsaines, vos pensées. Vous vous croyez à l'abri de la pleine lune et du vent des dunes, mais vous vous trompez. Tiens, toi, là-bas, tu es jeune, tu es beau, et tu rêves de dormir la tête entre les seins de ta mère... C'est vrai, tu ne peux pas le nier... Moi, je n'ai plus de seins, ils sont secs, l'attente les a asséchés, mon ventre est plat, il est vide, aucune vie n'a jamais respiré dans ce ventre. J'ai mis du temps à l'admettre et j'ai pris le parti du bras long qui s'étend sur les champs et qui fauche les enfants pas plus hauts que les épis de blé. Je déteste le sucre et le miel. Je n'aime que le poivre et le piment d'Afrique... Je n'aime que la morsure du serpent et le chant strident du cheval fou.

» Ô hommes du Rien ! Vous avez cru longtemps à la légende du Bien qui vous serait rendu au paradis ! On s'est moqué de vous ! Faites le Bien si ça vous chante, mais sachez que c'est plat, c'est sirupeux, c'est gluant comme le miel qui colle vos doigts et vous empêche d'écraser la guêpe qui pique votre langue et vous donne une mort instantanée.

» Ô hommes inutiles ! Qu'avez-vous fait de votre vie ? Vous avez entassé des pierres dans un jardin que vous croyiez secret ; vous avez déposé des bougies sur les branches des arbres qui se moquent de vos dons ; vous avez laissé vos femmes vous nourrir sans jamais les soupçonner d'aucune malveillance.

» Regardez-vous, regardez autour de vous ! Vous êtes mous et les femmes n'aiment point les corps ramollis. Que d'injustices se commettent tous les jours sous vos yeux et vous ne faites rien. Vos enfants marchent pieds nus et rôdent autour des hôtels comme des mendiants, et vous ne le savez même pas.

» Ne me demandez pas de vous aider. Je ne crois pas au Bien. Mon énergie, ma force, ma conviction sont tout ce que je possède ; et ce que vous appelez le Mal, sachez qu'il m'aide à vivre et à vous supporter... Je ne vous conterai pas l'histoire merveilleuse et stupide du trésor. Je ne suis pas là pour vous endormir. La vie ne pardonne pas. Je suis fatiguée de porter sur mon visage toute votre laideur. Ma tête s'alourdit de jour en jour. Allez travailler, allez déplacer les pierres, si vous ne trouvez rien à faire, volez, arrachez aux autres ce dont vous avez besoin... Mais ne mendiez pas ; ne laissez pas vos enfants tendre la main à l'étranger... »

La foule épaisse qui l'écoutait ne savait comment réagir. Pour certains, c'était une provocatrice, pour d'autres, une folle échappée de l'asile. Pour la police qui ne tarda pas à faire irruption dans ce rassemblement inhabituel, c'était une agitatrice professionnelle qu'il fallait interroger sérieusement.

Dans la foule, il y avait, bien sûr, des indicateurs de police. Ils rapportèrent ses paroles de manière infidèle et décousue. Elle les traita de « mouchards incompétents » et exposa à ceux qui l'interrogeaient sa philosophie du Bien et du Mal. C'était assez simpliste. On ne la prit pas au sérieux, ce qui la mit hors d'elle. Elle se leva et cria :

– Puisque vous êtes aussi incompétents que vos indicateurs, j'exige de parler à votre chef, j'ai des choses plus sérieuses à lui avouer.

Le commissaire arriva. Sur son visage, il y avait un petit sourire ironique. C'était un homme d'une trentaine d'années, pas grand de taille, un peu à l'étroit dans son costume trois-pièces marron foncé. Elle se mit à lui faire des remarques sur ses vêtements :

– Cette cravate noire te rend encore plus sinistre..., ta femme s'occupe mal de toi.

Il lui donna une claque, ce qui la fit éclater de rire.

– Bien sûr, tu crois que tu as giflé une femme... Malheureux... Tu viens de porter atteinte à celle par qui le malheur arrive. Tu ne savais pas que la mort me consulte souvent et que j'arrive à la diriger... Je ne réussis pas toujours, mais des fois ça marche. Je suis mal née, je suis une erreur, je n'aurais jamais dû venir au monde ; j'aurais dû rester là où j'étais, dans un gouffre, vipère parmi les vipères, rapace parmi les rapaces. Je ne suis pas laide, j'ai simplement la gueule de l'emploi.

– Bon, qu'est-ce que tu as à avouer ?

– Je t'ai dit qu'entre la mort et moi, la nuit a conclu un pacte. Je suis... – comment dire cela ? – pas une meurtrière, mais une exécutrice au service de la mort.

– Des personnes sont déjà mortes par tes mains ?

– Oui. Il m'est arrivé de donner la mort à un enfant innocent. Il ne m'avait rien fait. Mais je devais porter le malheur à ceux qui l'aimaient. C'est même récent. Tu peux vérifier. Il est enterré dans le cimetière de

65

mon village. Une boulette de vianche hachée avec du poison a suffi. J'avoue que, dans ce cas, c'était une vengeance personnelle. J'avais un compte à régler avec mon frère. La mort ne m'avait pas consultée. J'avais tout organisé seule. Mais c'est normal, je suis faite pour ça, comme toi tu es fait pour porter des costumes étroits et croire que ta vie a un sens.

– En supposant que tu dises vrai, pourquoi un enfant, un être sans défense ?

– Tu as beau être chef, tu ne comprends rien au Mal. Écoute-moi bien : si quelqu'un a porté atteinte à quelque chose qui te tient à cœur, ou a empêché par son action ou sa présence que tu réalises un plan, il y a deux façons de te venger. La première, facile, courante, est sans grand intérêt : tu le supprimes. La seconde est plus subtile : tu lui fais mal, mais vraiment mal en attaquant quelqu'un qui lui est très cher. Dans une famille, il n'y a pas plus cher qu'un premier garçon. C'est simple. Là, je jouis de ma vengeance, je la vois faire son effet. Je ne suis pas seulement destructrice, je suis aussi contemplatrice ! Et toi, tu es quoi ?

– Moi, je suis un homme d'autorité payé par l'État pour arrêter, mettre hors d'état de nuire, des gens possédés par le vice et le mal. Mon rôle est de les livrer à la justice qui fera son travail. Mais, auparavant, je te ferai examiner par un médecin... J'allais dire de l'âme, mais en as-tu, toi ?

– Mon âme a la même teinte que ton costume triste. Bien sûr que j'ai une âme, mais il vaut mieux ne pas la voir de trop près... Elle n'est pas belle... Mon entourage l'a abîmée... Elle est en deuil ; elle a besoin de consolation, mais toi, tu n'as rien à donner. Quand j'étais petite, j'attrapais des moineaux et je leur tordais le cou. Cela me faisait plaisir. En marchant, j'écrasais les fleurs, les plantes, les insectes. Je crois même que j'ai dû naître avec deux dents. Comme tu sais, ça porte malheur. Ma mère m'a raconté un jour qu'il lui était arrivé de m'oublier au bord du puits avec l'amer espoir de m'y voir tomber. Non, je ne tombais pas. Ma pauvre mère n'a jamais eu le courage de vraiment se débarrasser de moi. Je l'ai fait souffrir. Quant à mon père, il ne m'a jamais comptée parmi ses enfants. Il m'ignorait. Je n'étais pas malheureuse. Ce rejet me donnait des forces, il me libérait. Mon frère aîné faisait comme mon père : je n'existais pas. A présent, il sait que non seulement j'existe, mais que j'agis.

» Voilà, monsieur, mon âme est une source de ténèbres. Vous allez, vous, la police, la justice, la religion, emprisonner une âme qui n'a jamais connu autre chose que les murs noirs et humides d'une prison éternelle. Ça ne m'effraie pas. Je connais l'isolement, la solitude et le mépris. A moins qu'on me propose quelque chose de plus fort...

– Je ne sais pas quel sort la justice des hommes te réserve. Mais je peux te dire ce qu'est une prison chez nous, surtout pour une criminelle comme toi : si ta naissance est une erreur, comme tu l'as dit, tu vas t'en rendre compte vraiment. Nos cellules sont habitées par l'humidité et la crasse. Elles sont construites au-dessus des égouts. Des rats, des taupes y font des incursions la nuit. Tu as beau crier, les murs sont épais, personne ne t'entendra... et même si on t'entend, on n'est pas là pour te secourir !

L'homme se leva, profondément dégoûté, se lava les mains et appela deux agents.

Elle perdit la raison avant même son procès. Transférée à l'asile, elle mourut quelques mois plus tard, enchaînée, la tête fracassée. Du moins c'est ce qu'on nous a dit. En fait, c'est sa voisine qui mourut enchaînée. Elle réussit à s'enfuir avec la complicité d'une gardienne et se réinstalla dans le village. Pendant des années, plus personne n'entendit parler d'elle. Elle vivait dans une vieille cabane entourée de chiens et vendait clandestinement des produits pour la sorcellerie.

6

Nous arrivâmes à Paris à l'aube. Le ciel était gris, les rues devaient être peintes en gris aussi, les gens marchaient d'un pas décidé en regardant par terre, leurs habits étaient sombres. Les murs étaient tantôt noirs, tantôt gris. Il faisait froid. Je me frottais les yeux pour bien voir et tout enregistrer. Si mon frère avait été là, il aurait demandé avec son petit accent : « C'est cela Lafrance ? » Je pensais à lui en découvrant ce pays étranger qui allait devenir ma nouvelle patrie. Je regardais les murs et les visages, confondus dans une même tristesse. Je comptais les fenêtres des maisons hautes. Je perdais le fil de mes calculs. Il y avait trop de fenêtres, trop de maisons les unes sur les autres. C'était tellement haut que mes yeux s'égaraient dans les nuages. J'avais le vertige. Des dizaines de questions se bousculaient dans ma tête. Elles allaient et venaient, chargées de mystère et d'impatience. Mais à qui les poser ? A mon père qui était très fatigué, et qui ne pouvait répondre à la curiosité d'une enfant recevant en plein visage de bon matin tout un monde auquel elle ne comprenait strictement rien ?

Durant le trajet, mon père n'avait pas dit un mot. Il

y eut deux arrêts au bord de la route pour manger. Ma mère ne parlait pas non plus. Je sentais que ce voyage était une fuite. Nous nous éloignions le plus possible du village. Mon père, généralement prudent, conduisait vite. On aurait dit que nous étions suivis ou pourchassés par une armée invisible commandée par ma tante. Moi, j'aimais cette vitesse. Dès que je fermais les yeux, le visage de Driss m'apparaissait, souriant ou pleurant, comme s'il nous reprochait de l'avoir abandonné au village. Je pleurais en silence, et je savais que mes parents devaient avoir les mêmes visions. Ma mère ne dormait pas. Elle ne quittait pas des yeux mon père, qui ravalait ses larmes.

Je courais vers mon frère et lui courait aussi vers moi, mais nous n'arrivions jamais à franchir la distance qui nous séparait. On avait beau accélérer le rythme, on n'avançait pas. Je criais. Personne ne m'entendait. Cela se passait dans un champ nu. Il y avait un superbe soleil, une lumière parfaite, mais nos pieds restaient cloués au sol et nos cris étaient étouffés, avalés par le soleil, à peine exprimés.

Il était beau, bien portant, une mèche de cheveux noirs sur les yeux. Il courait, courait, puis tombait, exténué. Je poussai un cri, puis tout s'arrêta. Mon père freina, me prit dans ses bras et pleura avec moi. Pendant des mois, chaque fois que je montais en voiture, je faisais le même rêve.

Notre installation se fit assez rapidement. Nous fûmes aidés par d'autres familles marocaines, ainsi que par Mme Simone, envoyée par la mairie pour nous faciliter les démarches administratives.

Grande, assez corpulente, le sourire facile, Mme

Simone était notre fée et notre amie. Assistante sociale, elle essaya au début de nous expliquer sa fonction et son rôle, mais pour nous c'était un ange envoyé par Dieu pour nous accueillir dans cette ville où tout était difficile. Elle parlait quelques mots d'arabe et nous disait qu'elle avait vécu et travaillé à Beni Melal.

Moi, j'étais rebelle. Je ne parlais qu'avec mes parents. Ma langue, c'était le berbère, et je ne comprenais pas qu'on utilise un autre dialecte pour communiquer. Comme tous les enfants, je considérais que ma langue maternelle était universelle. J'étais rebelle, et même agressive, parce que les gens ne me répondaient pas quand je leur parlais. Mme Simone me disait des mots arabes qui étaient pour moi aussi étranges que ceux qu'elle prononçait dans sa propre langue. Je me disais : elle ne m'aime pas puisqu'elle ne me parle pas berbère. Alors je crachais, je criais, je jetais par terre des objets.

Je n'étais ni gâtée ni difficile. J'étais assaillie de choses nouvelles et je voulais comprendre. J'avais l'impression d'être devenue, du jour au lendemain, sourde-muette, jetée, et oubliée par mes parents dans une ville où tout le monde me tournait le dos, où personne ne me regardait ni ne me parlait. Peut-être que j'étais transparente, invisible, que la couleur sombre de ma peau faisait qu'on me confondait avec les arbres. Je passais des heures à côté d'un arbre. Personne ne s'arrêtait. J'étais un arbre, disons un arbuste, à cause de ma petite taille et de ma maigreur. J'étais bonne pour servir d'épouvantail. Mais il n'y avait guère de champs de blé et encore moins d'oiseaux. Il y avait bien des pigeons, mais tellement mous et stupides qu'ils faisaient honte à leur tribu !

71

J'aimais bien regarder passer les voitures. J'aspirais profondément les gaz et essayais de m'imbiber de ce parfum des villes, si nouveau et si enivrant pour la bergère élevée à l'air pur. Je passais la journée à compter les voitures et je m'endormais de fatigue sur le banc. Je ne gardais plus les vaches, mais je continuais à faire les mêmes gestes, allant jusqu'à considérer que les automobiles étaient des vaches pressées, fuyant dans toutes les directions. J'avais beau attendre, aucun cavalier ne surgissait pour jouer de la musique à mes côtés. La ville défilait sous mes yeux et je perdais la notion de toute chose. Le temps d'abord : je confondais le jour et la nuit. Je dormais n'importe quand et me réveillais au moment où les autres étaient plongés dans le sommeil. J'avais perdu le matin. Je n'arrivais jamais à le retrouver. Chaque fois que j'ouvrais l'œil, c'était la nuit ou la fin du jour. Mon père m'expliqua que dans ce pays la journée étaient divisée en heures, alors qu'au village on ne connaissait que le lever et le coucher du soleil. Il m'apprit à lire l'heure sur une montre :

– Là, c'est ta mère qui prépare les crêpes – il est six heures ; là, c'est toi qui sors les bêtes – il est sept heures ; là, c'est le soleil qui est au-dessus de ta tête – il est midi, il est l'heure de la deuxième prière ; là, c'est l'heure du déjeuner – il est une heure ; là, c'est la prière de l'après-midi – il est quatre heures ; là, il est l'heure de rentrer les bêtes et c'est le moment où le soleil se couche ; là, c'est le dîner ; le reste c'est la nuit...

Il me laissa sa montre, et je passai la journée à apprendre le temps. J'avais trouvé mes propres repères avec le départ de mon père au travail et son retour. Mais cela se compliquait parce que, durant une semaine, il partait au moment où le soleil était au-dessus de ma tête, et il rentrait tard dans la nuit. L'autre semaine, c'était le contraire : il s'en allait tard dans la nuit et revenait au moment du soleil sur ma tête. Mais le soleil était un mauvais compagnon. Il était rarement là. Moi j'aimais bien les nuages. Ceux-là étaient épais et noirs. Ils avaient l'épaisseur de mon cœur et la couleur de mes rêves. Chez nous, au village, quand les nuages arrivaient, ils étaient pressés. Ils crevaient ou se dispersaient assez rapidement. La pluie ne tombait pas n'importe quand. Ici, elle arrivait souvent pour laver les murs et les rues. Elle ne prévenait pas, et personne ne lui faisait la fête.

Au bout de quelques jours, le temps n'avait plus de secrets pour moi. Je disais l'heure à moi-même et aux autres ; il m'arrivait encore de dire à un passant en berbère : « Il est l'heure de rentrer les bêtes ! » Je me prenais pour une horloge, obsédée par la précision. J'avais gardé sur moi la grosse montre de mon père et, chaque fois qu'on passait d'une heure à l'autre, je criais : « Nous passons de trois heures à quatre heures. »

Après le temps, il fallut mettre de l'ordre dans les bruits qui m'assaillaient de partout et qui ne cessaient jamais. Je savais qu'il était impossible de retrouver le silence, le calme et la grande sérénité de la nature. Mais je tenais à savoir d'où venaient ces bruits. Je devais les reconnaître et les apprivoiser, sinon je sentais que ma tête allait éclater. Je me mettais à la fenêtre et tendais bien l'oreille : je distinguais le bruit des automobiles de celui des autobus et camions. J'aimais bien la sirène des ambulances. Il y avait en revanche le bruit des machines qui perçaient le sol. C'était insupportable. Je n'arrivais pas à l'apprivoiser. C'était sauvage, saccadé et interminable.

Il me manquait évidemment le chant des oiseaux, les cris des enfants sortant de l'école coranique, le rythme de la moissonneuse, l'appel des paysannes et leurs chansons nostalgiques...

Ma mère, rongée par le chagrin, était tombée dans une tristesse infinie, silencieuse et grise. Elle ne se préoccupait pas de s'adapter. Elle allait continuer son travail de femme d'intérieur sans devoir sortir ni affronter le monde d'en face. Elle ne se mettait même pas à la fenêtre. Cuisinant, lavant, rangeant, essuyant, mangeant peu, ne posant pas de questions, elle laissait les choses se faire et la nouvelle vie dérouler, avec la même indifférence, ses jours et ses nuits. Le reste du temps elle priait, demandait à Dieu de préserver son mari et sa fille du mauvais œil, des gens malfaisants, des envieux et des hypocrites. Elle était belle dans sa robe blanche, tenue de deuil. Elle ne portait pas de bijoux, et ne maquillait plus son visage. La mort de Driss lui procurait davantage de sérénité et de courage. Pas le droit de se révolter contre la volonté de Dieu ; seul le devoir d'accepter et de pleurer à la rigueur.

Il m'arrivait, comme avant, quand j'étais encore petite, de mettre ma tête sur ses genoux. Elle caressait mes cheveux comme si elle y cherchait des poux et chantait doucement un poème d'amour :

Mon cœur s'est ouvert
C'est une blessure de ton regard
Ma main s'est fermée

74

Sur la clé du destin,
Tu es ma vie
Que Dieu m'emporte en ta vie
Mais Dieu t'a arraché en ma vie
Ô mon sang aujourd'hui mêlé à la terre
Ô mon œil aujourd'hui éteint dans le puits
Mon cœur s'est ouvert
Ta petite main l'a fermé
Ô mon foie
Ô la prunelle de mes yeux
La terre se nourrit de toi
Et moi je pleure sur une pierre
Entre dunes et soleil...

Ma mère avait laissé toute son âme au village. Son corps ne cessait de maigrir et son regard restait constamment dirigé vers un point lointain, menant à la tombe de Driss. Elle était devenue comme un fantôme habité par l'oubli impossible. Je pressentais le moment où elle allait tomber et sombrer dans un sommeil lourd et dangereux. J'essayais de la secouer, je lui parlais. Les rôles étaient inversés : la fille consolant la mère, lui racontant des histoires pour la faire dormir, pour lui apprendre à oublier et à vivre sans Driss. Je me proposais pour être l'espoir et la réussite, le feu et le rire :

« Écoute-moi, mère ! J'ai déjà appris le temps et apprivoisé le bruit. Il me reste à apprendre le français et tu verras, je serai médecin ou architecte, je serai ton bonheur, ta joie et ta fierté. J'ai envie de tout connaître. Moi aussi, j'irai à l'école. J'apprendrai le calcul et l'écriture, j'apprendrai la ville et les machines.

Au village, je n'avais pas le droit d'aller à l'école coranique pour apprendre la lecture et l'écriture. Parce que les filles sont laissées aux champs et à la ferme. Ici, il n'y a plus de bêtes, plus de champs, plus de ferme, plus d'école coranique. Ici, mère, les maisons sont les unes sur les autres, et les gens courent. Moi aussi, je vais me mettre à courir. Il faut que j'apprenne. Il faut que je commence l'école... Fini le fqih aveugle avec son bâton aiguisé au bout pour faire mal ; je lui jetais des pierres, mais là, il n'y a ni cailloux ni poussière. Si je vais à l'école, je me tiendrai bien, je leur montrerai comment dansent les fleurs quand le vent est léger... »

J'aimais observer le balancement des fleurs. Toutes sauvages et tendres. On ne les cueillait jamais.

7

J'avais onze ans ou je n'allais pas tarder à les avoir. Je voulais être grande pour affronter l'école, pour dépasser la plupart des enfants. Ils avaient un point commun : ils étaient en retard dans leur scolarité. Moi, je n'étais même pas en retard, je n'étais rien, je venais de loin, d'une montagne haute où jamais un mot de français ne fut un jour prononcé. Sinon, les pierres l'auraient retenu et je l'aurais appris. Le premier jour, mon père m'accompagna. On retrouva la brave Mme Simone à l'entrée, avec un dossier sous le bras. Elle nous présenta à la directrice qui nous fit un grand sourire et me prit par la main. En quelques minutes, je passai d'un monde à un autre. Je me trouvai seule et j'étais fière. Ma salle de classe était au rez-de-chaussée. Il n'y avait pas de tables, mais des petits tabourets autour d'un tas de cubes, en bois ou en plastique.

J'étais la plus âgée des enfants, mais je n'en avais pas honte. Contrairement à l'école coranique, garçons et filles étaient ensemble et l'instituteur n'avait pas de bâton. Je me disais : « Mais avec quoi va-t-il nous frapper ? » Dans mon esprit, il n'y avait pas d'école sans coups de bâton. Le maître était drôle. Il se mettait à quatre pattes pour nous expliquer comment placer les cubes et les compter. On apprenait les chiffres avant les lettres. Pour moi, c'était facile. Je comptais en berbère, puis j'allais le lui dire. Il éclatait de rire et continuait à me parler en français.

Le soir, mon père vint me chercher. J'étais excitée et je lui racontai tout. En arrivant à la maison, je sortis de mon cartable trois cubes de couleurs différentes et les offris à ma mère :

– C'est pour mettre tes épices. Tu reconnaîtras vite le cumin du gingembre...

Ma première journée d'école se conclut par un vol. Le lendemain, j'avais honte en rapportant les cubes.

Le deuxième jour, je mordis le bras d'une Espagnole qui m'avait pris mon ardoise.

Le troisième jour, j'étais triste. Je regardais faire les autres et je ne bougeais pas.

Le quatrième jour, j'appris à dire les couleurs en français. Le soir, j'introduisis les nouveaux mots dans la conversation avec mes parents.

Au bout d'un mois, je connaissais l'alphabet et j'écrivais mon nom. J'avais une boulimie de lecture. Dans la rue, je ne regardais plus les gens, mais j'essayais de lire les inscriptions sur les panneaux et sur les affiches. C'était devenu pour moi un exercice automatique. Le dimanche, je demandais à mon père de sortir avec lui pour lui lire les noms des cafés, hôtels et magasins. « Café de la Mairie », « Hôtel de la Terrasse », « Tati », « Monoprix », « Boucherie Halal », « Moulin Rouge » (là, l'écriture était compliquée). Ainsi, je faisais la lecture à mon père qui s'amusait de mes découvertes.

Mme Simone était contente. Je faisais des progrès. Au milieu de l'année, je passai dans la classe au-dessus où on faisait des phrases. Je changeai de cartable. Mes phrases étaient folles. Je commençai par recopier celles du tableau, puis j'y ajoutai les mots qui me passaient par la tête, ou d'autres, dont la sonorité me plaisait. J'avais toujours l'impression d'être, en même temps, en retard et en avance. J'étais décidée à aller vite, à « brûler les étapes », comme on dit, même si tout se mélangeait dans ma tête où régnait un désordre inquiétant. Les mots, auxquels je donnais des couleurs, les chiffres, que je classais n'importe comment, se bousculaient en permanence et j'étais souvent débordée comme une cuisinière qui met en route plusieurs tajines. J'avais peur d'accentuer le retard ; j'avais soif d'apprendre et de devenir utile à la maison. J'attendais avec impatience le moment où mon père me tendrait une lettre que je pourrais lire.

Mon père m'avait acheté un dictionnaire pour enfants. Ce fut mon premier cadeau. Un livre d'images où les mots étaient écrits en gros, expliqués et illustrés. J'apprenais des mots par cœur sans toujours les comprendre. Quand j'allais à la boulangerie, je ne montrais plus du doigt une baguette de pain, et je n'offrais plus ma main ouverte pleine de monnaie ; je disais comme tout le monde : « Deux baguettes bien cuites » ; j'ouvrais le porte-monnaie et je payais la somme exacte.

Je dormais souvent le dictionnaire sous l'oreiller. J'étais persuadée que les mots allaient, la nuit, le traverser et venir s'installer dans des cases prêtes pour le rangement. Les mots quitteraient ainsi les pages et viendraient s'imprimer dans ma tête. Je serais savante le jour où, dans le livre, il n'y aurait que des pages blanches. Tous les matins, je vérifiais l'état des choses. La première page dont j'avais avalé les mots était celle consacrée à la pierre. Je savais tout des pierres. Tout était enregistré dans ma tête. Je jubilais. C'était formidable. Je remportais ma première grande victoire sur le retard. Je récitais la page à mes parents, à Mme Simone ; j'en traduisais quelques passages en berbère. La pierre m'obsédait et les mots qui la décrivaient m'enchantaient.

Une nuit, je supprimai l'oreiller et mis ma tête directement sur le livre magique. J'eus du mal à m'endormir. Ce n'était pas confortable. C'était peut-être à cause de ce manque de respect pour le livre que je fis un cauchemar.

Je me trouvais de nouveau au village, assise sous l'arbre, à garder les vaches. Tout d'un coup, je vis arriver vers moi des mots géants, tous armés de pelles. Ils marchaient en se dandinant. Ceux qui avaient aux pieds des *l* avançaient sans problème, mais ceux qui se terminaient par des *s* ou des *y*, avaient du mal à suivre le rythme de l'invasion. Deux lignes tracées probablement par un *i* couché m'attachèrent contre l'arbre. Elles me ficelèrent et firent un nœud avec plusieurs *œ*. Un grand *Y* me tenait la bouche ouverte, chaque œil était maintenu pas un *I* majuscule. Les mots entrèrent en masse avec le matériel de balayage et vidèrent ma tête de tout ce qu'elle avait accumulé en une année. Mes yeux grands ouverts assistaient impuissants au déménagement collectif. Le verbe « prendre » ramassait tout ce que j'avais appris sur la « pierre » ;

80

les *r* se retrouvaient comme les *e* et les *p* ; restaient les *n* et les *d* ; ils furent chargés de tenir le sac où furent versés tous les autres mots de la fameuse page. Il y eut une petite guerre brève mais efficace entre les mots français et les mots berbères. Je fus défendue avec fermeté et courage. Les mots berbères ne se laissaient pas faire. Ils avaient formé une ligne de défense contre les envahisseurs. La bataille fut rude. J'en sus quelque chose avec la forte migraine qui s'ensuivit. Il y eut quelques blessés, notamment certains mots composés : le « rez-de-chaussée » gisait à la sortie, « arc-bouté » s'était cassé en quatre, « foie » avait perdu son *e,* il tournait en rond parce que, tout d'un coup, il était devenu féminin, « bijoux-genoux-cailloux » se mettaient des *s* à la place des *x.* Les rares mots arabes que je connaissais se mêlèrent à la bataille. Ils renforcèrent la ligne de défense.

Le réveil fut difficile. Je pleurais comme une folle. J'avais mal à la tête et aux yeux. En bâillant, ma mâchoire se coinça. J'eus peur. Ma mère, attirée par mes pleurs, vint me consoler. Je n'osais pas lui raconter mon rêve. Le plus urgent, c'était de vérifier s'il y avait réellement des dégâts. J'ouvris le dictionnaire. Tout y était en ordre. Les mots étaient sages. Rien n'avait bougé. Je me mis à réciter la page « pierre ». Mes acquisitions étaient toujours là. Je souriais. Ce n'était qu'un mauvais rêve, un tour joué par l'oreiller abandonné. La nuit suivante, je dormis avec le dictionnaire entre mes bras.

Je rattrapai les deux premières années en une seule. L'été, nous restâmes à Paris. Pour la première fois, mon père ne rentrait pas au village. Il n'y avait plus rien à y faire, et puis ma mère était enceinte. Mes vacances furent longues et riches. J'aidais ma mère à la maison et, l'après-midi, j'allais chez des voisins marocains regarder la télévision. Cette boîte où défilaient des images en noir et blanc ne m'impressionna pas outre mesure. Mais j'aimais bien changer de maison et retrouver les enfants de Hadj Brahim auxquels j'apprenais le berbère.

Hadj Brahim était un commerçant qui se disait ami de mon père. Un jour, il proposa de nous emmener au Jardin d'acclimatation. Il appelait ce lieu « jardin public ». En montant dans la voiture, il m'installa près de lui et ses trois enfants se mirent derrière. Je remarquai qu'en me parlant il mettait sa main sur mon genou. Il était gros et transpirait beaucoup. Quand il se penchait sur moi, l'odeur de la sueur me suffoquait. Je ne disais rien. C'était l'ami de mon père, pas le mien.

Arrivé au Jardin, il envoya ses enfants acheter de la barbe-à-papa, et me prit la main pour me montrer quelque chose. Nous nous trouvâmes seuls dans un coin ombragé. Il m'offrit deux paquets de caramels et me serra contre lui comme pour me faire une confidence à l'oreille ou pour m'embrasser. Il se releva et me serra encore plus fort contre lui. J'avais ma tête au niveau de sa braguette. Je sentis quelque chose de dur. Je me dégageai en lui donnant un coup de pied dans le tibia. Il poussa un cri. Je m'échappai en courant, rouge de honte. Je tremblais de rage, car je m'étais fait avoir par ce gros salopard. Il n'était pas question de rentrer avec lui à la maison. Je quittai le Jardin sans me retourner et me retrouvai seule dans la ville. Je n'eus pas peur tout de suite ; sur le pont, je regardais passer la Seine qui avait une couleur étrange. Chez nous, l'eau est claire, ici elle est épaisse et grise. Je n'arrivais pas à repérer dans quel sens coulait l'eau. De ma vie, je n'avais vu une rivière aussi sale. Pourtant, il n'y avait pas de femmes en train de laver leur linge. La Seine était grise comme les murs et les visages, comme le ciel, comme les mains de mon père. Avait-elle au moins un secret ? Je l'espérais beaucoup ; sinon à quoi servait-elle ? A montrer Paris aux touristes.

Ce jour-là, le ciel avait une lumière et des couleurs superbes. Je marchais la tête relevée, émerveillée par le changement subtil des tons et des petits nuages transparents, traversés de bleu, de mauve, et de rouge et de jaune.

Cette promenade me fit oublier l'épisode de Hadj Brahim. J'allais, suivant les couleurs du ciel, sans me demander comment rentrer à la maison, sans me soucier ni de ma peur ni de l'inquiétude de mes parents. Au moment où le ciel commença à perdre ses lumières, je décidai de me poser le problème du retour. Je m'arrêtai face à une immense bâtisse où il y avait beaucoup de touristes. Le mieux, c'était de se renseigner d'abord. Je m'approchai d'un agent de police qui avait l'air absorbé dans des pensées lointaines. Je l'appelai ; il ne m'entendait pas. Alors je tirai sur la manche de sa veste :

– Monsieur, monsieur, c'est quoi cette grande maison ?

– Ce n'est pas une maison, c'est une cathédrale. C'est Notre-Dame de Paris... Qu'est-ce que tu veux ?

– Comment aller chez moi...

– Et où c'est chez toi ?

– Là-bas... Non là-bas, de l'autre côté... Près de chez nous, il y a la « Boucherie Halal ».

– Tu viens d'où ?

– D'Imiltanout !

– C'est un quartier ?

– Non, c'est notre village... Il n'y a rien dans notre village... C'est au Maroc... Je sais lire et écrire... Près de chez nous, il y a « Tati ».

Ce fut le mot magique. Je devrai toujours à Tati de m'avoir sauvée... Le policier en conclut que j'habitais dans le quartier arabe du Nord. Il me dit :

– Tu habites Barbès, la Goutte-d'Or ?

– Non, j'habite le quartier 18.

– Oui. C'est ça. Si je t'y amène, tu sauras retrouver la rue ?

– Bien sûr, puisque je vous dis que je sais lire et écrire... Je suis en avance sur le retard.

Il me prit par la main et me demanda si je voulais un Coca. J'eus peur. Après les caramels, le Coca... C'était trop pour une seule journée. J'étais devenue méfiante ; mais ce policier était propre, il ne sentait pas la transpiration et il avait l'air gentil. Il m'emmena à son bureau, donna un coup de téléphone, signa des papiers et nous partîmes dans une voiture conduite par un autre agent.

La ville allumait ses lumières. Je pensais, sans trop y croire, que c'était pour moi. Paris fêtait mon retour à la maison. Mes yeux accumulaient des images à toute vitesse. Tout défilait rapidement, les boulevards, les monuments, le ciel, les étoiles, les piétons... J'étais heureuse. Je me disais : « Pourvu que le trajet soit long ! » Cette promenade était la plus belle chose qui m'arrivait depuis notre installation en France. Lorsque je vis, de loin, le *T* de Tati illuminé, j'eus un serrement de cœur. La balade était finie. Je reconnus sans difficulté les rues. Au passage de la voiture de police, les gens réagissaient différemment dans ce quartier d'émigrés. Certains couraient, d'autres se cachaient. Les gens avaient peur. Je me demandais bien pourquoi cette panique. En arrivant, je vis ma mère à la fenêtre. Elle pleurait. En descendant de la voiture, je la rassurai. Mon père était allé chez Hadj Brahim qui devait être bien embêté ; qu'allait-il lui raconter ? Il allait certainement tout me mettre sur le dos.

J'invitai les deux agents à prendre le thé en attendant mon père. Ils refusèrent. J'insistai. Ma mère essuya ses larmes et nous prépara du thé et des gâteaux. Ils étaient gênés. Moi, j'étais contente. En rentrant, mon père avait l'air accablé. Il avait honte. Tout le quartier était ameuté. Il remercia les agents et les raccompagna. Ce fut à ce moment-là que je réalisai le tort que j'avais causé à mes parents. Mais c'était la faute de Hadj Brahim. Je ne pouvais pas le dire. Je m'endormis tôt et passai la nuit à revoir défiler la Seine, Paris et ses lumières, jusqu'au moment où les images se mirent à se chevaucher et à s'entrecroiser. La Seine coulait dans notre village, l'école coranique s'était installée dans la cathédrale Notre-Dame de Paris, les deux agents parcouraient le bled avec leur camionnette-épicerie. Moi, je passais d'un pays à l'autre en une fraction de seconde. Je voyais ma tante dans l'eau trouble de la Seine. Les agents conclurent que c'était un accident ; mon frère faisait de la bicyclette sur les grands boulevards. Tout le village était équipé en électricité ; on installa de superbes lampadaires à l'entrée et à la sortie ; Hadj Brahim fut enfermé au hammam par mesure d'hygiène et n'avait le droit de manger que des caramels ayant perdu leur goût...

Le lendemain, je racontais mon escapade à toute l'école. J'étais fière. J'eus l'impression d'être enrichie, d'être encore plus en avance sur les autres. Je ne cessais de découvrir et d'apprendre. Dans mes prières silencieuses, je remerciai Dieu, mes parents et la France. Le village s'éloignait peu à peu de mes pensées. Seul le visage de Driss surgissait de temps en temps, et cela me serrait le cœur. Ma mère allait bientôt me donner un petit frère. Il naquit à l'hôpital où tout était blanc et propre. Durant l'absence de ma mère, je m'occupais de la maison. Je lavais et rangeais. Quant à la cuisine, je ratais tout ce que j'entreprenais. Effrayé par les dégâts, mon père décida de m'emmener tous les soirs au restaurant. J'allais faire une autre grande découverte : le MacDonald. Ce fut une rencontre historique : la bergère écarquillait les yeux devant ces rondelles de viande, de pain et de fromage. J'en raffolais. Mon père me regardait manger goulûment. Il n'aimait pas du tout ce genre de nourriture. Nous fûmes invités, un soir, à dîner chez Hadj Brahim. Je refusai, disant que c'était notre dernier dîner en tête à tête avant le retour de ma mère. Après m'être empifrée chez Monsieur Donald, je rentrai à la maison et autorisai mon père à aller chez son ami.

8

J'eus mes premières règles le jour du retour de ma mère. Je dormais lorsque je sentis un liquide chaud s'échapper entre mes cuisses. Je n'étais pas vraiment prévenue, mais je savais qu'on devenait femme ainsi. Je décidai que je n'avais pas besoin de ce signal pour être femme ; je l'étais déjà par tout ce que j'avais appris, connu et aimé.

A l'école, on me fit passer un examen et on m'envoya dans un collège avec des enfants de mon âge. J'eus du mal à suivre. J'étais dans une classe où tout allait vite. Je comprenais la moitié des phrases, le reste c'était du blanc. Avec quoi remplir ces vides, quels mots mettre dedans pour comprendre ? J'avais beau chercher dans ma réserve, je piétinais sur place. J'étais malheureuse, moi qui pensais être en avance, j'étais encore dans ce triste hangar du retard. Certes, je n'étais pas la seule à attendre, je faisais la queue comme les autres ; mais, de temps à autre, je voyais un Portugais ou un Sénégalais monter dans un train et partir, nous laissant là, à jouer avec des cubes ou à dessiner sur une ardoise.

L'idée d'être en retard sur n'importe qui et n'importe quoi m'obsédait. Ainsi, pour mes premières règles, j'étais en avance par rapport à Hafida, la fille aînée de Hadj Brahim, mais j'étais en retard par rapport à Maria, une jolie Espagnole qui faisait partie de la classe spéciale. Je l'aimais bien parce que nous avions à peu près les mêmes défauts : elle n'arrivait pas à prononcer les *u* et moi je ne savais pas glisser sur le *r*. A nous entendre parler toutes les deux, nous provoquions tantôt le fou rire, tantôt la colère du professeur.

Un matin, au moment de la récréation, Maria vint vers moi et me dit à l'oreille :

– Viens, j'ai quelque chose à te montrer.

Je la suivis aux toilettes, elle releva sa jupe, baissa sa culotte tachée de sang. J'eus peur un instant, puis elle me dit :

– C'est arrivé ce matin ; et toi, tu n'as rien à montrer ?

Je lui répondis oui de la tête. Elle avait un an de moins que moi ; je la dépassais ailleurs : j'avais déjà des seins et pas elle. J'ouvris ma chemisette et lui montrai ma poitrine naissante.

– Je peux toucher ? me demanda-t-elle.

– Toucher, pas pétrir, car c'est dur mais fragile.

Du bout du doigt, elle fit le tour de mes petites rondeurs. On se rhabilla et, dans un éclat de rire, elle me confia qu'elle avait un fiancé :

– Nous sommes à égalité maintenant...

Nous avions les mêmes difficultés à l'école, et nos corps avançaient différemment, mais au même rythme. J'avais, moi aussi, un fiancé. Il s'appelait David et venait du Portugal. Ses yeux étaient aussi beaux que ceux d'un Berbère, sauf qu'ils n'étaient pas noirs, mais bleus. C'était la première fois que je voyais des yeux bleus d'aussi près.

David était un rêveur. Il passait des heures à regarder les arbres, à les dessiner et à leur donner des noms. A l'école, ils étaient plutôt chétifs et tristes.

– Aucun arbre ici, me dit-il un jour, n'est digne de porter ton nom.

Je trouvai cette réflexion choquante, mais le ton avec lequel il me parla me plaisait beaucoup. Il m'appela « Fleur d'amandier ». J'étais rassurée. Je n'étais pas un arbre, mais une fleur.

– Viens, aujourd'hui on ne va pas au cours de l'après-midi ; je t'emmène au Luxembourg pour te présenter à mes amis...

Je ne savais pas que c'était un jardin et que ses amis étaient des arbres immenses.

Nous prîmes le bus. Il faisait beau. Les gens étaient souriants. Paris avait des couleurs, du soleil et de la bonne humeur.

Il connaissait ce grand jardin comme si c'était sa propriété. Il me le fit visiter en me tenant par la main :

– Cet arbre, c'est un peuplier. Il doit avoir un demi-siècle. Je l'appelle « Lisbonne » parce que je le vois chaque fois que je rêve du pays. Celui-ci est un hêtre. Son ombre est très bénéfique. Je l'appelle « Jacinto », du nom de mon grand-père. Chaque fois que je m'en approche, il se penche sur moi et me caresse les cheveux. Cet autre est un sapin. Pour moi, c'est « le Général » ; il est droit, discipliné et parfois assez dur. Cet arbre, j'ai des doutes sur ses origines. Je l'appelle

« Toni », du nom d'un gardien de voitures qui se disait italien alors qu'il était gitan. Celui-là, c'est l'arbre de la patience. Quand je ne me sens pas bien, que mes parents se disputent et que j'ai besoin de me calmer, je viens m'asseoir sous cet arbre qui me communique la quantité nécessaire de patience.

» Il y a aussi l'arbre de l'espoir. Il est petit, presque insignifiant, mais je sais qu'il est doué pour donner de l'espoir chaque fois que j'en ai besoin pour poursuivre les cours à l'école, et pour penser à mon avenir. Je ne voudrais absolument pas devenir ouvrier du bâtiment comme mon père. C'est pour cela que je viens à l'école tous les jours.

» A présent, tu vas me suivre et ne pas poser de questions. Je vais t'emmener à l'ombre de l'Amour. Quand on s'assied là, sur ce banc, à l'ombre subtile du plus vieil arbre de ce jardin, l'Amour nous envahit, rapproche nos cœurs et donne des frissons à nos corps.

Je suivis David et me laissai aller. Ma main serrée dans la sienne, je fermai les yeux et attendis les frissons. Rien ne se passa. De temps en temps, j'ouvrais les yeux. Les gens se promenaient, des chiens couraient derrière une balle, et moi je ne sentais rien de particulier. Lorsque David se rendit compte que j'étais dissipée, il se leva, un peu contrarié, et me dit :

— Tu ne crois pas à mes arbres !

— Si, j'aime bien être avec toi dans ce jardin, mais moi je pensais que tu allais me montrer un arganier, même si je sais que cet arbre ne pousse que dans mon village... Je croyais que tu étais magicien...

— Un arganier ?

90

– Oui, c'est un tout petit arbre qui donne un fruit aussi gros qu'une olive ; les chèvres mangent ce fruit, puis le rejettent par-derrière. On récupère les noyaux, qui, écrasés par la meule, donnent un huile succulente.

– C'est un olivier alors ?

– Non. Les olives n'ont pas besoin de passer par les chèvres pour donner de l'huile !

David était impressionné par mes explications. Je lui dis que pour nous autres, Berbères, cet arbre est celui de nos ancêtres. Il ne pousse nulle part ailleurs. Il n'est pas beau. C'est cela son secret.

– Tu es une fleur savante... Tu en sais des choses !

J'étais flattée.

On reprit le bus. Nous arrivâmes en retard à l'école. Mon père faisait les cent pas. Quand il me vit descendre du bus, ma main frôlant celle de David, il ne dit rien, me laissa venir. Lorsque je fus toute proche de lui, lui tendant la joue pour l'embrasser, il me donna une gifle qui m'étourdit un bon moment. Tout tourna autour de moi. Je ne distinguais plus les gens des objets. Je ne savais plus si ce qui m'étourdissait était la violence de la gifle, la surprise ou la honte.

La honte. Un sentiment étrange. Cela a l'effet d'une chute, une véritable dégringolade. On tombe sur le sol et on se sent ridicule, parce que humilié, diminué, renvoyé à un autre âge. C'est aussi la déception, celle qui provoque une cassure.

Ce jour-là, je connus la honte. Jamais auparavant mon père n'avait porté sa main sur moi. Il faut dire que je ne le voyais qu'un mois par an. Il n'avait pas le temps de se mettre en colère ; et même si je faisais des bêtises, il ne me punissait pas. Il était absent et considérait mon éducation comme l'affaire de ma mère et de ma grand-mère.

Ce coup, qui me fit voir les étoiles, me rendit malade. Je ne voulais plus retourner à l'école. J'allais être la risée de tout le monde, même si la plupart des élèves n'avaient pas assisté à la scène. Cette gifle me renvoya à l'époque où ma tante s'acharnait sur moi et me battait. Mon père ne savait plus comment me consoler. La nuit, il parla avec ma mère, et j'entendis presque tout :

– Je regrette, mais c'était plus fort que moi. Je n'ai jamais frappé personne ; et le premier coup, c'est ma fille qui le prend. Mais pourquoi a-t-elle manqué l'école et surtout pourquoi est-elle partie avec un étranger ? Nous sommes des musulmans. Ici, les filles n'ont pas de morale. Nous ne sommes pas des chrétiens. Si ma fille se met à fréquenter des garçons, ce sera notre ruine, notre défaite. Il faut que tu lui parles. Ici, ce n'est pas chez nous. La France n'est pas notre pays. On est là pour gagner notre vie, pas pour perdre nos filles.

Je les imaginais tous les deux, les yeux baissés, accablés parce que leur petite fille grandissait plus vite que ce qu'ils avaient prévu.

Si mon père avait su écrire, il m'aurait adressé une longue lettre, il m'aurait dit ce qu'il avait sur le cœur. Cette lettre je l'avais espérée, imaginée, entendue.

Ma petite fille,

C'est parce que j'ai beaucoup de peine que je t'écris ce soir. J'aurais aimé te parler directement, mais depuis que j'ai remarqué que tu ne baissais plus les yeux en t'adressant à moi ou à ta mère, je préfère éviter un affrontement dont ni toi ni moi n'avons l'habitude.

Ce que je te dis ce soir, c'est mon amour, même si les circonstances ont fait que nous ne nous connaissons pas beaucoup. Je regrette vraiment de ne t'avoir pas vue grandir. Je laissais une petite fille et je retrouvais, onze ans plus tard, une autre petite fille qui jouait à ne pas me reconnaître, et qui me boudait durant les premiers jours de mon arrivée. Chaque fois, je devais te reconquérir. Tu jetais les cadeaux que je t'apportais et tu restais seule dans ton coin. Comment t'expliquer, alors, que mon absence n'a jamais été volontaire ni un plaisir. Tu avais raison de m'en vouloir car un enfant a ses exigences, et toi tu en avais beaucoup. Le temps passait vite. Trente jours passent comme une belle nuit remplie de rêves, de couleurs et de rires. Je repartais juste au moment où nous devenions amis, inséparables, passionnés. Je t'emmenais sur le cheval à la fête foraine de la ville. Tu jouais, tu te disputais, tu chantais, et moi j'étais comblé, heureux de vous voir, toi et ton frère, vivre sous mes yeux. Ces mêmes yeux pleuraient en silence, quand je prenais la route au milieu de la nuit – il ne fallait pas vous réveiller et je ne pouvais supporter de vous voir pleurer. Je partais vers le nord, vers le froid, le travail et la solitude. Ta mère me préparait de la viande en conserve, du miel, de l'huile d'argane, une couverture de laine, des chaussettes épaisses. Elle mettait tout ça dans le coffre de la voiture sans rien me dire. C'était sa façon à elle de penser à moi et de vouloir me protéger du mauvais œil, du froid et du manque. J'avais hâte d'arriver en France pour m'oublier dans le travail et la routine. La route était longue ; je ne m'arrêtais presque pas. On aurait dit que j'étais en fuite, vos visages me poursuivant et m'obsédant jour et nuit. J'arrivais la veille de la reprise du travail, je tombais dans le lit comme dans une tombe. Je dormais et je vous retrouvais. Curieusement, quand je pensais à toi, je te voyais toujours souriante. Je n'avais pas d'inquiétude. Mais quand je pensais à Driss, j'avais chaque fois le cœur serré. Je savais que ce garçon était fragile, que sa venue au monde avait été un malheur pour Slima, ma sœur, rongée par un mal plus fort et plus violent que toutes les maladies du corps. Je savais que sa malédiction allait un jour ou l'autre s'abattre sur vous. Je dois t'avouer aujourdhui que Slima n'est pas ma sœur. C'est une fille que des voyageurs avaient abandonnée au seuil de notre porte. Ma mère l'avait adoptée, je veux dire intégrée à notre famille. En islam, l'adoption n'existe pas. On peut recueillir un enfant, mais on n'a pas le droit de lui donner son nom. Petite, Slima avait souffert. On disait qu'elle était née d'une mauvaise pluie, qu'elle était le fruit de l'orage. Les enfants sont méchants. Très tôt, elle s'est battue. La violence, c'était sa façon de parler et de vivre. Moi, je ne l'ai jamais considérée comme ma sœur. Elle m'en voulait pour cela. A la mort de mon père – c'était l'époque où sévissait l'épidémie du typhus –, chacun est parti de son côté. Moi en France, mes deux autres frères à Agadir, mes deux sœurs avec leurs maris. Slima était abandonnée. Son mari était parti, bien avant moi, travailler en France. Elle restait seule ; elle avait tout le temps pour préparer sa vengeance. Mais se venger de quoi ? De la vie, de nous, des autres, de tout. Ma petite fille, aujourd'hui, tout cela, c'est du passé. Nous ne vivons plus au village. Ici, nous n'avons pas de souvenirs. Nous ne pouvons pas vivre comme si nous étions encore au village. Je t'ai inscrite à l'école. Le jour où je l'ai fait, j'étais fier. Mais je dois aussi t'avouer que j'ai passé une nuit blanche. Pour moi, c'était une révolution. J'avais peur et, en même temps, je n'avais pas le droit de te priver d'école. Je ne voudrais pas passer de nouvelles nuits blanches à penser à toi, nous causant des soucis, allant plus vite que ce que nous sommes capables d'accepter. Tu vas trop vite. Je sais que Paris est une ville où même les grands se perdent.

Sache que notre morale, notre religion sont différentes de celles de tes camarades de classe. Nous n'allons pas vivre toute notre vie dans ce pays où nous sommes des étrangers.

Voilà comment je te dis que tu es la prunelle de mes yeux.

Cette lettre, je passai toute la nuit à l'entendre, à la lire et à la relire. Tout était écrit dans les yeux profonds de mon père, sur son front large, dans la paume de ses mains. Je l'observais et lisais sa peine et son désarroi dans chacun de ses gestes.

Par cette lettre, je me sentais proche de son inquiétude, mais je compris aussi que les difficultés ne faisaient que commencer. Je détestais le passé et tout ce qui avait trait au village, cause principale de tous nos retards.

Si notre terre n'a pas su nous garder, c'est peut-être parce qu'un jour une main malheureuse y a semé les graines de la discorde et du retard.

9

La mer. Dessinée au crayon noir, brisée par un trait rouge, effacée par la gomme « Spécia », oubliée, retrouvée dans un livre d'images inondées de bleu. La mer. Étrange personnage de mes rêves. Tantôt un drap immense tendu entre ciel et terre, gonflé par les vents ; tantôt des bruits de vagues imaginées et qui donnent des frissons. La mer. Une promesse pour noyer dans sa fureur le village, son bétail et ses visages immuables et dévastés. Une image d'un ciel descendu sous ses nuages sur terre et peignant en bleu les mots « plaines » et « routes ».

De l'eau en vagues successives apportées par le vent. Sa couleur change selon les moments. Obscure en fin de journée. Noire la nuit avec quelques reflets cendrés. Transparente le jour, percée par le soleil, elle monte et descend et se cogne contre des roches rouges.

La mer. Une obsession depuis mon arrivée en France. Je n'en parlais pas. Je savais qu'un jour j'allais la découvrir. J'attendais patiemment. J'avais peur, en la rencontrant, de ne plus en rêver.

Un tourbillon de lumière et d'eau m'emporta dans un vertige, entre vacarme et murmure, et je me retrouvais seule dans une barque de pêcheur éclairée par la pleine lune. La mer, c'était une pensée plus qu'une image, un morceau du ciel dégagé, un miroir retenant mon visage alors que je suis suspendue dans un puits pour en mesurer la profondeur et nettoyer les parois. Un champ aux portes hautes fermées sur mes paupières. Un frisson venu, non du vent, mais du désir de glisser sur les flots et d'échouer sur une île déposée comme une grâce entre les mains d'un homme très vieux, peut-être mon arrière-arrière-grand-père, celui qui enterra le trésor dans la montagne. La mer ne pouvait être que ce visage, serein et beau, plusieurs fois centenaire, fidèle à la parole donnée, fier de ses racines, de sa foi et de sa terre. Homme visionnaire, il savait que sa progéniture et les autres générations qui allaient se succéder étaient indignes de son secret et de sa bonté. Alors la mer était là, dans la paume de la main droite, tracée, mouvante, menant par des fonds détournés vers le lieu du trésor. Depuis que ma grand-mère mourante m'avait communiqué le secret en me murmurant une parole confuse à l'oreille, je savais qu'un jour ou l'autre le chemin me serait indiqué dans le silence et le recueillement. Je serais éblouie et prisonnière de cette lumière. Il me suffirait, juste avant la transe intérieure, juste avant la très grande joie qui se fait larmes et secousses, de tendre la main droite, d'ouvrir la paume de cette main prédestinée et d'y voir la mer sur le visage plein de grâce et de bonté de cet aïeul plus fort que le temps. Ses yeux doux, débordant de souvenirs, se dirigeraient vers le lieu, l'île ou une grotte sous-marine, et je marcherais avec une légèreté de funambule sur les chemins tracés par son regard, jusqu'au moment où mes pieds se poseraient sur une roche brûlante, peut-être le centre d'un volcan éteint ou le corps d'un marin oublié par son équipage, la peau tannée par le soleil et la lumière.

Le trésor devrait être là, dans ma main. J'attendrai le jour, l'heure, la saison et la lune pour ouvrir cette main sur une eau transparente dont les seuls mouvements seront ceux de ma respiration et de mon pouls.

Voilà pourquoi le jour où mon père décida de m'emmener voir la mer, j'étais pâle et inquiète, mal à l'aise et quelque peu endormie. Nous partîmes par la route, rien que nous deux. C'était un jour de février. Les rues étaient désertes, le ciel morose. C'était moi qui ne voyais plus personne dans les rues et qui mettais un voile de tristesse sur le ciel. Au fond de moi, j'avais peur de commettre l'irréparable, déranger la beauté entourant mon secret, risquer de le trahir ou de le perdre, le voir se briser comme une vague violente venant se casser sur un rocher. La mer était en moi, profonde, protégée, complice. Je n'avais pas le droit d'aller un dimanche lui rendre une visite banale, sans préparation, sans recueillement. J'avais l'angoisse de tout perdre.

Elle n'était ni bleue ni noir cendré, mais grise. Elle n'était pas là. Absente. Elle s'était retirée loin de nos regards. Il y avait bien du sable, mais pas de mer. Le ciel était d'un bleu étrange. Le ciel avait bu la mer et personne ne s'en était aperçu. J'étais soulagée. Mon père était déçu. Il balbutiait des mots d'excuse. Je sus que lui non plus n'avait jamais vu la mer. Depuis ce jour, je décidai de tout faire pour la lui montrer, l'associer à mon rêve. Il ne fallait surtout pas précipiter les choses. Je devrais laisser le temps faire le reste.

A défaut de promenade le long de la côte, il m'emmena au cinéma. Il y avait peu de salles dans notre quartier, mais les mêmes films passaient à longueur d'année : des films de violence, de massacre, de tuerie et d'horreur. Peut-être que ce quartier ne méritait pas des films d'amour. Je regardais les affiches et ne comprenais pas pourquoi on nous proposait tant de brutalité.

Le film que choisit mon père était un film de karaté. Nous étions loin de la mer. Je voyais s'agiter dans l'obscurité des corps menus où chaque coup porté était accompagné d'un sifflement. D'un côté, les bons ; de l'autre, les méchants. Il y avait une femme-serpent qui, en sautant, étrangle son adversaire avec ses petites jambes. Pour moi, ce n'étaient pas des images. Tout devait se passer derrière le drap blanc tendu au fond de la salle. Je ne connaîtrai la magie du cinéma que beaucoup plus tard.

Le soir, j'étais fatiguée et éprouvée, mais j'étais heureuse puisque j'avais réussi à préserver mon secret. La mer m'appartenait. Je n'osais ouvrir ma main droite. Je gardais tout, profondément enfoui en moi. La mer était ce jardin où, un jour, je pourrais m'isoler, loin du vacarme. Et pourtant, je cultivais la passion de la ville. Il m'arrivait de rester des heures, assise à la fenêtre, à regarder la grande agitation tout au long du boulevard. Notre quartier avait été peu à peu abandonné par les Français. Les commerces étaient tenus par des Arabes ; les trottoirs se transformaient du matin au soir en souk africain. Les Sénégalais chantaient et dansaient pour vendre leurs objets. En les observant vivre et rire, je me demandais si eux aussi gardaient au fond

100

de leur âme un secret, une parole ancestrale, un visage illuminé par le temps, un arbre immense qui les protégerait et leur procurerait l'énergie pour vivre et supporter l'exil.

Un jour, tôt le matin, alors que tout le monde dormait encore, comme dans le film le quartier fut fermé, et des voitures de police envahirent les rues. En quelques minutes, nous fûmes assiégés par une armée de policiers, mitraillette au bras. Ils entrèrent dans les appartements, fouillèrent partout, renversèrent les tables et jetèrent des affaires par les fenêtres. Notre immeuble fut épargné de ce désordre et cette panique. Les femmes hurlaient. Les policiers criaient des insultes. Les enfants couraient dans tous les sens. Sur le trottoir, il y avait des chaises cassées, des canapés, des valises, des sacs pleins de linge, des cartons, des cadres, des casseroles, des assiettes... Ils balançaient tout avec une telle férocité qu'on se serait cru en pleine guerre. C'était peut-être cela, la guerre. Nous étions livrés à la folie de cette armée de policiers qui s'acharnaient sur les objets de notre vie quotidienne. Ils étaient venus pour tout casser. Nous devions être punis et nous ne le savions pas. Mais qu'avions-nous fait pour être, de bon matin, la cible d'une telle violence ? Soudain, un homme en pyjama sortit de l'immeuble d'en face, hurlant sa colère. Les policiers venaient de jeter par la fenêtre, après l'avoir piétiné, le Coran. L'homme était devenu fou. Sa fureur le fit entrer en transe. Il se débarrassa de sa chéchia, la déchirant avec les mains et les dents. Il tournait sur place et répétait les mêmes mots : « Sacrilège ! Sacrilège ! » Puis il s'adressa à la foule :

« Ô musulmans ! Vous avez assisté au sacrilège. Vous êtes témoins. Ils ont osé touché au Livre sacré ! Fils d'infidèles, chrétiens, ennemis de l'islam ; ils nous méprisent et bafouent notre religion. Ils sont devenus fous. Dieu nous rendra justice. Ils nous réveillent avec des fusils, cassent nos portes, voient nos femmes et nos filles et piétinent la parole divine. Ah, mon Dieu, quelle déchéance ! Ils se croient encore en Algérie pendant la colonisation. Mais, mon Dieu, que faisons-nous ici dans ce pays, sur cette terre ennemie ? Pourquoi nous avoir exilés ? Dieu nous a punis ; nous n'avons pas su l'aimer ni l'adorer. Aujourd'hui, les chrétiens armés de fusils et de haine entrent dans nos foyers, jettent nos affaires et salissent notre religion. Justice ! Justice ! »

Je reconnus El Hadj, un Algérien qui était venu voir mon père pour lui demander de se cotiser avec d'autres musulmans pour construire, dans le quartier, une mosquée dont il se proposait d'être l'imam. En bon croyant, mon père participa à l'opération. Mais l'autorisation ne fut pas donnée. Cette histoire avait occupé les gens tout l'hiver. Ils continuèrent de faire la prière dans un hangar qui était, dans les temps anciens, un bar ou un cabaret. Sur le mur, au-dessus de la porte d'entrée, était gravé LES AMIS DU BON VIN. El Hadj avait beau gratter, repeindre, LES AMIS DU BON VIN était toujours là. Ils veillaient. L'intérieur fut entièrement recouvert de nattes et de tapis. On accrocha au mur des photos de La Mecque, des calligraphies du nom d'Allah et du prophète Mohammed. Tous les vendredis soir, on y faisait brûler de l'encens du paradis. Mais, malgré tout cela, le hangar sentait toujours l'alcool. Les murs et la pierre avaient la mémoire du « bon vin ».

La situation était grotesque. Certains musulmans, comme mon père, refusaient de prier dans ce « lieu du vice ». Le hangar était, selon les uns, habité par l'esprit des infidèles, selon d'autres, le lieu de tous les trafics. El Hadj n'arrivait pas à trouver un autre local. L'opération de la police lui fournit l'occasion de crier l'injustice dont sa communauté était victime. Cette histoire de mosquée me laissa indifférente. En revanche, je sentis pour la première fois, ce matin-là, que nous n'étions pas chez nous, que Paris n'était pas ma ville, et que la France ne serait jamais tout à fait mon pays.

Les policiers repartirent comme ils étaient venus, laissant les affaires des gens dans la rue. Ils cherchaient de la drogue, ils n'avaient trouvé qu'un pauvre homme en train de perdre la raison. El Hadj ramassa le Livre, le baisa à plusieurs reprises, s'accroupit dans un coin, entre une épicerie et un café, et se mit à lire le Coran à voix haute, comme s'il était dans un cimetière. Il n'écoutait plus personne. Les yeux hagards, il se dandinait en récitant les versets. Il était déjà ailleurs, loin de la Goutte-d'Or, là-bas dans les Aurès, ou à Tizi-Ouzou, sa ville natale. Tel un mystique qui aurait tout perdu, plus rien ne le touchait, sauf le Livre saint.

L'ivresse de la découverte m'était passée. J'avais grandi et mes émotions avaient appris la modération. En classe, je faisais, comme disait le professeur à Mme Simone, des progrès. Je n'étais plus tout à fait en retard. Je continuais à faire des fautes en écrivant, mais je lisais correctement. Mon handicap majeur était l'utilisation des temps. J'étais fâchée avec la

103

concordance des temps. Je confondais les différentes étapes du passé. Je n'arrivais pas à repérer et bien manier toutes ces nuances qui étaient le propre d'une langue que j'aimais, mais qui ne m'aimait pas. Je butais contre l'imparfait. Je me cognais la tête contre le passé simple – simplicité toute illusoire – et je calais devant le passé composé. Pour tout simplifier, je réduisais l'ensemble au présent, ce qui était absurde.

Je repensais alors au village, aux journées identiques où il ne se passait rien. Ces journées plates, vides, s'étiraient comme une corde entre deux arbres. Le temps, c'était cette ligne droite tendue, marquée au début, au milieu et à l'autre bout par trois nœuds, trois moments où il se passait quelque chose : les états du soleil. La vie était ces trois moments où il fallait songer à sortir les bêtes, manger au moment où le soleil est au-dessus de la tête, rentrer les bêtes quand il se couchait.

Mon passé était vraiment simple, limpide, fait de répétition, sans surprise, sans éclats. Je baignais dans ce temps sans trop m'agiter. En arrivant en France, je sus que la fameuse corde était une suite de nœuds serrés les uns aux autres, et que peu de gens avaient le loisir de s'arrêter sous l'arbre.

Mon père n'avait jamais quitté le village. Son esprit était ancré là-bas, définitivement. Le temps, pour lui, était un artifice pour compter les heures de travail à l'usine. Mais, intérieurement, c'est le temps du village qui continuait tranquillement à se dérouler, sans trop d'agitation, sans lui poser des questions embarrassantes comme cela m'arrivait souvent.

Je connaissais par cœur les conjugaisons des verbes « être » et « avoir », mais je me trompais tout le temps quand il s'agissait de les utiliser dans une longue phrase. Je compris qu'il fallait se détacher complètement du pays natal. Comment y arriver sans déranger mes parents, sans les renier ? Je ne pouvais tirer un trait et me trouver de plain-pied dans les méandres d'un autre temps. Quelque chose me retenait ; pourtant ma volonté était forte. J'étais décidée à ne plus me perdre dans les conjugaisons. Mais le village était toujours là ; il m'entourait, rôdait autour de moi, me taquinait. Les senteurs des herbes et des bêtes me parvenaient. Je résistais. Je niais cette présence. Je pénétrai un jour dans une église pour ne plus sentir les odeurs du village. Je me cachais. Et pourtant, il n'y avait rien à faire ; j'étais ramenée au village par une main magique et je revoyais la même corde avec les trois nœuds balancée par un petit vent. Les arbres, toujours là, fidèles au paysage ; les pierres toujours dans le même état. Et moi, de nouveau assise sous l'arbre, attendant, fixant un arbre, espérant le voir se déplacer et partir loin... S'il s'en allait, je m'accrocherais à l'une de ses branches et me laisserais emporter. Mais l'arbre ne bougeait pas. Son immobilité me narguait. Ses racines étaient profondes et très anciennes. Je pourrais passer ma vie entière face à cet arbre, il ne bougerait pas. C'était sa nature. C'était aussi sa fonction. Il retenait la terre. Si les hommes étaient des arbres, le village ne se serait pas vidé en si peu de temps. Les hommes pensaient que la terre devait les retenir, les empêcher de partir à l'étranger. Or la terre ne retenait personne. Du fond de cette église obscure, j'entendais la litanie des enfants de l'école coranique, et j'apercevais, par moments, la tête du fqih qui faisait semblant de suivre la sourate. En fait, il dormait. Même un aveugle a besoin de fermer les yeux pour dormir. Le sommeil régnait sur son visage ; sa bouche entrouverte laissait passer un filet de salive transparent.

Cette image venue de si loin me donna un frisson : ce fut le coup de fouet dont j'avais besoin pour cesser de perpétuer la présence encombrante du village. Je trouvai ridicule de me cacher dans une église déserte où quelques bougies étaient allumées.

Dehors, j'appréciai encore mieux l'agitation de la ville, l'odeur de l'essence, le bruit du métro, et tout ce qui annulait en moi le souvenir du village.

A partir de là, je m'employai activement à maîtriser la concordance des temps. Je fis des exercices et n'utilisai plus le présent. Cela m'amusait, car je savais que le jour où je ne mélangerais plus les temps, j'aurais réellement quitté le village.

10

La brave Mme Simone eut du mal à convaincre mon père de me laisser partir en « classe de neige ». Il ne comprenait pas cette histoire d'école en dehors de l'école ; il crut que c'était un plan pour quitter la famille. Ma mère se renseigna chez les voisins dont les enfants partaient, eux aussi, en classe de neige. Mes parents n'étaient pas tout à fait rassurés, ils cédèrent à contrecœur.

J'étais devenue particulièrement têtue, nerveuse et impatiente. Je voulais tout connaître, tout essayer et sans perdre de temps. La neige était pour moi une image dans un livre de lecture. Je devais la voir et la toucher. Elle n'arrivait jamais jusqu'au village. On pouvait l'apercevoir, coiffant le haut des montagnes, mais elle ne descendait jamais jusqu'à nos pieds.

Mon père prit à part Mme Simone et lui demanda s'il y aurait des garçons.

– Les filles seront dans un chalet, les garçons dans un autre, et moi, je suis là pour les empêcher de se mélanger.

Elle avait un peu menti. On ne dormait pas avec les garçons, mais on était la plupart du temps ensemble.

Cet incident renforça chez moi le sentiment d'être divisée en deux. J'avais une moitié suspendue encore à l'arbre du village, et l'autre moitié balbutiant la langue française, en perpétuel mouvement dans une ville dont je ne voyais jamais les limites ni la fin. J'expliquais ma nervosité par les bagarres auxquelles se livraient mes deux moitiés. Je n'étais pas au milieu, mais dans chaque camp. C'était fatigant. Je m'énervais quand cela durait longtemps. Pendant l'école de neige, je repensais à mon frère et à nos jeux au village. De retour à la maison, j'avais déjà la nostalgie dece séjour à la montagne avec le feu de cheminée, les chants, les plaisanteries, les jeux avec les professeurs...

Ce fut à ce moment-là que survint le mois du ramadan. Pour la première fois, je devais le faire, je n'étais plus une petite fille. Ma mère me prit à part et me dit :

– Tu n'es plus une enfant. Tu dois jeûner comme nous. Le jour du sang, tu as le droit de manger. Il faut aussi te remettre à la prière. Sinon ton jeûne ne sera pas valable.

Je l'écoutais, tout en pensant au bouleversement que cela entraînerait. Mes convictions religieuses s'étaient évanouies. Je croyais en Dieu, mais pas à la manière de mes parents. Je lui parlais la nuit un peu en berbère, un peu en français. Je l'aimais et lui demandais chaque fois d'empêcher mes moitiés de se battre. J'avais besoin de tranquillité. J'acceptai de faire plaisir à mes parents. Je me laissai réveiller, au milieu de la nuit, pour le repas d'avant le lever du soleil. Je me lavais les dents et n'arrivais plus à me rendormir. Des brûlures d'estomac me gênaient. Je me sentais lourde et j'arrivais à l'école à moitié endormie. Le troisième jour, je cessai de faire le jeûne et mangeai en cachette. Mon père n'en savait rien. Il ne fallait pas le choquer et lui faire de la peine. Il travaillait durement, le ventre creux, et rentrait exténué. Il avait la foi, quelque chose d'inébranlable. Une telle résistance forçait l'admiration. Ce que j'aimais le plus, durant ce mois, c'étaient les soirées où la Goutte-d'Or se transformait en médina.

Les gens avaient besoin de retrouver le coin du pays qu'ils avaient laissé derrière eux. Alors que moi, je faisais tout pour oublier le village, d'autres le reconstituaient avec des bouts de ficelle. Certains continuaient à vivre comme s'ils n'avaient jamais quitté leur terre natale. Hélas, partout où ils allaient, la France leur rappelait qu'ils n'étaient pas chez eux.

Pour moi, la France, c'était l'école, le dictionnaire, l'électricité, les lumières de la ville, le gris des murs et parfois des visages, l'avenir, la liberté, la neige, Mme Simone, le premier livre que j'ai lu, des images se serrant les unes contre les autres...

Un jour, au moment où, dans mon lit, j'énumérais toutes ces choses, je fus arrêtée net par le bruit d'une déflagration suivi d'un cri de femme, long et douloureux. C'était le cri d'une mère dont on venait de tuer le fils, Djellali, quinze ans et quelques mois, beau avec ses yeux verts et ses cheveux noirs bouclés.

Il était neuf heures dix, ce dimanche 27 octobre 1971, lorsqu'une balle traversa le cœur d'un enfant qui jouait au flipper dans un café de la Goutte-d'Or.

Je ne le connaissais pas vraiment. Je le voyais dans

notre rue, souriant, disant des plaisanteries au passage des filles, chantant les derniers succès à la mode, parlant français avec un petit accent du Midi – il était né à Marignane. Il était gai, vivant, optimiste. Son corps était sur le trottoir, un sourire incrédule sur le visage, la main droite fermée sur des pièces de monnaie ; serein, en paix et regardant le ciel comme si une force vive, en lui, interrogeait les gros nuages qui passaient, indifférents et hautains.

Son corps, grand pour ses quinze ans, perdait le sang qui se mêlait à l'eau du caniveau. Ce sang, d'un rouge vif, était inépuisable. Il coulait avec intensité, comme si Djellali était devenu une source, transformant le malheur de sa mort en miracle des dieux, faisant, de ce drame, la grâce d'une journée oubliée du soleil, le rire heureux interrompu par une déchirure en plein cœur. Sur Djellali, tant de questions venaient se poser comme une membrane à peine visible, un voile où l'inquiétude était réduite à un silence pesant, trop lourd pour agir, trop brutal pour comprendre.

Le sang coulait toujours ; des papillons volaient au-dessus du corps, un moineau gris, passant par là, s'arrêta et but une goutte de ce sang, puis partit en chantant. Des enfants venus des quatre coins de la ville firent une ronde autour du corps et tournèrent plusieurs fois, demandant à Djellali de se lever et de partir avec eux au pays où l'on n'assassine pas les enfants. C'était sans doute les anges accourus pour le transport de l'âme vers le paradis. Là-bas, il continuerait sa partie de flipper, puis s'en irait se baigner dans la rivière d'eau pure, des jeunes filles l'entoureraient de leurs bras et de leurs rires. Il serait leur prince, leur passion, et il aurait tout le temps pour louer, aimer, et vivre éternellement.

Lorsque les ambulanciers, la police, les pompiers arriveront, Djellali ne sera plus là. Ils trouveront juste une flaque de sang et des mouches. A quelques mètres de là, ils ramasseront la douille de la balle qui traversa le corps de cet enfant.

Le deuil observé par tout le quartier ne pouvait rendre l'enfant à sa famille, ni rendre la justice plus juste, ni empêcher d'autres coups de fusil. Le deuil, c'était notre manière à nous de parler à un pays où l'on a pris l'habitude de tuer facilement l'étranger. L'enterrement fut une immense manifestation silencieuse où des bras de Français brandissaient le portrait de Djellali et des pancartes où ils dénonçaient le racisme.

Ce jour-là, j'accédai comme par magie à un autre âge. J'avais vieilli de quelques années. Je n'étais plus la petite fille émerveillée par tout ce qu'elle découvrait, j'étais une jeune fille frappée dans son cœur par la mort d'un garçon qui aurait pu être son frère. J'avais sauté les années et détruit les images qui me faisaient rêver. Je pensais, bien sûr, à mon frère Driss. Mais à partir de ce dimanche matin, la vie avait un goût amer. J'appris le sens du mot « racisme ». A l'école, quand quelqu'un ne m'aimait pas, j'attribuais cela à mon retard, non à la couleur de mes yeux et de ma peau. Personne ne m'avait jamais reproché de parler berbère et d'avoir les cheveux noirs et frisés. Je n'aurais pas compris. La mort de Djellali me fit entrer dans un monde plus compliqué et plus dur.

Certains disaient : « On l'a tué parce qu'il est

musulman » ; d'autres : « Ils l'ont tué parce qu'il est algérien et la guerre d'Algérie n'est pas tout à fait terminée pour certains. »

Driss fut empoisonné par une femme qui voulait nous faire du mal. C'était au village. Ici, de qui se vengeait-on en tuant Djellali ? A qui destinait-on le malheur ? A sa famille ? A Sophie, son amie ? A la communauté ?

Mon père ne se posa pas toutes ces questions. Il décida de déménager le plus vite possible. Il savait que Djellali avait été tué pour rien. Il était arabe et jeune, beau et insolent, vif et charmeur. Et puis les assassins ne cherchent pas de raisons.

La peur régnait dans le quartier. La Goutte-d'Or était un terrain de chasse idéal pour ceux qui ne voulaient pas de nous dans ce pays.

Mme Simone, très éprouvée par ce drame, vint nous voir. Elle disait qu'elle avait honte, car dans ce pays certains avaient pris l'habitude de mépriser les gens qui n'étaient pas comme eux, qui n'avaient pas la même religion. Elle pleurait et se mit à raconter ses souffrances : « J'avais vingt ans pendant la guerre. Mon père était médecin, il fut dénoncé par un confrère : il était juif. Il fut arrêté par la police qui travaillait avec les Allemands et nous ne l'avons jamais revu. Il fut déporté dans les camps de la mort avec des dizaines de milliers d'autres Juifs. »

Elle m'expliqua la démence des hommes, la haine, la déchirure des cœurs, l'acharnement du mal.

Quand elle eut terminé, je lui dis :
– Alors je comprends ! Ma tante est raciste !
– Non. Elle est folle.

112

- Oui, pour être raciste, il faut être fou.

Quelques jours plus tard, elle vint me chercher pour me montrer un film.

- J'espère que ce n'est pas un film de karaté !
- Non. Malheureusement, c'est un film vrai. Ce que tu avais vu la première fois, c'était du jeu. Les acteurs jouaient ; ils faisaient semblant. Ce que nous allons voir aujourd'hui, c'est un document terrible qui montre ce que le racisme a fait pendant la Seconde Guerre mondiale.

Nous entrâmes dans une salle qui n'était pas un cinéma. Il y avait beaucoup d'élèves entre treize et quinze ans. Mme Simone fit un petit discours pour nous avertir de la violence de ce film et qu'il fallait avoir du courage pour aller jusqu'au bout. Si nous ne supportions pas, nous pouvions sortir.

On fit l'obscurité dans la salle, où régnait un silence lourd et inquiet.

Des barbelés noirs défilent sur une terre blanche à cause de la neige ou de la lumière. Le ciel est plombé comme les wagons déversant des corps humains avec des yeux immenses, des yeux pleins de cristaux de larmes retenues, habités par l'horreur absolue. Des femmes nues, à qui toute chair a été retirée, essaient de protéger une parcelle de leur corps. Des hommes se tenant à peine sur leurs pieds s'avancent vers un trou d'où ils ne ressortiront jamais. Des enfants, dont il ne reste que les yeux, marchent les mains levées. Hommes et femmes, dont ne subsistent que les os, sont entassés dans des hangars où le seul point éclairé est celui d'un four. De nouveau les barbelés défilent. Une montagne de cheveux gris, noirs, blancs. D'autres wagons attendent pour livrer leur chargement. Des militaires, comme des pantins mécaniques, hurlent des ordres. Un drapeau flotte au-dessus du camp. Il est sale, retenant la suie de la fumée. Sur ce morceau de tissu, de la cendre, celle d'un être humain brûlé à cause de sa race. Le drapeau flotte mal, alourdi par l'âme brûlée d'un homme ou d'une femme. Des barbelés dans la nuit, et toujours l'unique lumière qui est celle des flammes. Une fosse commune est pleine de vivants et gisants. Le ciel est indifférent. Les nuages se sont dispersés. Une ou deux étoiles brillent malgré tout. La lune est dans ses premières nuits. Elle se tait comme les hommes. Des yeux tombent. Des mains décharnées s'accrochent à une herbe ou à une pierre. Les soldats s'agitent. Trop d'arrivages. D'autres s'arrêtent pour nourrir la mort qui a une gueule immense. Elle avale tout. Des hommes en pyjama rayé font la queue pour une louche de soupe noire. Savent-ils qu'ils vont mourir, brûlés vifs dans un four ou une chambre à gaz ?

Même le soleil fait une apparition. Un enfant lève la tête au ciel et ne comprend pas ce que vient faire le soleil dans cet enfer, en ces jours funestes où la braise de la haine est un volcan furieux qu'aucun ciel n'éteint. Les os, dans une infinie patience, s'accordent, s'assemblent et tombent en cendre légère sur une terre noircie par la malédiction, gardienne du camp et de la démence. Annulés l'aube, l'aurore et le crépuscule. Seule la nuit étend ses bras rassembleurs charriant les corps oubliés pour les étouffer au creux de la mort, rongée par la famine et quelques paroles célestes. Nuit aux proies inutiles perforant les regards hagards. Un enfant

114

perdu, vite apprivoisé par la mort, lève les mains comme dans un jeu d'écolier. Il nous regarde. Il me regarde. Je baisse les yeux. Mes larmes scintillent. Le visage de cet enfant est là, dans mes larmes. L'image s'arrête. Dans la salle, c'est le silence et l'obscurité. Personne ne parle. Nuit et brouillard.

Ce jour-là, je n'avais plus treize ans, mais mille ans.

11

Nous quittâmes Paris, plus exactement la Goutte-d'Or – Paris n'était pas la Goutte-d'Or –, pour nous installer dans les Yvelines. Pour moi, c'était déjà le bout du monde, plus loin que le village, plus étrange que la montagne. Mon père avait pu obtenir un logement social dans une région considérée déjà comme la campagne. Il y avait des arbres et des champs verts. Il ne manquait plus que les scorpions et l'école coranique. C'était calme, trop calme pour moi. L'angoisse de la balle perdue s'était un peu calmée. On n'y pensait pas comme avant, mais on apprenait que d'autres Arabes étaient tués.

C'était un été sombre, une chaleur funeste. Un ciel chargé de fumée noire. C'était l'été soixante-treize. J'appris les expressions : « chasse à l'homme », « chasse à l'Arabe », « ratonnade », « bougnoule »... Je me mis à tout noter dans un carnet, recopiant le journal :

Abdelouhab Hemaham, 21 ans, a perdu la vie par les mains d'un jeune Français sur le vieux port de Marseille.
Saïd Aounallah, 37 ans, huit balles à la tête et à l'abdomen.
Hammou Mébarki, crâne fracassé.

117

Lounès Ladj, trois balles dans le dos.
Saïd Ghilas, crâne fracassé.
Bensaha Mekernef, crâne fracassé. Mort le 2 septembre.
Mouzali Rabah, 30 ans, tué par balles.
Ahmed Rezki, 28 ans, une balle dans la poitrine. Mort à
l'aube du 29 août.
Mohand Ben Bourek, attaché à une pierre de sept kilos, les
côtes enfoncées et le foie perforé.

J'ouvrais ainsi mon premier journal intime. Des noms de personnes que je ne connaissais pas venaient s'y inscrire comme dans un cimetière. Je répétais à voix basse leurs noms et imaginais la vie qu'ils avaient eue. Une vie courte, interrompue comme une herbe violemment arrachée et dont personne ne se souciait. Je leur donnais des visages souriants, un grain de beauté sur la joue, une fossette au menton. Ils avaient les yeux tantôt noirs, tantôt bleus. Ils se relevaient du fond de la terre humide et avançaient vers une fontaine d'eau pure. Ils étaient suivis par des arbres aux branches chargées d'objets. Des papillons leur indiquaient le chemin. Leurs enfants, ne se doutant de rien, les attendaient à la sortie de l'école. Une main gantée de blanc les ramassait en un seul mouvement large et ample. Morts gratuits, orages d'été. Morts inutiles, rendant ce pays obscène. Morts pour rien, ou alors pour assurer à une partie de cette société la laideur dont elle avait besoin.

Je cherchais à comprendre. J'ouvrais le dictionnaire, mais n'apprenais rien. Les noms inscrits dans mon journal résonnaient dans ma tête avec insistance. La nuit, ces visages que je dessinais se retrouvaient comme égarés à l'entrée de nuit et brouillard. Ils défilaient comme les barbelés, planaient au-dessus d'autres cadavres. Une herse les happait, les jetant dans la fosse commune. Ils ne se débattaient pas, mais se laissaient fondre dans des corps déchiquetés. J'entendais la voix de Mme Simone me demandant de la sauver. Comment ces corps, abattus en été, loin de la guerre, s'étaient à d'autres corps mêlés ? Ils avaient rejoint des victimes au visage voisin, mémoires meurtries. Dans mon esprit, le temps allait plus vite entre le présent et le passé, abolissant barrières, dates, et toute logique.

Pour le Mal, j'avais, dès le début, pris ma tante comme source de repère. A présent, je devais y adjoindre ceux qui avaient brûlé des Juifs et des Tziganes, puis les assassins de Djellali, Bensaha, Rezki, Mohand, Saïd, Ahmed, Mounès, Hammou, Salah, Mohamed, Dhebar, Dehili, Kabali, Chouach, Ali, Omar, Abdallah, Nouredine...

Avec mes treize ans et demi, mes pages du dictionnaire, mes fugues et mes révoltes, je me demandais si je n'étais pas, moi aussi, repère et source du Mal. Mes parents n'étaient pas satisfaits de mon comportement. J'étais, pour eux, l'espoir et la clé d'un monde extérieur. Je leur lisais les lettres, je remplissais les formulaires, je leur expliquais le journal, je leur servais d'interprète, j'étais devenue indispensable, je ne dépendais plus d'eux, mais eux dépendaient de moi. Ma grand-mère aurait dit : « C'est le monde à l'envers. » Ce n'était pas faux. Mes sentiments à leur égard changeaient. J'avais en moi trop d'énergie, trop de révolte pour ne pas en vouloir à mon père qui subissait la vie, travaillant comme une bête, sacrifiant sa jeunesse. La nuit, j'avais du remords de nourrir de tels sentiments.

J'essayais de le comprendre, mais le lendemain, je lui parlais en français, ce qui l'énervait et le contrariait beaucoup. C'était ma façon de lui signifier mon désaveu. Il sentait bien que ce qu'il redoutait le plus arrivait : il me perdait. Je m'éloignais de mes parents, je me repliais sur moi-même, je ne parlais plus et lorsque j'ouvrais la bouche, c'était pour leur parler une langue étrangère. Une mère hostile leur volait leur enfant.

Ce rapt était en train de réussir. Je ne cessais de faire des progrès au collège. J'étais toujours dans des classes spéciales, brûlant les étapes, avançant plus vite que les autres, menant une guerre contre mon passé, opposant mon pays, celui que j'élaborais en moi jour après jour, à la terre natale.

Ma mère avait rapporté du village une épice à l'odeur puissante au point de me jeter mains et pieds liés dans ma vie d'avant. J'avais tout vaincu ou presque. Seul le clou de girofle était plus fort que ma volonté, plus violent que mon énergie. Il dégage un parfum ambré, aigu et persistant. Ma mère l'utilisait aussi bien comme épice dans le tajine que comme parfum : elle glissait dans ses robes quelques grains. La maison puait. J'avais beau me boucher le nez, l'odeur m'envahissait, me tournant la tête, provoquant chez moi des nausées et parfois un phénomène étrange : ma chambre des Yvelines se déplaçait et se réinstallait au milieu du village. J'y étais enfermée, aucune porte ni fenêtre n'ouvrait. Et tout autour de moi, on faisait brûler de l'encens mêlé à des clous de girofle. Ce n'est pas le parfum de la mort, ce n'est pas l'odeur fétide d'un corps malade. Le clou de girofle donne même un goût très fin à certains plats. Non, mon aversion a quelques raisons profondes dont cette épice a été un élément déterminant à cause de l'odeur.

Cela me ramène encore aujourd'hui très loin, dans les premières années de mon enfance. Il m'a fallu beaucoup de recherches dans mon passé pour trouver l'origine de ce rejet.

Il y avait eu une période où ma tante ne pouvait pas dormir seule. C'était l'époque où son mari l'avait abandonnée pour partir travailler en France. A tour de rôle nous dormions avec elle, mon frère et moi. Il n'y avait qu'un lit et nous étions obligés d'être collés à elle. Elle me prenait dans ses bras et me mettait la tête entre ses seins. Elle portait, autour du cou, un collier de clous de girofle. J'avais l'épice dans mon nez. Le sommeil tardait à venir. Je partais sur ces effluves affronter des monstres dans la forêt, alors que j'étais dans les bras d'une ogresse qui n'avait pas encore sorti ses dents pour nous déchirer et manger notre foie. Pour elle, c'était un porte-bonheur, un écran contre le mauvais œil et les sorts jetés par l'ennemi. Mais enfin, de quelle puissance un œil devrait-il être pourvu pour atteindre le roc et lui porter malheur ?

Mes rejets devenaient de plus en plus clairs. Après l'épice, les dents en or. On disait dans le village qu'on portait sa fortune dans la bouche. Que de femmes belles saccagèrent leur charme avec un sourire ! Ces dents en or brillant au soleil cassaient la pudeur et la beauté.

Mes parents n'avaient pas les moyens de s'offrir des dents en or. Les femmes allaient en ville chez un « mécanicien-dentiste », un arracheur de dents, un bricoleur qui leur faisait mal, mais qui devait les séduire avec des yeux de prince du désert. Lui était plus connu pour sa beauté que pour ses massacres. Un jour il disparut avec la fille aînée du pacha et on ne les retrouva jamais. Ce charlatan était, au fond, un artiste, un poète-aventurier, un séducteur qui abandonna son travail et sa famille pour aller vivre clandestinement un amour interdit. Cela me le rendait sympathique ; et je sus que beaucoup de femmes rêvèrent d'être un jour enlevées par cet homme aux yeux de braise.

La tatoueuse, qui était aussi sage-femme, mourut brutalement le jour où elle devait venir dessiner sur mon front une fibule entourant un œil ouvert, puis un poisson sur le menton. Ma mère était très contrariée, moi, j'étais indifférente. Ce n'est que plus tard que je décidai de ne pas aimer ces dessins sur le visage. Tant que nous étions entre nous, dans le pays, je n'avais rien à dire à propos de ces pratiques. Les femmes étaient ainsi marquées. On reconnaissait leur tribu, leur village et parfois même leur famille. A partir du moment où j'avais échappé à ce marquage, où mon visage pouvait passer n'importe où sans se faire repérer, je ne développais pas une aversion aussi poussée que celle que j'avais pour le clou de girofle et les dents en or.

Ma tante concentrait en elle toutes mes aversions ; ce qui me poussait à l'appeler « Visage abîmé ». Je ne sais plus si ses tatouages ont été mal faits ou bien si c'étaient ses grimaces, ses tics, et le dégoût qu'elle avait pour les autres qui avaient déformé leurs dessins. Des lignes s'entrecroisaient pour rien ; des points changeaient souvent de place. Son visage était mouvant, et le mal qu'elle faisait le rendait encore plus mobile. Même quand elle dormait, son front et son menton bougeaient. Sous la peau, une guerre était menée, et seule elle le savait. Nous autres, nous évitions de la regarder fixement ; il ne fallait pas laisser ses prières et ses flèches nous atteindre. Moi, je la regardais les yeux baissés, plus par peur que par pudeur et respect.

Un jour, elle me demanda avec gentillesse de lui donner la main droite pour lire les lignes. Je lui tendis la main gauche, gardant l'autre derrière mon dos. Je sus, par une intuition forte, qu'elle cherchait à brouiller les lignes de la main droite pour que le trésor ne soit pas trouvé par moi. Dès qu'elle tira ma main vers elle, je sentis une brûlure dans la paume. Son regard figé irradiait du feu. Elle tentait ainsi de brûler la paume de ma main droite pour effacer à jamais les chemins menant vers le trésor enterré par l'arrière-arrière-grand-père dans la montagne, bien avant l'arrivée des Français au Maroc.

Je me dégageai et pris la fuite. C'était l'époque où la guerre n'était pas encore déclarée. Elle se disait prisonnière d'un destin turbulent et nous parlait d'un certain Khalil, un frère de lait dont elle attendait la visite depuis des années. Mon père n'était pas au courant de son existence. Mais c'était plausible ; dans le pays, une mère n'allaite pas que sa progéniture. Khalil devait venir. C'était l'homme attendu, mais dont personne ne connaissait le visage. Un jour, en plein hiver, un homme voilé, fatigué par la marche, la faim et le froid demanda l'hospitalité. Il n'y avait que des femmes et deux enfants dans la ferme. Ni ma mère ni ma grand-mère n'osèrent accueillir cet inconnu. « Visage abîmé » sortit de sa cabane et nous dit sur un ton conciliant :

– Tout de même nous n'allons pas laisser dehors une personne de la famille. C'est lui Khalil, mon frère de lait.

Elle lui offrit sa chambre et vint dormir avec nous. L'homme avait des yeux clairs et parlait peu. D'après son accent, il devait être du Nord. Il était gêné, s'excusa plusieurs fois pour le dérangement. « Visage abîmé » était satisfaite. Son sourire avait quelque chose de victorieux. Cette nuit-là, je décidai de ne pas dormir. Je faisais semblant et attendais le moindre geste pour ouvrir les yeux et suivre le spectacle. N'ayant jamais été dupe, je savais que ma tante allait entreprendre une action cette nuit.

Cet homme ne devait pas dormir chez nous. Le fait qu'il n'ait pas démenti l'histoire de frère de lait donnait à mes soupçons quelques fondements. Au milieu de la nuit, je fus prise de panique. Et si cet homme était un voleur armé d'un poignard ? Et s'il n'était qu'un aventurier à la recherche de femmes sans défense ? Et si c'était l'un des agents qui volent les enfants pour les vendre ?

Je maudissais ma tante de l'avoir introduit dans notre nuit, et en voulais à ma mère de ne pas avoir réagi assez violemment. Tout le monde dormait. Ma tante ronflait. La nuit était calme, trop calme. Pas un bruit. Même les animaux se taisaient. Ma peur grandissait, m'entourait, m'enveloppait. J'étais sous son poids. Je sentais que quelque chose allait se passer. Rien ne se passa. Le matin, j'avais les yeux rouges et enflés. Je marchais en titubant. L'inconnu était parti au lever du soleil. Il laissa sur la paillasse un talisman au bout d'une ficelle. Nous ne savions comment interpréter ce signe. D'après ma tante, il allait revenir. Ma grand-mère dit : « La prochaine fois il dormira ailleurs. » Ma mère, de crainte de provoquer les sarcasmes de « Visage abîmé », ne dit rien. Moi, à moitié endormie, je dis :

– Un homme est passé. Un homme voilé. C'est un inconnu. Il doit être porteur d'un secret. Il faut se méfier des gens silencieux. Je propose de jeter ce talisman dans le ruisseau. S'il reste à la surface de l'eau, c'est qu'il est bénéfique. S'il tombe, c'est qu'il est chargé de malheur.

Pour une fois, ma tante écoutait ce que je disais. Elle s'empara du talisman et s'en alla. Je la suivis. Arrivée à la source d'eau, elle se cacha derrière un buisson. Je montai sur un arbre. Elle ne m'avait pas vue. Elle attendait. Moi aussi. L'homme qui apparut soudain n'était pas voilé. Il donna une gifle très forte à « Visage abîmé » qui se précipita sur ses pieds et les baisa. Il continuait de la frapper en l'insultant :

– Tu n'es pas digne d'être une vipère. Tu n'es rien. Le garçon est toujours là, en bonne santé. Il me souriait comme pour se moquer de moi. Alors que fais-tu à présent ?

Ma tante était à genoux, son visage collé sur les cuisses de l'homme. Elle faisait des mouvements étranges autour du bas-ventre. C'étaient des baisers et des caresses. L'homme ne disait plus rien. Il se laissait faire. Le buisson était touffu. Je n'arrivais pas à tout voir. L'homme poussa un cri de soulagement et partit, laissant « Visage abîmé » étendue par terre, le corps secoué par des soubresauts.

J'eus du plaisir à la surprendre jetée par terre, abandonnée, sans pouvoir, les cheveux défaits, les yeux humides. Elle avait honte. Quand elle me vit, elle se retourna, essaya de se relever, tomba, puis se remit debout avec force. Elle bavait :

– Que fais-tu là, scorpion nègre ?

– Rien. Je venais chercher le talisman pour le jeter à l'eau.

– Qu'est-ce que tu as vu ?

– Rien. Je n'ai rien vu. Je t'ai suivie ; je me suis perdue ; c'est tout.

– Tu l'as vu ? N'est-ce pas ?

– Qui ?

– Mon frère, mon prince, mon homme, mon espoir...

– Non, je n'ai vu personne.

– Mon père, de son vivant, m'interdisait de voir Khalil. C'est un savant, un grand connaisseur des plantes. Il soigne les malades. Il donne de l'espoir aux condamnés. Alors je le voyais en cachette. Lui, n'aime pas me voir. Il vit au Sud dans un marabout. Les gens viennent le voir de tout le pays. Il est doué. Tu verras, ce sera un saint.

Pourquoi me racontait-elle tout cela ? Elle savait que je les avais vus. Elle me donna le talisman et nous cherchâmes un cours d'eau assez calme. Là, je jetai le talisman. Il resta quelques minutes à la surface, dégagea une couleur noire mêlée de traits rouges, et sombra au fond de l'eau.

– C'est mauvais signe, dis-je.

126

LES YEUX BAISSÉS

Elle acquiesça de la tête :
– Tu as raison. Mauvais, c'est sûr, mais pour qui ?
– Pour celui, ou celle, à qui il a été destiné.
– Et à ton avis, cette noirceur qu'il dégage, ne serait-elle pas celle de ton âme ? Ne te sens-tu pas en train de perdre un peu de ton souffle ? N'es-tu pas en train de te vider ? Réponds.
Elle me provoquait. Je décidai d'être aussi forte qu'elle et j'adoptai son ton :
– Et ce filet rouge qui traverse la noirceur, n'est-ce pas un peu de ton sang ? Es-tu sûre de ne pas être en ce moment en train de perdre ton sang ? Regarde bien tes mains, tes jambes, ton nez. Regarde-toi dans l'eau. Tu verras combien tu es pâle. L'eau bouge. Et ton visage s'abîme et abîme cette eau pure. Si tu restes longtemps penchée à te contempler, l'eau va être souillée par ton image. Je ne parlerai pas de ton âme. Elle habite et enveloppe ta face où plus rien n'est à sa place.
Elle était outrée, stupéfaite. Et, moi, je l'étais encore plus. Je n'étais qu'une petite fille, mais je sentais qu'une voix parlait à l'intérieur de mon corps. Cette voix venait de loin. Elle était celle d'un vieil homme, un sage, un personnage ayant vécu il y a très longtemps et qui, du fond de sa tombe, continuait à parler. Je captais sa parole et la transmettais à mon insu. Je tenais tête à cette femme redoutable. J'étais la seule, dans ma famille, à pouvoir le faire. C'était un don qui me visitait de temps en temps. Tout changeait en moi. « Visage abîmé » se décomposait sous mon regard. Au fond d'elle-même, malgré sa hargne et sa colère, elle avait pour moi de la considération. J'étais une adversaire à sa hauteur. Le soir, je tremblais dans mon lit en

127

pensant à tout ce que je lui disais. Je n'allais tout de même pas lui expliquer que je n'étais qu'une messagère, une voix dans une autre voix, un siècle comprimé dans dix petites années. Des frissons parcouraient mon corps et je cherchais une prairie pour dormir et rêver. Je survolais un champ de coquelicots, puis un autre de tournesols épanouis, puis un champ de blé vert ; je me posais comme un moineau sur les branches d'un arbre lourd de fruits. Ma peur s'éloignait. Elle se mettait sur la ligne de l'horizon, le temps de faire chanter l'arbre et les plantes. Ces paysages ne me faisaient pas dormir, au contraire ils m'excitaient et me donnaient le vertige. Puis j'ouvrais les yeux dans cette nuit noire où aucune étoile ne brillait. Les ténèbres me renvoyaient la noirceur du talisman dans l'eau. La nuit était la complice de « Visage abîmé ». Elle me malmenait, me tiraillait, me poussait dans le noir jusqu'à entrer dans le cauchemar puisque ma prairie perdait ses couleurs, ses fleurs et sa verdure, devenant une illusion, une roche grise avec des algues mortes et de la moisissure. En posant le pied sur ce que je croyais un tapis de coquelicots, je glissais, emportée par un souffle violent, je perdais l'équilibre et me retrouvais au point de départ ; poussée par une main métallique je recommençais le manège à l'infini.

A cause peut-être de ces images qui peuplaient mes nuits au village, je devins allergique au sommeil durant quelque temps. Dès que je fermais les yeux, tout ce monde lugubre se mettait en branle pour me faire vivre les frayeurs que ma tante commanditait du fond de sa paillasse, entourée de ses scorpions tombés dans des bols d'eau, et de ses serpents qu'elle dressait, tapis pour le moment dans un vieil aquarium acheté au marché aux puces de la ville, juste après le tremblement de terre, ce qui explique les vitres brisées recollées avec une sorte de farine grise. C'était cela, la peur : la présence d'une chose tentaculaire, non visible, et qui frappe aveuglément, sans raison et sans répit. Cette chose me maintenait éveillée tout en me promettant un sommeil profond. Elle m'y jetait, puis me repêchait jusqu'à m'étourdir et confondre le jour et la nuit. La chose que j'appelais chien de mer, loup des steppes, renard des terrains nus courait dans les ténèbres suivie par un souffle froid qui me donnait des frissons.

On ne revit plus l'homme voilé. Un mois plus tard mourait Driss.

12

J'avais quinze ans et beaucoup d'appréhension
quand nous retournâmes au village. Nous étions atten-
dus par ma grand-mère, les cousins et les voisins. Certains se croyaient obligés de dire une phrase ou deux,
empreintes de fatalisme et de pardon, à propos de ma
tante, disparue pour les uns, morte noyée dans un
puits pour les autres, récupérée par Satan qui l'avait
envoyée dans ce village semer le désordre et faire le
mal. Mon père ne disait rien, il saluait les gens et
buvait du thé en regardant l'horizon, un muret entourant le cimetière. Ma mère pleurait dans les bras des
femmes. Moi, je regardais tout cela en étrangère. Je ne
versais pas une larme ; j'observais les jeunes gens,
essayant de repérer des yeux qui me feraient rêver. Je
découvris ce jour-là l'indifférence. Je n'étais pas au village et je n'entendais aucune voix. Suspendue, ou bien
assise sur un tapis planant au-dessus de ces têtes aussi
creuses, aussi nues que la vallée. Mais ces têtes
n'avaient même pas de souvenirs à s'offrir les nuits
d'hiver.
Je sus que l'indifférence était une forme d'intelligence, un pouvoir sur l'invisible, une petite lumière

intérieure qui me tenait à l'écart de ces bavardages et de ces gestes inutiles, dictés plus par l'hypocrisie que par un désir réel de dire quelque chose de vrai et de sincère.

Je voyais mes parents pris au piège de ces retrouvailles, où chacun se plaçait pour se faire bien considérer par ceux de l'étranger, ceux qui étaient partis faire fortune et qui revenaient chargés de valises, de paquets et d'objets de toutes sortes.

J'avais pitié d'eux. Puis la pitié s'éteignait et ne me restait que le néant. Pas même l'envie de leur dire ma rébellion, de leur faire part de mon dégoût et de mon étrangeté. Quand les gens s'adressaient à moi, je faisais semblant de ne pas comprendre et leur opposais le mutisme et parfois le sourire de celle qui se moquait de tout et dont le cœur était loin de cette poussière grise, loin de ces visages tristes et vides. S'ils insistaient, je leur disais n'importe quoi en français. J'étais loin et je les voulais encore plus loin de moi.

Le premier soir, je refusai de dormir sur la paillasse dure, puant l'urine, la sueur et le clou de girofle. Je sortis dehors, enveloppée dans une couverture ramenée de France, et m'endormis à la belle étoile comme si je campais avec des copains en classe de neige.

Tout devait rester suspendu entre eux et moi. Eux étaient toujours là à la même place, assis sur une pierre ou sur un tabouret, regardant l'horizon des collines bleues, faisant leurs prières à heures fixes, avalant le temps par petites bouffées au goût neutre, ni sucré ni amer. Mais le temps aussi les aplatissait, les enterrant chaque jour un peu plus dans cette terre qui s'affaissait et descendait vers des abîmes insoupçonnés. Ils étaient là, fidèles au jour, fidèles à l'attente. Mais qu'attendaient-ils de ces montagnes de pierres où plus rien n'était animé ? Ces roches de l'attente et de l'oubli devaient les fasciner. D'elles jailliront d'autres vies, d'autres destins armés de pierres, de touffes d'herbe sèche, de rage et de folie. Les montagnes les surveillaient ; elles les regardaient jour et nuit, sans impatience, sans rien perdre de leur violence silencieuse. Elles aussi attendaient.

Les derniers oiseaux affamés quittaient ces hauteurs, emportant dans leurs pattes un peu de cette roche blanche que la vie avait abandonnée. Ils partaient ailleurs, là où les hommes ne sont pas assis sur des sacs d'orge scrutant le ciel, là où les femmes travaillent, chantent et rient.

Ici, le moindre bruit était porteur de vie : un crissement de feuille, le bruit d'une clochette, le miaulement d'un chat enragé qu'on prenait pour le cri d'un nouveau-né, le tonnerre, le crépitement des braises, la lueur du feu...

Rien n'avait changé, et pourtant tout m'y parut très vieux et très nouveau. Mes yeux n'étaient plus les mêmes, ils avaient vu autre chose, d'autres images s'y étaient imprimées, d'autres visages s'y étaient infiltrés. Je portais en moi tant de nouvelles choses que mon regard ne pouvait qu'être impitoyable.

Ce retour fut une épreuve douloureuse. Je connus l'ennui et l'isolement. Je m'étais retranchée dans un monde où personne n'avait accès et, moi aussi, me mis à attendre. Attendre la fin du congé pour reprendre la route, partir sans se retourner et ne plus jamais revenir.

Elle avait des yeux noirs en amande, une peau douce et mate, vivait à l'écart depuis le jour où elle était devenue muette à la suite d'une forte fièvre. Elle ne pouvait plus parler. Seuls ses yeux la maintenaient vivante. Elle regardait le monde et ne l'aimait pas.

Nous avions à peu près le même âge, mais nous ne nous connaissions pas beaucoup. En arrivant, je l'avais aperçue dans un coin, seule dans ses rêveries. Elle me lança un regard de complicité. Je n'y prêtai pas attention. Je n'avais pas la patience de lire dans ses yeux tout ce qu'elle avait envie de me dire. Et pourtant je pensais à elle ; je ne l'incluais pas dans ma révolte contre ceux qui restaient assis à contempler l'horizon. Je ne fus pas étonnée quand elle vint s'asseoir à côté de moi et glissa ses jambes sous ma couverture. Elle me regarda. Je lui souris. Elle rit. Elle se serra contre moi comme si elle réclamait ma protection. Je sentis son corps chétif grelotter de froid. Nous restâmes un bon moment, serrées l'une contre l'autre comme deux sœurs, deux orphelines abandonnées. Je ne dis rien. Je vis ses yeux se fermer. Elle dormait. Sur son visage planait une immense tristesse. Je la gardais dans mes bras comme une enfant perdue, mais confiante. Après un moment, elle se réveilla. Elle était moins triste. Elle me fixa longuement ; tout son visage devint rouge et crispé par l'effort. Elle voulait me parler et essayait de sortir un mot. Après quelques minutes, sa première phrase fusa :

– Je ne suis pas muette ! Je m'appelle Safia.

Elle le répéta plusieurs fois et se mit à pleurer.

Je la consolai :

– C'est formidable ; tu es guérie ; tu as recouvré la parole...

– Non, je ne l'ai jamais perdue !

Elle bégayait, confondait les mots, s'énervait :

– Non. Moi malade ? Oui, malade. La fièvre, c'est vrai. Mais après la fièvre, je décidai de ne plus leur parler.

– Et pourquoi ?

– Rien à dire. Je me parlais à moi-même dans les champs, seule, je crois, pour ne pas oublier les mots. Tu es la première personne à qui j'ai eu envie de parler.

Elle prit mon poignet et admira la montre que je portais.

– C'est beau ! Ici, personne n'a de montre comme la tienne. Pas besoin. Parle-moi, raconte-moi la France... Depuis que vous êtes partis, je pense tous les jours à vous. Quelle chance ! Tu as appris à lire et à écrire. Tu sais beaucoup de choses.

Je lui racontai notre voyage, l'arrivée et le séjour là-bas. Elle m'écoutait, émerveillée. Je lui dis aussi le racisme et la mort de Djellali. Elle ne comprenait pas. Puis, après un moment de silence, elle se serra contre moi et me dit :

– Vous m'emmenez avec vous ? Je rêve de partir d'ici, de quitter tous ces gens.

– Ces gens ou ce pays ?

– Non ! Seulement les gens.

– Tu sais bien que ce n'est pas possible. Tu as besoin d'un passeport, d'une autorisation de tes parents...

– Non. Je pars avec vous, mais cachée.

– C'est impossible.

Dès qu'elle aperçut quelqu'un qui passait au loin, elle se tut. Ne plus parler était ce qu'elle avait trouvé de mieux pour échapper à la famille. Et quelle famille ! Sa réputation était connue jusqu'en ville. Il y avait de quoi, non seulement rendre une enfant muette, mais aussi sourde et folle. Le père était un paysan qui avait fait coup sur coup plusieurs héritages. Il avait trois épouses et vingt-sept enfants (une dizaine morts en bas âge). Tout le monde vivait dans la même ferme. Le père avait été trois années de suite à La Mecque et reconnaissait plus aisément ses vaches que ses enfants.

La ferme était une cour immense – une cour des miracles – entourée d'habitations. Ce qui compliquait tout, c'était que deux des trois épouses étaient sœurs. Les enfants étaient frères et cousins. Pendant la journée, la ferme était un théâtre auquel ne manquait que le public. Il y avait cependant une spectatrice, la petite Safia, qui passait son temps à assister, muette et impuissante, au déroulement du désordre brutal et fou. Des garçons sales et mal habillés arrachaient la chéchia d'un visiteur et en jouaient comme si c'était un ballon. Des filles aussi sales se lançaient des chatons comme si c'étaient des poupées pendant que la chatte miaulait jusqu'à devenir enragée. Des femmes se battaient jusqu'au sang à propos d'une casserole ou d'un seau d'eau jusqu'à l'arrivée du maître de maison qui tirait son ceinturon et se mettait à frapper au hasard. Des adolescents poursuivaient leurs demi-sœurs dans le grenier et les obligeaient à leur montrer leurs seins. Des mères frappaient leurs rejetons avec fureur. Quand les enfants ne se battaient pas, ils jouaient des tours à l'une des grand-mères, notamment une vieille femme qui ne voyait plus et qu'ils faisaient tomber dans une crevasse pleine de boue ; parfois le sang coulait. Il n'y avait jamais de paix dans cette maison de toutes les folies.

Voilà pourquoi la petite Safia avait choisi le silence absolu en attendant la première occasion de fuir cet enfer. Le père ne maîtrisait rien ; il laissait faire et n'intervenait que lorsque lui-même était en cause.

Ma tante était liée avec l'une des épouses à qui elle devait prodiguer des conseils et même quelques herbes pour endormir la vigilance des deux autres femmes. Ma mère savait tout cela et nous interdisait de fréquenter la « ferme de la folie », comme elle l'appelait. Heureusement elle se trouvait de l'autre côté de la colline.

Safia, collée à moi, me suppliait de l'aider. Elle n'avait personne à qui parler, à qui se confier. Seule sa grand-mère aveugle l'aimait, mais elle commençait à perdre la mémoire et la prenait pour une autre. Elle lui chuchotait à l'oreille qu'elle avait perdu la voix, mais pas pour elle.

Durant mon séjour, Safia habitait chez nous. Personne ne s'était inquiété de son absence. Le temps s'écoulait encore plus lentement qu'avant. J'offris ma montre à Safia. Elle pleura de joie. Je passai l'après-midi à lui apprendre à lire l'heure. A la fin de la journée, elle me disait l'heure toutes les quinze minutes. Le soir, je partis voir ma grand-mère qui mangeait seule. La mémoire était encore intacte. Elle avait beaucoup de choses à me dire.

– Après ton départ, la vache qui nous donnait du lait à volonté, tu te souviens, celle qui te reconnaissait et ne se laissait traire que par toi, cette vache a maigri et ne nous a plus donné de lait. Dès qu'on l'approchait, elle donnait des coups de patte. C'était ton amie, et tu étais sa protectrice. Elle n'a pas supporté ton abandon. On a dû s'en débarrasser. Autre chose, l'histoire de ta tante nous a fait beaucoup de tort. Je crois qu'elle a mal tourné, elle a mal terminé son chemin. Je crois qu'elle te visait, toi, et elle ne pensait pas que Driss allait manger ce soir-là. Dieu l'a punie sur terre et il nous rendra justice là-bas.

» Ma petite, tu as grandi et tu as changé. Où que tu ailles, tu es la fille de tes parents et l'enfant de ce village. Tu peux apprendre les langues et les pays, mais ton lieu de naissance, la terre qui t'a accueillie, le toit qui t'a abritée, les gens qui t'ont aimée, les mains qui t'ont prise pour te donner le sein, le vent qui t'a apporté un peu de fraîcheur en été, l'arbre qui t'a donné de l'ombre, eux, où que tu te trouves, ne t'oublieront jamais. C'est ça ton pays, c'est ça son visage. Ne crois pas que tu vas t'en débarrasser parce que tu vas faire des études. Tes racines sont toujours là, elles t'attendent, ce seront elles qui témoigneront pour toi, le jour du jugement dernier.

» Méfie-toi des apparences, des images et des reflets dans l'eau. Tout cela passera. Seul te restera dans un coin du cœur la terre où tu as vu le jour. Nous sommes à Dieu et c'est à Dieu que nous retournerons. Eh bien, Dieu, c'est aussi la terre, nous sommes à cette terre, à sa colline, à ses montagnes, et c'est à elles que nous retournerons. Va, ma fille, vis, étudie, lis, apprends le calcul et les mers, apprends le mouvement des étoiles, va chercher le savoir, même s'il se trouve de l'autre côté de ce continent, mais n'oublie jamais d'où tu viens et ne dis jamais du mal du lieu de ta naissance. Aime-le et respecte-le comme tes parents. Tu auras beau faire, aller au bout du monde, tu n'arriveras jamais à déplacer ce lieu et à le rendre plus beau, plus clément qu'il n'est. Comme tu sais, je n'ai pas appris à lire et à écrire, ta mère non plus. Tu es la première fille de la tribu à fréquenter l'école, et pas n'importe quelle école, celle des chrétiens. Mais ni ta mère ni moi ne sommes vides. Nous connaissons d'autres choses qu'on ne t'apprendra pas à l'école. Nos mains, par exemple, sont plus cultivées que nos têtes ; nos pieds connaissent des lieux qu'aucun livre ne décrit ; notre peau a la mémoire de tant de soleil et de pluie ; nos sens nous suffisent pour reconnaître le nouveau de l'ancien. Notre école, c'est la nature, c'est ce que nos ancêtres nous ont transmis tout au long de leur séjour ici, sur cette terre, dans ce village coincé entre deux montagnes. Enfin mon dernier conseil : méfie-toi des femmes qui voudront te lire les lignes de la main. Va, sans te retourner, en toute tranquillité. Tu as ma bénédiction !

J'avais les yeux baissés en l'écoutant. Je lui baisais les mains et sans rien dire je m'endormis serrée contre elle. La nuit je repensais à la petite Safia, ne sachant trop comment lui donner du courage pour rester là, sans sombrer dans la maladie et la mort lente.

Quelques jours plus tard, je la cherchai pour lui expliquer que je partais sans elle. Elle avait disparu. Personne ne s'était rendu compte de son absence. Quinze de ses frères et demi-frères se mirent à sa recherche. Les uns se dirigèrent vers la montagne, les

autres vers la vallée, moi je suivis mon intuition.
J'avais le cœur serré ; je savais que cette fugue n'était
pas une promenade où elle se serait simplement égarée. J'avais mal dans tout mon corps. La nuit, j'avais
rêvé d'elle heureuse sur un bateau qui avançait vers la
terre ferme comme une charrue. Elle riait et ce rire
avait quelque chose d'agaçant. Je me dirigeai vers le
puits et criai son nom. Seul l'écho de ma voix me
revint. J'eus l'idée d'aller voir du côté du cimetière.
Elle était là, assise sur la tombe de Driss. Pas surprise
de me voir, elle regardait l'horizon et ne disait rien. Je
m'approchai d'elle, pris son visage entre mes mains et
essayai de lire dans ses yeux. Ils étaient vides comme
une maison abandonnée. Ses mains étaient froides. Je
lui parlai ; elle resta impassible. Non seulement elle
était redevenue muette, mais elle n'entendait plus. Je
lui dis tout ce que ma grand-mère m'avait dit la veille.
Son visage ne bougeait plus. Rien ne l'atteignait. La
vie la quittait lentement et elle attendait la fin sur la
tombe d'un enfant qui aurait pu être son ami, la
comprendre et l'emmener loin, très loin de ce village.

13

Un cheval borgne avec des ailes en papier tourne en rond dans la cour d'un palais de sable. Chevauché tantôt par un enfant, tantôt par un épervier géant, il se dresse de temps en temps pour saluer un prince anonyme qui a trouvé refuge dans une bâtisse où il ne se passe rien, où des soldats espagnols attendent depuis cent deux ans qu'on leur explique pour quelles raisons ils sont enfermés derrière ces murailles, à lever le drapeau tous les matins et à monter la garde à tour de rôle, là, face au sable, face à la mer, face à des montagnes nues où pas une herbe ne pousse, où seules les pierres s'accumulent jusqu'à former un rocher qui s'effritera aux prochaines pluies, à condition qu'elles soient diluviennes, seule occasion pour ces soldats oubliés de se sentir utiles, de sortir les pelles et de déblayer la bâtisse devenue pour un jour un lieu où le temps s'est arrêté, où les rapports ont été rédigés et envoyés en dix exemplaires à l'état-major d'Andalousie qui se souvient d'avoir un bataillon sur l'autre rive de la Méditerranée pour assurer une présence illusoire. Mais aucun officier n'avait prévu qu'un jour ces hommes allaient fabriquer des ailes et les coller à un pauvre cheval borgne à moitié fou. Des soldats, n'en pouvant plus de garder la mer, perdent l'un après l'autre la raison.

L'ennui extrême et la beauté sont réunis en cette presqu'île occupée par l'Espagne. Badès est au nord-est du Maroc. Mon village est au sud-ouest. Et pourtant je les confonds aujourd'hui dans une même image, un souvenir cousu par des fils de couleurs différentes, mais donnant la même impression, celle de se sentir sans utilité, sans attaches autres que celles qui entrent dans la terre et s'enfoncent jusqu'à se perdre.

J'étais le cheval fou et l'enfant le chevauchant. L'île et la muraille, l'ennui et le vide, la beauté du soir et l'éternité des pierres. Je tournais comme une folle dans le village en cette dernière nuit avant le départ. Je n'avais plus aucune certitude. J'allais et venais. Je gardais le village, arpentant les chemins, comptant les morts dans le cimetière, marquant les arbres, allant de maison en maison, interrogeant le ciel et essayant de repérer non pas mon étoile, mais celle de l'homme qui viendrait me délivrer.

J'étais prisonnière de mon propre corps, où le désir, cette chaleur étrange qui fait trembler, naissait, s'agitait en moi, puis disparaissait. Je restais des heures à l'attendre. Il fallait rêver, se dégager de ce lieu stérile où pas un homme n'était capable de calmer cette chaleur aux tripes et à la tête. Je rêvais et revoyais l'étranger qui m'avait offert une flûte. Je le dévisageais en passant ma main sur sa barbe, mais quand je le regardais de très près son visage changeait. Ce n'était plus celui d'un jeune homme, mais celui, quelconque, d'un voisin déjà grand-père.

142

Je compris que cette chaleur n'était pas provoquée par la présence d'un homme, mais par la nature qui devenait très douce et encore plus mystérieuse la nuit. C'était la nuit qui faisait naître en moi ce sentiment trouble, cette émotion inachevée. La nuit et le vent, le bruit des arbres et le silence des collines.

Aucun homme ne viendrait me prendre dans ses bras et me caresser le visage sous l'arbre en cette nuit longue et tendre. Aucune main ne saurait apaiser cette envie de trouver un être pour s'oublier et s'endormir, confiante et heureuse, dans ses bras.

L'image du cheval borgne m'obsédait. Quelqu'un a planté le drapeau espagnol dans sa nuque et l'a lâché dans la cour. Il tombe, se relève et continue sa course. De nouveau il tombe, et ne se relève plus. Le cheval est fatigué et, moi, je ne sais que faire de l'image d'un pauvre animal couché sur le côté, bavant, pleurant d'un seul œil. La petite Safia apparaît. Je ne sais comment elle a fait pour pousser ce voile et pénétrer à l'intérieur de ce château de sable. Elle s'approche du cheval, lui caresse le front. D'une main énergique, elle lui retire la flèche plantée dans la nuque. Il essaie de se relever, il a mal. Elle le caresse de nouveau et lui murmure quelque chose à l'oreille. D'un coup, il se remet sur ses pattes. Safia monte sur un tas de pierres et le chevauche. Il fait un tour, s'arrête, puis disparaît dans la brume du petit matin.

J'étais soulagée. Safia avait trouvé un compagnon, un pays et un rêve. Le cheval n'était plus le jouet d'une bande d'abrutis, isolés dans une bâtisse où rien n'arrive.

Je pouvais donc repartir, quitter le village et ne penser qu'à la maison où je naquis, là où mes racines sont plantées et qui donneront un jour une fleur ou une plante qui guérira la mélancolie.

Je repensais à ce que me disait ma grand-mère, mais je ne savais pas comment retenir un bout de terre de ce village, le garder en moi, comme refuge ou comme un devoir envers la tribu. Comment font les autres pour préférer leur pays à tout autre lieu ? Pourquoi mes parents sont-ils restés jusqu'à ce jour attachés à cette terre ? J'étais comme Safia, brûlée par l'envie de partir, n'importe où.

A présent mes illusions ont changé. Je rentrais en France non plus pour apprendre à vivre, mais pour apprendre à aimer.

Mes parents espéraient beaucoup me voir changer après ce retour au pays. Ils appréhendaient, avec une inquiétude muette, le moment où des bouleversements surviendraient dans ma vie de jeune fille. Tant de filles s'étaient perdues dans des fugues, d'autres s'étaient donné la mort parce qu'un jour le père avait décidé de les envoyer au pays pour les marier.

La chronique de notre communauté était pleine de ce genre de violence. Je le savais, comme je savais que mes parents ne me feraient jamais subir une telle brutalité. Je ne cherchais plus à les provoquer, mais laissais le destin et le hasard le faire. J'étais attirée par les situations difficiles, mais je ne les recherchais pas.

A quinze ans, on ne pense pas à la vie ; on aime rêver, construire des monuments avec de la soie ou de la mousseline, puis tout brûler pour recommencer le lendemain.

Le visage de l'amour devait se pencher sur moi et m'emporter loin de cette ville qui ressemblait de plus en plus à un grand magasin fermé pour cause de faillite avec les vitres brisées par où les chats entraient pour copuler en toute tranquillité. Une grande surface abandonnée ou un terrain vague planté de bidons et de citernes. De là, l'amour ne viendrait certainement pas. Il ne passerait même pas par ces chemins de poussière où les lumières s'éteignent comme en prison pour permettre aux choses de dormir.

L'amour aurait un visage comme le temps, la mélancolie ou la peur. Je vivais avec ce visage vide encore. Je confortais en moi une certitude : le jour où j'aimerais, ce serait avec une telle passion que cet amour frôlerait la mort, et sèmerait le désordre et la folie. J'étais possédée par cette idée fixe, une fatalité dont l'ampleur ne me choquait pas.

Ce visage vierge, nu, attendait au fond d'une de mes trappes. Je savais attendre. L'idée d'aimer un jour me suffisait, me comblait et m'accompagnait partout où j'allais. C'était déjà de l'amour.

Il m'arrivait, alors occupée à donner quelques traits à ce visage, de me poser la question en regardant vivre mes parents : se sont-ils aimés ? S'aiment-ils toujours ? Est-ce qu'il y eut de la passion entre eux ? Se sont-ils aimés en cachette avant le mariage ? Parlent-ils de leur attachement mutuel ?

En posant ces questions, je me sentais ridicule, gênée par cette impudeur, par cette curiosité qui n'a pas cours chez nous. Ce ne sont pas des questions qu'on pose, même en silence à soi-même. Il est une

145

évidence dans cette relation : cet homme et cette femme, issus de la même tribu, parlant la même langue, observant les mêmes coutumes, s'aiment profondément. Seulement leur amour est naturel, il est aussi évident que la lumière du jour qui réveille un enfant endormi, il est aussi simple que le pain que ma mère faisait au village, il est aussi doux que la brise du matin sur mes bras découverts, il est aussi nécessaire, aussi important et non réfléchi que la respiration. Cet amour est unique. Il ne se parle pas. Il ne se décrit pas. Il existe et reste en dehors des mots. Il vit dans son éternité, dans son immortalité. Tout regard qui se pose sur lui et tente de le faire parler est intrus, un regard de trop car couvert d'impudeur et de honte.

Mon père et ma mère auraient pu être cousins, mais ils n'étaient, avant leur mariage, que voisins. Leurs familles appartenaient au même clan. Dans cette tribu, le mot « amour » ne circule pas. On le laisse à celui ou à celle qui a mal tourné. « Elle est tombée avec un homme. » Il s'agit de chute et de déchéance. L'amour n'est pas un spectacle. On ne se tient pas la main en marchant. L'homme salue son épouse en lui serrant la main. Le baiser sur le front ou sur la joue ne se donne jamais devant les autres, même pas devant les enfants. Je ne me souviens pas avoir vu un jour mon père poser un baiser sur le visage de ma mère. Et pourtant, leur amour est solide ; sa force est dans cette beauté intérieure, discrète et jamais nommée. Il est tout entier dans un geste : les yeux baissés.

Forcément l'amour que j'allais connaître était différent. Ni solide ni éternel, mais fulgurant. Le visage se dessina très vite, m'habita de manière intense, occupa mes jours et mes nuits, mais je ne le vis jamais. Comment cette image s'était-elle installée en moi au point de me faire croire fermement que, derrière elle, il y avait un corps, un nom, une belle histoire? Qu'avais-je entrepris pour être ainsi frappée par la foudre d'une lumière brutale m'indiquant les chemins de l'amour? Je cherchais autour de moi et essayais de repérer ce visage dont il m'arrivait d'oublier les traits. Je ne savais plus si ses yeux étaient bleus ou verts, si son front était large ou bas, s'il avait une fossette sur chaque joue ou seulement dans le menton, si ses cheveux étaient blonds ou châtains... Image changeante, visage troublant, mais le même regard, serein, paisible, avec au fond, loin, une flamme vive. Cet homme, ce bel inconnu, n'existait pas. Mes illusions, mon imagination m'aidaient à quitter les murs en béton de notre immeuble. J'étais, en fin de compte, une victime consentante, heureuse de ces instants brûlants et triste de devoir regagner la chambre étroite d'où naissaient et disparaissaient les figures de mes passions éphémères.

J'aimais bien ce jeu jusqu'au jour où je découvris que le visage de l'amour était un masque de cire, lequel, oublié par mégarde dans une de mes échappées au village, fondit lamentablement au soleil du pays. Ce pauvre visage n'était pas fait pour vivre sur ma terre natale. Il aurait, peu à peu, perdu ses traits jusqu'à devenir plat, sans rien pour le distinguer. Seuls peut-être les yeux se maintiendraient avec leur lumière. Il ne me restait plus qu'à renoncer à ce jeu pour réapprendre à regarder les êtres vivants sans chercher à savoir s'ils correspondaient à l'image que je gardais au fond du cœur.

Ma tête était fatiguée. J'avais des nausées. Je décidai alors de me consacrer entièrement aux études, d'autant plus que j'étais toujours dans le cycle spécial, en retard, avec l'impression que je n'en sortirais jamais.

Je me disais en jouant à la marelle : « L'amour est une distraction, des cristaux plantés dans la paume de la main, une épingle en cristal circulant dans le corps, une fenêtre ouverte sur les fougères, sur un piano, un soleil, un œil dans un front, une mer étincelante, une nuit bousculée par une infinité d'étoiles, le désespoir enveloppé dans un vieux journal... » L'amour continuait de venir s'interposer entre les études et moi, entre mes parents et moi.

J'avais constamment le sentiment de retrouver quelque chose que j'avais perdu, de ramasser les objets de l'ultime saison et de repartir vers un pays derrière tous les pays où le malheur s'échange contre de l'or, où même la mort se négocie et où enfin le visage de l'amour se remplit, s'affirme et se fait vrai, beau et cruel, source d'eau et de vie. Visage de sable qu'un peu de vent défigure, qu'un peu d'eau ranime et mes nuits se ramassent dans cette solitude pour enlacer ce corps vide jusqu'à me retrouver alors petite fille dans un bout de miroir brisé, là où toute image tremble, saisie par la vie, et chantant les mots qui m'ont fait naître et m'ont poussée à grandir. Mots qui m'entourent, rôdent autour de moi dans un cercle tracé par la plume d'un poète qui, au siècle dernier, fit une halte dans ce pays avant de laisser sur la pierre l'empreinte de ses lèvres et disparut à jamais dans un grand livre que peu de gens ont lu.

Cette fois, le dictionnaire s'est fait piéger par un oiseau qui a dispersé ses pages aux quatre coins de l'île ; des syllabes enjambent les lettres et volent, puis tombent dans un tas de braises. Tout s'en va en fumée, puis la cendre retombe sur mes mains qui se sont mises à écrire de manière frénétique, pour se débarrasser de cette suie grise. J'avais, sur la peau, de quoi composer un recueil de poèmes, mais le désordre et le vent m'ont donné le vertige. Avec toutes ces syllabes, l'oiseau réussit ses sarcasmes. J'aurais pu en faire une lettre d'amour, une longue missive écrite le siècle dernier, transmise par le migrateur à l'aile abîmée, mais j'étais en droit d'attendre et de recevoir cette lettre d'amour longue, inachevée, d'un inconnu, un homme des horizons, un homme du fin fond de mon sommeil, celui qui me prend par la main et me chuchote dans la bouche :

Lumière sur lumière
rêve de mon rêve
source d'eau et de syllabes
silence qui fait lever le jour
pousse cette porte dans l'arbre
là est notre demeure
là tombent les rides du ciel
et tu fais la lumière.

14

« Kniza, Kniza, Kniza... J'arpente la grande maison
face à la mer, je regarde le ciel chargé de bleu et je
répète ce prénom. Je le prononce de différentes façons
et attends, espérant voir surgir ton visage de cette
lumière qui envahit les murs, tourne autour de notre
histoire, au ras des sables.

» Kniza ! Ainsi je t'appellerai, moins pour évoquer
le trésor caché dans la montagne par l'arrière-arrière-
grand-père que parce que ce nom ressemble, quand je
le dessine ou quand je l'entends dans le noir, à ton
regard lorsque tu ne comprends pas un mot ou un
geste et que tes yeux clignent doucement avec cette
ironie en quête de complicité. J'aime ce nom comme
cette barrette que tu gardes dans tes cheveux comme
un gage d'enfance, en ce jour de tes vingt ans où tu
essaies de donner à ton visage l'expression d'une gravité qui se veut désespoir. Là, assise endormie dans ce
vieux fauteuil, les jambes repliées retenues par tes
mains, éclairées par un rayon de soleil. Je te regarde
dans cette douceur des choses et du lieu sans trop
m'approcher, de peur de déranger tes pensées qui se
bousculent pour devenir images d'un songe à peine

inventé, sans même me pencher pour entendre les voix de celui qui te fait sourire. Je te regarde pour t'apprendre et je renonce pour le moment à peindre ce corps ramassé sur lui-même ; j'essaie de surprendre l'âme tranquille de ce corps agité dans un tourbillon de souvenirs nombreux et récents sur lesquels tu as jeté une poignée d'eau claire au bord de ce ruisseau où les femmes lavent leurs robes en chantant, se baissant sur la pierre savonnée ; leur séroual mouillé collant sur leurs cuisses fait naître un désir fou, insoupçonné, non pas chez l'homme qui les voit – aucun homme ne passe par là –, mais chez celui qui les imagine quand il entend par bribes leur chant tantôt gai, tantôt nostalgique.

» Je t'observe jusqu'à perdre ton visage dans le flou et me retrouver seul en ce jour où, par mégarde ou par hasard, tu t'es introduite dans mon atelier. Tu as poussé la porte – elle est toujours ouverte – et tu es entrée sur la pointe des pieds, regardant à droite et à gauche à la recherche de quelque chose d'indéfini, peut-être rien, peut-être tout, et puis tu t'es trouvée face à moi, à peine étonnée, à peine surprise. A te voir ainsi, on à l'impression que tu retrouvais un lieu familier où tu avais semé quelques souvenirs, et où tu aurais donné rendez-vous à une rencontre longtemps rêvée, patiemment espérée, jamais nommée.

» Une lumière douce t'accompagne ; c'est le signe que la journée sera particulière, peut-être grave et touchante. Tu ne sais pas tout cela, et pourtant, dans tes yeux ne cessent de défiler des questions avec la présence à peine dissimulée de la grâce, celle-là même qui est souvent à l'origine d'œuvres importantes ou d'événéments déterminants.

152

» Cela fait plus de six mois que je ne peins plus ou plus exactement que je n'arrive pas à peindre. Tous les matins, je me mets à ma table comme je le fais depuis vingt ans et j'essaie de faire des croquis, des esquisses. Je reste des heures à contempler la feuille blanche jusqu'à y voir des images tremblantes et insaisissables. Je tente de les arrêter, de les fixer, moins pour les peindre que pour en connaître le contour et la configuration, par curiosité, et aussi dans l'espoir d'apaiser mon angoisse.

» Six heures d'insomnie, de gribouillage et d'attente. Je ne peux pas te dire aujourd'hui que je t'attendais. Tu me jetterais à la figure un pot de peinture fraîche ou un verre de cette eau sale où trempent les pinceaux. Et pourtant c'est vrai. Quant tu es arrivée, poussée par la lumière d'un soleil tiède, je n'ai pas été surpris. Tu ne le crois pas et tu ne pouvais le savoir.

» Enfant, il m'arrivait d'observer longuement les étoiles dans le ciel. J'étais persuadé qu'à chaque être une étoile était destinée. Je repérais la mienne et la suivais durant la nuit jusqu'à l'arrivée du jour. Des années plus tard, la même croyance me poursuit ; c'est pour cela que la grâce et la lumière qui t'entourent, je les attribue à l'étoile que tu portes en toi.

» Avec le temps, tu as fini par le savoir. Tu ne dis rien. En me parlant tu baisses les yeux comme si tu cachais un sentiment. J'essaie de capter ton regard et de le retenir le plus longtemps possible... »

Cet homme ne captera rien. Il pense que je suis une petite chose sage qu'on peut blottir dans ses bras et garder aussi longtemps qu'on veut. Non seulement il

153

se trompe, mais c'est un mauvais peintre. Tout cela est de ma faute, j'aurais dû m'arrêter ailleurs. Je pensais qu'un artiste était mieux placé pour me comprendre. Mais les artistes sont égoïstes, ils ne voient pas les autres, ou bien, quand ils les voient, c'est toujours en fonction de leurs besoins.

J'ai fait une croix sur l'artiste. Cela ne l'a pas empêché de continuer à m'écrire et de croire que j'étais pour lui une étoile dans son ciel.

La laideur et la tristesse de notre ville ne pouvaient m'inspirer un destin et me donner une ambition. Je ne pensais plus. Cela ne servait à rien. En revanche, ma capacité de rêver devenait de plus en plus importante.

Ma ville ressemblait à une usine où il n'y avait pas de couleur. Il n'y avait ni café ni cinéma. Il y avait un kiosque à journaux qui faisait en même temps bureau de tabac et bistrot. J'y allai à la recherche d'un livre, n'importe lequel. La dame me dit qu'il fallait le commander et attendre la prochaine livraison.

– Quel livre veux-tu ? me dit-elle.

– J'hésite. Qu'importe le titre ! Ce que je veux c'est un livre, un paquet de pages avec des personnages turbulents, des intrigues, des sentiments et du soleil...

– Tout ça ne me dit pas le titre.

– *Le Regard du sourd*... C'est ça... C'est une histoire merveilleuse.

– Tu l'as déjà lu.

– Presque...

La dame nota le titre, me demanda des arrhes et répéta, étonnée et incrédule... « *Le Regard du sourd* ! Qu'est-ce qu'ils vont chercher !... » Je partis contente et amusée. Ce titre m'obsédait. Il s'inscrivait sur les murs gris, sur les visages fermés, sur les panneaux d'affichage où la publicité grotesque pour un déodorant s'effaçait pour laisser place au sourd et à son regard. Je voyais des personnages se bousculer, parler et gesticuler.

La ville allait enfin servir de décor à une intrigue venue de loin. Mes personnages ne devaient pas quitter le périmètre que j'aurais dessiné.

« Avoir vécu comme on dort » ! Le vers du poète s'imposait face à ce mur large et haut, qui était le dos d'un immeuble où vivaient quelque deux cents familles.

Mon histoire partirait de ce lieu. Je serais la seule à la connaître et à la raconter. Ce mur était mon horizon, ma prairie, et la pierre sur laquelle venaient buter mes images.

Aujourd'hui encore, si le bâtiment n'avait pas été démoli, on aurait pu gratter la pierre et voir défiler toutes mes images.

Rien dans cette histoire n'est tout à fait comme on l'imagine ; forcément puisque le mur face à ma fenêtre ne produit que des histoires incroyables.

Victor est trapu. Quand il nous serre la main, il l'écrase. On dit qu'il est très vieux, mais sa peau ne peut avoir de rides. Il paraît que c'est une maladie. Il est assis sur une chaise pliante et attend. Cela fait longtemps qu'il attend. Ses yeux sont maintenus ouverts par un système de ficelles transparentes. Ils sont très rouges. Il ne dit rien, fume des cigarettes de mauvais tabac et crache de temps en temps par terre. Des mouches sont accourues et couvrent son crachat jaunâtre. Certaines mouches meurent sur le coup, d'autres pataugent dans cet écume microbienne. Victor ne laisse pas de mégots. Il fume ses cigarettes jusqu'au dernier millimètre. Sa lèvre inférieure est brûlée. Elle n'est plus rouge, mais blême avec des taches noires.

Je ne sais d'où il vient. Un jour que j'étais en train de penser à cette histoire, il est arrivé avec sa chaise pliante et s'est installé sans que personne l'ait invité. Il s'est imposé sans même s'excuser ou parler. Depuis, je ne peux plus l'éviter. Je l'ai appelé Victor à cause de sa taille et de sa tristesse. Mes autres personnages ont la chance de ne pas le voir. Lui non seulement les voit et les connaît, mais il peut les empêcher de s'évader ou de s'échapper de mon histoire. En fait, Victor est un gardien. Il met de l'ordre dans mes pensées. Ainsi, l'autre jour, il a bloqué la sortie de Rébecca qui avait l'intention de fuguer. Elle se fait appeler Rébecca, mais son vrai nom est Rabia. C'est une fille insolente. Elle a tout juste treize ans, boit de la bière, fume des cigarettes américaines et donne rendez-vous aux garçons dans un garage abandonné. Elle voudrait devenir comédienne, jouer les femmes fatales et mourir en pleine gloire comme Marilyn. Elle est capable de réaliser ce rêve. Pour le moment, elle piétine d'impatience et de colère. Elle dit que cette histoire n'est pas pour elle et qu'elle a autre chose à faire que de figurer dans un mauvais scénario. Pour la calmer un peu, je lui ai prêté mon vélo. Elle tourne en rond et dépense ainsi son énergie. Ce qu'elle veut, c'est enlever Rachid, un beau garçon de vingt ans qui se fait appeler Richard, et partir avec lui en Amérique. Mais Victor ne veut pas.

Moi je m'en moque. Cette fille m'énerve. Je ne sais comment m'en débarrasser. Je l'ai trouvée sur les lieux. Elle me narguait au début, cassait les assiettes et les verres. Puis je l'ai oubliée dans un coin. Victor s'en occupe.

A l'autre bout du mur, Yacine qui se fait appeler Yac vit de ses rêves. Il colle à lui-même et suit partout l'ombre du mur. Ses rêves ne vont pas très loin : être riche, circuler en limousine avec chauffeur, posséder des boîtes de nuit où il entrerait par la porte de service pour échapper à toutes les jolies femmes venues lui proposer leurs charmes pour un petit boulot d'entraîneuses, ne sortir que la nuit habillé de noir, donner des ordres avec un simple regard ou à la rigueur en claquant des doigts. Il ferait des voyages superbes et achèterait une rue à Miami et la rue changerait de nom ; elle s'appellerait Yac Street... Il a la haine de sa race, de sa tribu, de son clan. « Qu'ils périssent tous ! se répète-t-il. Pourquoi suis-je né là, entre deux dalles de béton, à l'ombre de ce mur interminable et qui se dresse comme une montagne pour m'empêcher de vivre et de devenir un homme riche et puissant. Pourquoi mon bicot de père n'a pas choisi l'Amérique ? Il est venu s'enterrer dans cette fosse commune où on ne devient jamais quelqu'un, où on ne fait que s'enfoncer de plus en plus. En tout cas, ils ne m'auront pas. Je crache sur leurs écoles, sur leurs usines, sur leurs chiens. J'ai un plan. Il est solide. De toute façon il y a erreur. Moi je ne dois pas être là. Qu'on me remette à ma place, là où je n'ai plus besoin de rêver et d'attendre. » Il claque des doigts en direction d'une silhouette dessinée au fusain sur le mur et attend qu'une main se précipite pour lui allumer une cigarette.

157

Victor l'observe, fait un sourire, puis crache de nouveau par terre.

Moh n'a ni rêve ni pensée. Il y a longtemps qu'il a mis sa vie et son destin entre les mains de Dieu. Il s'est laissé pousser la barbe, a acheté un petit tapis en acrylique et passe son temps à prier. C'est tout ce qu'il sait faire. Il regrette qu'il n'y ait que cinq prières par jour. Non seulement il n'en rate aucune, mais il les fait et les refait à longueur de journée.

Lui a peur d'entrer dans mon histoire. Il craint que le lieu soit souillé pour la prière. Il est obsédé par les ablutions et par l'orientation vers La Mecque pour diriger sa prière.

Curieusement, Victor semble l'aimer bien. Il pense qu'il n'est pas gênant. Il serait même commode : un paquet à déplacer ou même à retourner à l'envoyeur.

Justement, l'envoyeur ne parle plus. On ne sait pas s'il a perdu l'usage de la parole ou s'il a décidé de se taire pour toujours. Il a sombré dans l'alcool et le silence. Personne ne lui parle. Il lui arrive de dormir dans le couloir quand il rentre tard, ivre. Il ne proteste pas ; il frappe deux ou trois coups à la porte, puis se laisse tomber par terre et s'endort. Le matin, une de ses filles – c'est souvent Malika – le traîne jusqu'à la chambre et l'installe dans le lit. En chemin, sa moumoute d'un gris suspect tombe. Il la perd souvent. Il ne s'y habitue pas. Dès qu'il a trop bu, il commence par la retirer comme si c'était un béret. C'est une prostituée de Paris qui l'a convaincu de dissimuler ainsi sa calvitie. Il est vrai qu'elle n'est pas belle. De petites touffes de cheveux sont par-ci par-là. On dirait que son crâne a été brûlé. Avant, cette perte désordonnée de ses cheveux ne l'inquiétait pas particulièrement. Cela faisait partie de l'usure générale. Il travaillait dans une société de déménagement. Il aimait bien entrer dans des appartements et voir à quoi ressemble l'intimité des autres. Il lui est souvent arrivé de déménager des pianos. Cet instrument le fascine. Il se dit chaque fois que « les Français sont des gens civilisés », lui dont l'enfance puis toute la vie furent sans musique. Il n'arrive pas à s'imaginer un enfant propre et bien habillé, assis sur un tabouret en train d'apprendre à jouer du piano.

« Pour cela, se dit-il, il faut ne pas avoir faim... pour cela il faut avoir été planté depuis un siècle au moins... mais nous ne sommes que des arbustes qu'on déplace à volonté... Tu as déjà vu un arbuste faire de la musique ? Il fait du bruit, il fait du scandale, il ne fait jamais de la musique. Il vit au gré du vent qui le fait hurler, pencher... Il peut même le raser ou le pousser avec une tempête de terre jaune vers un désert froid. Si nos parents nous avaient appris à jouer du piano dès l'âge de six ans, je vous jure qu'aucun de nous n'aurait émigré. Oui, nous sommes ici dans l'état que vous voyez pour une question de piano qui n'est jamais entré chez nous. Je n'aurais peut-être pas été musicien, mais au moins j'aurais appris à écouter de la musique et à l'apprécier ; je n'aurais pas perdu mes cheveux en vain ni raté ma vie et celle de mes enfants.

» Malika ira loin, aussi loin que possible jusqu'à ce que je devienne minuscule, invisible ou transparent, pour ne pas la gêner. Malika aurait pu être une artiste, elle est sensible. C'est elle qui me fait penser à la

159

musique... Son visage, son regard, ses silences, sa tendresse pour un pauvre homme déchu, un arbuste brisé, cassé en deux, plus bon à rien, incapable de montrer sa figure et sa tête où seule la teigne a réussi à s'implanter. C'est fou tout ce que je me dis depuis que j'ai décidé de ne plus parler. Je ne bois pas beaucoup ; il suffit de deux verres de bière pour me saouler. Je ne me saoule pas, je me retire dans un désordre où j'ai la paix. Si je tombe, c'est à cause de la fatigue, pas à cause de l'alcool. Je ne fais rien et pourtant je suis fatigué. Je ne travaille plus depuis plus d'un an. Ils croient que je suis devenu fou. Je sais que j'ai tout perdu sauf la tête. Ma raison est solide. Elle est à l'écart et observe ce qui arrive. C'est elle qui m'a déconseillé de me jeter dans le vide ou de me pendre dans la cuisine. Avec le chômage, j'ai perdu la prime du rapatriement du corps. Alors à quoi bon encombrer ma famille d'un cadavre qui n'aurait pas supporté la terre humide de ce pays. Même les morts aiment le soleil. C'est la banque marocaine qui a inventé cette prime pour ses clients. Elle vous fait payer une assurance en cas de décès. Au moins ce corps ne sera pas mangé par les bestioles des mécréants ! Ma raison m'a fait miroiter un bouleversement heureux alors que je me voyais et continue à me voir comme une vieille chaussette trouée au fond d'un tiroir. C'est pour cela que je ne me lave plus. Je repense à cette banque qui se dit populaire ; je sais qu'elle a fait fortune sur notre dos... Le mien ne lui a pas rapporté grand-chose, mais celui des autres, tous ceux qui ne savent pas lire ni écrire et qui confient tout à un fonctionnaire grincheux derrière un comptoir, qui les traite comme du bétail... A partir du jour où je suis devenu une chaussette au fond d'un tiroir, j'ai tout vu et tout compris. Je n'avais plus rien à perdre. Plus de travail, plus de responsabilité, plus de parole. Par les trous de la chaussette, je scrute le monde. Pas beau. Misérable et sale. Ma raison ne cesse de me répéter d'être patient, d'attendre en silence la fin de quelque chose dont j'ignore la nature et le but. Alors j'attends, à l'intérieur de moi-même, dans cette vieille carcasse usée et piétinée par les autres. Sur le chemin du square où je passe une bonne partie de la journée quand il ne pleut pas, je rencontre souvent une femme ni belle ni laide, la cinquantaine, enveloppée dans un manteau bleu. Elle marche sans regarder à droite ou à gauche, fixant un point lointain. Elle apporte à manger aux chats et aux pigeons du square. Elle ne parle à personne. Son dos est légèrement courbé. C'est le poids de la solitude. Son dos a la même forme que le mien. Les animaux doivent être ses seuls amis. Quand elle a fini, elle plie son sac et repart sans regarder personne. Alors moi, je me mets à parler à ses chats et pigeons. Je leur dis qu'elle s'appelle Violette, qu'elle vit toute seule et travaille dans un dépôt de fripes. Je sais qu'elle n'a jamais été caressée par un homme. Elle n'a jamais rencontré un fiancé avec lequel elle correspondait. C'était un vieillard qui terminait ses jours dans un hospice et qui, pour lutter contre l'ennui, s'était mis à passer des annonces dans la presse. Très bien rédigée, l'annonce était tentante. Il a eu ainsi une dizaine de fiancées jusqu'au jour où les lettres restèrent sans réponse, entassées dans une boîte postale que personne n'est plus venu ouvrir. Le vieil homme était mort et, avec lui, quelques espoirs d'une vie heureuse. Les femmes n'ont jamais connu la vérité. Certaines ont longtemps vécu avec le rêve d'être enlevées un jour par " un homme à la fleur de l'âge, cultivé, aimant la musique classique, les voyages et les plaisirs simples... " Telle est l'histoire de Violette. Devine-t-elle la mienne ? Il n'y a pas d'effort à faire. Mon histoire se lit sur mon visage, sur mon dos courbé, sur mes mains lourdes... »

Victor me rappelle à l'ordre : « C'est une histoire que tu racontes, pas une vie. »

Je remets chacun à sa place. Le mur est assez large pour tous les contenir. A présent, c'est le peintre – appelons-le Mario – qui essaie de se glisser dans cette histoire. C'est un bel homme, un peu trop sentimental pour moi. Il a la gentillesse des faibles. C'est la pire. Ils sont prêts à tout céder pour faire plaisir. Il m'énerve. Il peint des oiseaux et des femmes sans tête.

Le jour où il a posé sa main sur mon sein, j'ai failli m'évanouir. J'étais assise sur le canapé, l'air rêveur. Il faisait chaud. Ma chemise était entrouverte. On pouvait apercevoir mes petits bouts de sein. Il s'était approché de moi, à genoux, et s'était mis à me regarder avec des yeux très brillants. Sa main tremblait. Ce contact me bouleversa. Mario avait peur. Comme un enfant, il s'excusait. Je le repoussai avec mon pied. Il tomba sur le pot de peinture. Je quittai cet atelier en faisant tomber tout ce qui était à portée de la main.

Je restai longtemps sans nouvelle du peintre. Un jour je reçus une lettre où il me demandait l'autorisation de m'écrire ! (Les hommes gentils sont comme cela ; ils ne cessent de vous faire des excuses et de vous demander votre avis...) Par curiosité, je lui répondis par un seul mot, un petit « oui » au milieu d'une grande feuille.

Il s'ensuivit une correspondance étrange et inégale. Lui me parlait de sa mère, moi, je lui racontais le jardin de ma naissance. Je refusais de le revoir, j'aimais bien quand il m'envoyait des dessins ; même si je n'en comprenais pas le sens, toutes ces couleurs me rendaient heureuse sur le coup.

Cette histoire allait connaître son terme de manière naturelle et brutale. Ce jeu qui m'amusait parfois devait s'arrêter. J'éprouvai à peine du regret. J'en avais assez de cet homme qui me prenait tantôt pour sa fille, tantôt pour la femme qu'il aurait aimé épouser. Il me fascinait, mais son existence me gênait car il venait souvent troubler mes rêves, puisqu'il s'immisçait dans les histoires que j'échafaudais.

Victor, mon ange gardien et mon conseiller, n'aimait pas beaucoup les interventions de ce personnage.

La décision était prise. Mon père avait bien réfléchi. Il nous réunit tous, un soir, et nous dit :
– Demain on rentre.
Ces trois mots tombèrent comme trois gouttes d'eau sur le crâne rasé d'un supplicié. Ils s'éparpillèrent sur nos visages crispés par la stupeur.
– Rentrer où ? dis-je.
– Au pays.
– C'est le tien, pas le nôtre.
– Baisse les yeux quand tu me parles.
Quand mon père m'ordonne de baisser les yeux, je

ne peux pas résister ou faire autrement. Mes yeux se baissent d'eux-mêmes. Je ne peux pas l'expliquer. Je sais seulement que c'est l'expression d'un pacte entre nous deux. L'amour, c'est d'abord le respect qui s'exprime par ces gestes. Il ne faut pas chercher très loin.

Quand j'étais petite, on disait que j'étais effrontée ; je regardais les gens en face, soutenant leur regard jusqu'à ce qu'ils se fatiguent et renoncent à m'intimider avec leurs yeux ronds et méchants. Je n'acceptais de baisser les yeux et la tête que face à mon père. Il avait cette autorité sur moi de façon naturelle, sans avoir recours à la menace ou à l'intimidation. Je redevenais toute petite, désarmée, prête à obéir. Il n'en abusait pas ; il me faisait confiance et cela flattait mon orgueil.

Il me rappelait notre pacte. Trop tard pour réparer la gaffe. C'était un homme blessé. Rentrer au pays était la seule réponse qu'il pouvait opposer à une situation devenue intolérable.

Je regardais autour de moi ces objets à emporter, moins parce qu'ils étaient utiles que parce qu'ils résumaient une vie, une vie en suspens, entre deux départs, une-vie-comme-ça-en-attendant, comme si nous autres étions voués à ne connaître que ces moments où on travaille pour vivre après, mais quand on s'arrête de travailler, on est usé, fatigué et on n'a plus le goût à rien, alors on fait semblant de vivre, on se déplace, on change de lieu et de climat, on fait un long voyage dans une vieille voiture où on entasse tout ce qui se plie, tout ce qui s'amasse, on commence par remplir des valises, on y met des chemises, des pantalons, des draps plusieurs fois rapiécés, des serviettes très usagées, des couvertures, des bibelots en plastique ou en

164

porcelaine, on enveloppe les objets précieux dans des chiffons, on range l'horloge, on remet le poste de télé dans son carton d'origine qu'on a gardé dans la cave pour ce moment-là, on classe les photos dans un grand cahier, on compte les couteaux et les fourchettes, il en manque, partis avec les épluchures d'orange, on emporte tous les verres, même ceux qui sont ébréchés, on met dans une caisse les chaussures d'hiver, les marmites et casseroles, on glisse entre les objets du papier journal pour que ça ne fasse pas de bruit, les enfants ramassent leurs cahiers et leurs livres, décrochent les portraits de leurs idoles collés au mur, ce sont souvent des chanteurs ou des footballeurs, jamais des savants ou des poètes, les photos sont pliées et soigneusement rangées dans une revue de rock, ce qui prend le moins de place ce sont les chaises, elles sont pliantes, les émigrés n'achètent que des chaises pliantes et des meubles démontables, c'est normal, c'est prévu pour plusieurs déménagements, plusieurs voyages, quand on achète une voiture on choisit un break ou une camionnette, on vérifie la charge maximale, c'est très important la charge maximale, la nôtre est de 4 261 kg, c'est un chiffre que j'ai fini par apprendre par cœur, chaque année, on pèse les affaires et on compte 20 kg pour les enfants, une moyenne de 60 kg pour les adultes, on se trompe un peu, mais on ne doit pas dépasser la charge maximale, cette année elle sera certainement dépassée, on fera attention en route, pourvu qu'il n'y ait pas de vent ni de contrôle de gendarmerie, pour la douane toutes les factures sont dans une enveloppe jaune, on continue de ramasser les objets, tiens ce lit est à laisser, on pourrait le donner aux voisins mais ils n'en voudront pas, c'est humiliant de donner les restes, puis cette armoire achetée au marché aux puces, elle est vieille mais trop lourde, on pourrait la laisser à la cave et charger un ami de la revendre, c'est difficile à vendre, une armoire ancienne qui boite et dont le bois à été rongé à l'intérieur par des bestioles, non il faut y renoncer, le mieux c'est de la déposer sur le trottoir, elle trouvera bien un acquéreur, on a toujours été étonné par ce que les Français jettent sur le trottoir, nous, on ne jette rien, c'est un principe, même la cuisinière est du voyage, elle est lourde, c'est une bonne marque, elle marche encore, le réfrigérateur aussi, ce sont les premiers objets à avoir été installés dans la camionnette, autour d'eux on organise le reste, il faut laisser à portée de la main le petit camping-gaz pour chauffer la nourriture en route, avec ce chargement pas question de s'arrêter ou d'aller à l'hôtel, de toute façon, l'hôtel est un luxe, on n'a pas les moyens de se payer une nuit d'hôtel pour tout le monde, et puis qui garderait la camionnette avec toute une vie entassée, pliée, rangée, enveloppée ? Non, on fera la route d'une traite, on a l'habitude. Les enfants dormiront de fatigue, la mère gardera l'œil ouvert, l'appartement est vide, le sol jonché de vieux journaux et de bris de verre, de morceaux d'assiettes brisées, d'ampoules grillées. Un rouleau de papier hygiénique traîne, sur le mur on a oublié de décrocher le calendrier des sapeurs-pompiers de l'année dernière, dans la cuisine les appareils ont laissé des marques sur le mur, on dirait des cadres dessinés par une poussière grasse, quand on y met le doigt, on dirait de la colle sale, on a tout emporté même le combiné du téléphone, l'armoire

166

trône au milieu, vide, vieille, le miroir éteint, un chat entré par la fenêtre tourne en rond, il est perdu, probablement attristé par ce départ subit, il monte sur l'armoire puis s'endort, le chat va la garder, il va attendre notre retour, il est confiant, il sait que c'est un faux départ, d'ailleurs on n'a pas rendu les clés, on n'a pas rompu le bail, la cave est pleine d'autres objets, peut-être qu'on reviendra pour les emporter et régler les choses restées en suspens, la porte est fermée à double tour, les stores sont baissés, le gaz fermé, l'électricité arrêtée, les voisins nous disent « bonnes vacances et à la rentrée, comme d'habitude on fera suivre le courrier, n'oubliez pas de nous ramener des babouches et un tajine, peut-être même un petit tapis du Haut Atlas, ils sont superbes et pas chers, si vous voulez on peut avancer l'argent, non, ce n'est pas la peine, au revoir et à bientôt... ».

Il pleut comme d'habitude. Je jette un regard attendri sur le dos de notre immeuble. Avec la pluie, le mur est devenu presque noir. J'aperçois Victor qui se lève, plie sa chaise, crache une dernière fois et disparaît dans la grisaille. Je repense à mon histoire inachevée. Je prononce plusieurs fois « le regard du sourd ». M'apparaissent alors mes personnages, un à un, dans des costumes de théâtre. Ils se regroupent dans un coin de la scène et attendent. Yac, enveloppé dans un drapeau américain, est assis, la main levée, faisant le V de la victoire. Rébecca fait les cent pas en répétant : « Je m'ennuie, je m'emmerde, quelle galère, quelle galère ! Il est loin, le chemin de la sortie ! » Richard est sur le bord de la route. On dirait qu'il fait du stop. Moh à présent fait la prière à l'envers. Quant au père, il continue de vivre dans son pays intérieur, plutôt heureux d'entendre battre son propre cœur.

Mon père a roulé de jour et de nuit. A l'aube du troisième jour, le village nous est apparu enveloppé de brume.

Le pays est une fiction. Le village n'a pas bougé. Éternel sous un soleil de plomb. Les mêmes vieillards assis sur les mêmes bancs de pierre. Ils scrutent l'horizon en rabâchant les mêmes paroles :

– Tel est le temps...

– Oui, telle est l'époque...

– Seul le soleil...

– Mais grâce à Dieu la pluie...

– Grâce à nos prières...

– Elle tombe sur des pierres...

– Elle tombe sur nos mains, sur nos têtes...

– Et même fait des trous dans notre tête. Regarde mon crâne, tu vois ces petites crevasses, c'est la pluie, la pluie d'Allah, elle est bénéfique, elle nous rappelle la justice du ciel.

– Mais elle tombe sur des pierres et là elle ne fait pas des trous.

– C'est que nos têtes sont moins dures que la pierre.

– Non, c'est parce que dans ce pays, il y en a qui n'ont que des pierres sur leur terre.

– Comme nous.

– Nous et bien d'autres.

– Montre-moi tes mains... elles sont comme les miennes, à force de déplacer les pierres elles sont devenues lourdes et dures.

– On n'ose plus serrer la main d'un citadin...

– Alors on est là...

– On sera toujours là...

– Immuables...

– Jusqu'au grand jour...

– Où notre corps devenu aussi creux que le tronc d'un vieil arbre malade descendra dans la terre et deviendra pierre parmi les pierres.

– Ce jour-là nous ne verrons plus l'horizon.

– Et nos souvenirs partiront avec la fumée du matin.

– Ils monteront dans le ciel.

– Tu crois ?

– Oui ! Il n'y a plus personne ici pour les recueillir, les garder et les raconter.

– Tu as raison... il n'y a plus personne... dans ce village il n'y a plus que des arbustes, des pierres et des vieux.

– Il y a le ciel et l'horizon.

– On peut leur envoyer un peu de nos souvenirs ?

– Assurément, on peut essayer...

– Quel souvenir choisir ?

– N'importe lequel, mais que chacun envoie un souvenir au ciel.

– Moi j'attendrai un nuage pour le lui confier.

– Tu sais que si tout se passe bien, quand on partira chez Dieu, on retrouvera notre souvenir et on nous proposera de le revivre. Alors il faut bien choisir.

– En fait le ciel ne donne rien. Il reçoit ce que nous lui envoyons. Sa grâce, c'est de nous permettre de reprendre notre bien.

– Suppose que ce soit ainsi, quel souvenir as-tu choisi ?

– Ce que je te propose, c'est que je te confie le mien et tu l'envoies et toi ensuite tu me racontes le tien et je le ferai partir.

– Ne me dis surtout pas « comme une lettre à la poste ! », car il n'arrivera jamais.

– Le mien est un souvenir très cher et très ancien. Il est tout enrobé de couleurs, de musique et de douceur. Je n'ose pas le raconter de peur de la perdre.

– Aie confiance. Je t'écoute très attentivement. Je ne regarde plus l'horizon. Vas-y, mon ami, n'aies aucune crainte.

– Mais c'est le souvenir d'un péché. Tu crois que le ciel me permettra de le revivre ?

– Ce qui est péché sur terre ne l'est plus au ciel. Ici nous sommes esclaves de Dieu. Là-bas nous serons des êtres libres. Le Mal n'a pas de place là-bas. De toute façon nous n'avons rien à perdre. Vas-y !

– C'était un jour de pluie magnifique. Je travaillais comme métayer là-bas, de l'autre côté de l'horizon, dans la petite vallée, si verte, si fertile. Je travaillais chez des chrétiens. Des gens de bonté. J'étais jeune et vigoureux. J'avais quinze ou seize ans. Ce devait être mon quatrième ramadan. Donc j'étais un homme. Presque toutes les nuits, je faisais des rêves avec des femmes. Le matin mon pantalon était souillé. Je me lavais dans le ruisseau. J'aimais beaucoup dormir à cause de toutes ces créatures qui me donnaient du plaisir. C'étaient des femmes sans visage ; ou plus exactement je ne me souvenais pas de leur visage. On dirait que quelqu'un me les adressait, puis les faisait disparaître dès le lever du soleil. Mme Gloria était jeune.

C'était une chrétienne grande de taille – pas comme chez nous où les femmes sont petites –, avec des cheveux blonds comme le blé au moment de la moisson. Sa poitrine était ferme. Son mari était aussi jeune qu'elle. C'était un bel homme, très autoritaire, pas méchant, mais il donnait des ordres et ne souriait jamais. Je n'osais jamais regarder Mme Gloria. Elle aussi me donnait des ordres, mais elle souriait. Un jour, elle m'a même offert un verre de vin. Je lui ai dit que ma religion me l'interdisait. Elle a ri et a posé sa main sur mon épaule. Mon épaule était nue. Ce contact de sa main sur mon épaule provoqua chez moi une joie et un trouble. J'avais le verre de vin dans ma main qui tremblait. Son mari l'appela. Elle partit en laissant traîner sa main sur ma peau. Là, j'ai perdu la tête. Mon pantalon fut inondé par le liquide chaud. Comme tu sais, notre sang est chaud. On ne peut pas toujours se contrôler. Elle s'éloigna, me laissant dans un état où tous mes membres tremblaient. A partir de ce jour-là, quand je m'endormais, les femmes ne venaient plus jouer avec moi. C'était Mme Gloria qui remplissait mes rêves. Je couchais sans pantalon, je portais juste une gandoura.

» Cette nuit-là, il pleuvait. J'eus du mal à m'endormir. J'avais peur que la pluie empêche Mme Gloria d'entrer dans mon rêve. Tous mes rêves se déroulaient dans le grenier au-dessus de l'étable. Cette nuit-là, le rêve commença dans ma cabane, sur ma paillasse. C'était curieux. Je n'arrivais pas à distinguer le visage de la femme qui s'approchait de moi. Je ne sais plus comment cela s'est passé, mais quand j'ai ouvert les yeux – car j'avais des sensations bien réelles –, j'avais

Mme Gloria, en chair et en os, assise à califourchon, mon " Salem " dressé, enfoui en elle. Elle me dominait, ses mains retenaient mes épaules, et elle bougeait avec un art et une technique que seules les chrétiennes possèdent. Elle gémissait. J'avais sa chevelure sur le visage, ses lèvres et sa langue sur ma bouche. Je ne me rappelle plus combien de fois j'ai envoyé le liquide chaud dans son sexe. Chaque fois elle poussait un cri. J'avais peur d'être surpris par le mari. Je mettais ma main sur sa bouche. Elle me l'enlevait et me disait « Viens ! Viens ! mon amour ! », puis elle criait comme si elle venait de remporter une victoire. Après le cri, elle se dégagea et dormit sur moi comme une masse lourde. J'avais mes mains sur ses fesses. J'avais encore envie de lui envoyer un peu de liquide chaud. Son derrière m'attirait beaucoup. Doucement je me retirai de dessous elle et je la chevauchai de toutes mes forces. Elle se réveilla, mais je la maintenais bien sous moi. Je lui envoyai plein de liquide, puis tombai à côté d'elle sans force et sans crainte. Je m'endormis. Lorsque je me réveillai, elle n'était plus là. Il m'arrive, aujourd'hui encore, de me demander s'il s'agissait d'un de ces rêves que je faisais, mais plus fort, ou si c'était réellement arrivé. Elle n'est plus revenue me rendre visite la nuit. Je laissais la porte ouverte, mais n'entraient dans ma cabane que les chats et les moustiques. Quand il m'arrivait de la rencontrer dans la ferme, je baissais les yeux, mais elle continuait de me donner des ordres avec le sourire.

» Inutile de te dire que jamais je ne vécus une nuit aussi belle, ne connus une femme aussi experte et aussi douce. J'espère que Mme Gloria enverra elle aussi ce même souvenir au ciel et qu'on se retrouvera aussi jeunes et aussi beaux. Où se trouve-t-elle aujourd'hui ? Dans son pays, là où il neige ? Peut-être qu'elle n'est plus de ce monde, qu'elle nous a précédés et qu'elle m'attend dans un petit coin de ciel, dans ma vieille cabane...

– Ce souvenir n'est pas un péché ; c'est un don de la nature, un cadeau de la jeunesse, un lit doux pour nos vieux jours. Avec un tel souvenir, tu ne t'ennuieras jamais. Tu n'auras plus à contempler l'horizon et les pierres. De même si tu les fixes, c'est pour mieux échapper à l'époque et à ses misères. Seulement, je ne sais pas si on te permettra là-haut de renouveler cet exploit. C'est audacieux. Prendre ainsi la femme d'un autre. C'est interdit. Mais puisque c'est une chrétienne, on te trouvera des circonstances atténuantes, comme on dit. Tu aurais dû au moins essayer de la convertir à l'islam, là tu aurais gagné sur tous les tableaux. Tu aurais œuvré pour la bonne cause. Mais tu ne l'as plus revue. Ton " Salem " s'est contenté de labourer sans penser à l'avenir. Remarque, ce n'est pas de ta faute. C'est elle qui s'est introduite chez toi et qui a pris l'initiative de confectionner ce merveilleux souvenir.

» Cela dit, comme promis, je le ferai parvenir au ciel si jamais par malheur c'est toi qui t'en vas le premier.

» A présent je vais te confier mon secret. Comme le tien, c'est un souvenir qui remonte à ma prime jeunesse. Ma mémoire l'a gardé intact et chaque fois que je me rappelle cette journée, tout me revient, les couleurs du ciel et de la prairie, les parfums de la terre et des fleurs, le goût des fruits croqués, la chaleur sèche et

173

bénéfique, tout se présente à moi avec une remarquable exactitude.

» Mon souvenir sublime est une simple histoire d'eau et de dignité. Comme tu sais, dans ce pays tu peux posséder des hectares et des hectares, si tu n'as pas l'eau pour les irriguer, tes terres ne valent rien, elles sont condamnées à mourir et toi avec ! Celui qui maîtrise le chemin de l'eau a de quoi dominer tout le village. A l'époque, le partage de l'eau se faisait chez le caïd. Mais Abbas, c'était notre caïd, un petit homme sec et roublard, travaillait pour les colons. Il collaborait avec les envahisseurs. Il paraît que cette famille a la trahison dans le sang. Nous avions une terre bonne et fertile. L'eau la traversait en son milieu. On ne pouvait pas espérer meilleur passage pour l'eau. Nous vivions tranquillement. Nos oliviers donnaient une huile de qualité exceptionnelle. Nos bêtes mangeaient à leur faim. Quant à nous, il ne nous manquait ni la santé ni la sérénité, nous avions la bénédiction de Dieu et de la Nature. Jusqu'au jour où Abbas, pour plaire et servir ses maîtres étrangers, envoya dans la nuit une bande de voyous pour détourner le cours de l'eau et l'acheminer vers les terres des colons. Plus une goutte d'eau ne nous parvenait. On avait, certes, un puits, mais il suffisait à peine pour les hommes et les femmes de la tribu. Abbas venait de nous égorger en plein sommeil. Que faire ? Les hommes se réunirent et partirent se plaindre auprès du caïd qui les reçut après les avoir fait attendre toute une journée. Non seulement l'eau était détournée, mais il avait placé des hommes armés à la source et le long du ruisseau. Nous étions cuits. Ma mère pleurait. Mon père priait en demandant à Dieu d'intervenir pour nous débarrasser de ce traître. Lorsque j'ai vu de près Abbas, j'ai compris tout de suite que cet homme ne partirait pas avec les prières ni avec les paroles d'hommes et de femmes condamnés à la sécheresse et à l'exode. Ses yeux brillaient. Son regard avait quelque chose de tranchant, on aurait dit un couperet ; c'était un homme imperméable à la justice ou à la pitié. Il avait appris l'exercice du pouvoir par la force et le mépris, le mépris de sa race et des siens, bien entendu.

» Quand il apparut au seuil de son bureau, entouré de deux malheureux soldats armés, il refusa d'écouter mon père – le plus vieux du village – et le fit taire d'un geste de la main où il y avait autant de menace que d'humiliation. Je tenais la main de mon père qui tremblait de rage. Je la lui serrais comme pour lui dire que nous allions nous défendre et qu'il ne fallait surtout pas perdre son sang-froid. Abbas se mit à faire un discours en parlant dans un machin qui ressemble à un grand entonnoir :

» " Bande de fainéants, bande d'abrutis, vous avez toujours vécu dans la misère et si vous êtes aujourd'hui privés d'eau, c'est de votre faute. Vous n'avez pas su la garder, vous êtes arriérés, très arriérés, et vous ne méritez pas cette terre que vous ne savez même pas travailler. Avec vos vieilles méthodes, vous faites perdre beaucoup de rendement, vous gaspillez l'eau. Alors avec nos amis et protecteurs, venus nous apprendre la civilisation et le progrès, j'ai décidé de moderniser l'irrigation, pour cela nous avons des machines, mais comme vous êtes des arriérés c'est à nous de nous occuper de vos terres. Nous allons les confisquer avec votre accord. Vous travaillerez sous mes ordres, parce que moi j'ai de l'instruction, et vous aurez une part des récoltes à la fin de la saison. A présent, dispersez-vous, et préparez-vous à travailler durement. J'ai été nommé ici par le pacha de Marrakech, notre seigneur El Glaoui, ainsi que par le capitaine Monsouri de l'armée française ! "

» Aucun des hommes ne put placer un mot. Des familles étaient ainsi dépossédées par une brute et tout ce qu'elles trouvèrent à faire, ce fut de se réunir à la mosquée et de prier.

» Je suis un homme croyant et je n'ai rien contre les prières ; mais comme tu sais, ce ne fut pas avec des prières que nous avons expulsé les colons. J'ai décidé d'agir. Seul, évidemment. A quinze ans, je crois que ma seule qualité, c'était le courage. Je ne pouvais pas accepter ce vol délibéré. Tant d'humiliation m'était intolérable.

» La nuit, armé d'un petit couteau bien aiguisé, tu sais ces couteaux avec lesquels on dépèce le mouton, je me dirigeai vers la maison du caïd. Deux sentinelles montaient la garde. Derrière la maison, il y avait un arbre assez haut. Je l'escaladai et pénétrai dans la maison par le toit. J'étais pieds nus, habillé en noir, serrant dans ma main le couteau.

» Abbas n'aimait pas les femmes. Je savais qu'il recevait des garçons la nuit. Il laissait toujours la porte de la terrasse ouverte. Je frappai à sa porte. Il dit : " C'est Nordine ou Kamal ? " Je répondis en bredouillant : " Nordine. " " Pousse la porte... Je t'attendais, fils de pute, tu as tardé, allez viens ! " Je m'approchai dans l'obscurité de son lit. Il était nu, à plat ventre. Je

176

montai sur le lit et me jetai de toutes mes forces sur lui, plantant le couteau très profondément dans la nuque. L'oreiller étouffa un cri bref. Il gisait dans le sang. J'empruntai le même chemin pour rentrer chez moi. En route, j'enterrai le couteau. Les Français essayèrent de faire une enquête, mais abandonnèrent vite. Le village était débarrassé de ce tyran. L'eau reprit son chemin naturel. Personne ne sut par qui fut tué Abbas. Beaucoup plus tard, j'ai entendu le mari de ma tante raconter comment il s'était battu à l'arme blanche avec le caïd et comment il l'avait vaincu. Certains le croyaient à cause d'une cicatrice dans le cou. Moi je savais d'où venait cette cicatrice : ma tante lui avait fait une marque sur le cou avec un couteau de cuisine pour le punir d'avoir été chez les putains de la vallée. J'ai toujours gardé le silence. Cela fait un demi-siècle. Tu es le premier qui connaît mon secret. Si je meurs avant toi, n'envoie pas tout le souvenir au ciel. Ce que je voudrais revivre, c'est le jour où la source d'eau fut libérée et où le ruisseau retrouva nos terres. Les enfants s'aspergèrent avec l'eau, les femmes vêtues de robes étincelantes dansèrent le long du cours d'eau, les hommes égorgèrent un bœuf et chantèrent avec les femmes. Ce fut une journée de fête inoubliable ; cela n'avait rien à voir avec les fêtes traditionnelles. C'était une fête de l'honneur et de la dignité retrouvés. J'étais ému. Je pleurais de joie. C'est cette journée que j'aimerais revivre. Le soir, je descendis dans la vallée et, pour la première fois, je me retrouvai entre les jambes d'une belle putain. Elle m'apprit comment faire et ne me fit pas payer. " Pas la première fois ", me dit-elle. Je me souviens qu'elle avait un œil tatoué sur le front et une petite étoile sur le menton. J'ai mangé des amandes grillées et bu un thé dont je n'ai plus jamais retrouvé le goût.

» A présent, je vais te donner un cadeau : voici le fameux petit couteau de la libération. Emporte-le avec toi. Il te sera utile pour traverser les nuages.

– J'ai honte ! Ton souvenir est noble. Le mien n'a aucune importance. Toi, tu as été courageux et tu as sauvé ta tribu. Moi je n'ai fait que satisfaire un désir bestial. Ce serait un grand honneur pour moi si tu me chargeais vraiment de transporter ton secret vers le ciel. J'arriverais là-bas heureux et fier.

– Tu n'as pas à avoir honte. Moi aussi j'ai connu des femmes étrangères qui trahissaient leurs époux pour mon sang chaud et mes yeux noirs. Les souvenirs qu'on a envie de revivre ne sont pas nombreux. Celui qu'on choisit n'est peut-être pas le plus important. Va savoir pourquoi on s'y attache. Tel est le temps. Indifférent, seigneur intraitable. Il est toujours là. Nous, nous ne faisons que passer. Nous traversons l'époque et ses nuages tantôt bleus, tantôt blancs. Nous n'avons plus que ce banc de pierre pour contempler la vie et ses injustices. Tu vois l'homme qui passe, là-bas sur un âne, il n'a plus sa raison depuis le jour où son fils, parti chercher du travail dans la grande ville, s'est trouvé mêlé à une manifestation contre la vie chère, a été arrêté et condamné à douze ans de prison. Le fils est en train de perdre la tête. Il ne sait pas ce qui lui arrive. On l'accuse de faire partie du syndicat et lui leur répète ne pas connaître cette tribu ni ce village. Il dit son nom, le nom de son village et le nom de sa tribu. La police croit qu'il sait beaucoup de choses et continue de le tabasser pour qu'il avoue. Plus il nie être un " sadika " et répète qu'il est de la tribu Aït Sadik, plus il reçoit des coups. Il est considéré comme un meneur dangereux qui cache bien son jeu et n'avoue pas sous la torture. La police se méfie beaucoup de ce genre de jeunes qui lui résistent. Le pauvre ! Lui qui n'a jamais été à l'école – il connaît cependant par cœur le Coran – est en train de devenir fou, et son père le suit dans ce malheur... Tiens, voilà Radhia la sage-femme qui, faute de nouvelles naissances, s'est convertie dans la toilette des morts...

– Il lui arrive aussi de faire de la voyance. Elle explique pourquoi plus personne ne naît dans ce village. Elle sait ce qui s'est passé et qui a rendu stériles toutes les femmes. On pourrait lui demander de nous confier son souvenir...

– Je suis Radhia, celle qui ne sait plus quoi faire de ses mains. Je les cache derrière mon dos, je les mets dans les poches, je leur fais porter des pierres, elles ne sont jamais tranquilles. Elles s'agitent, cherchent un ventre à soulager ou se mettent à dérober des fruits au marché. Regardez-les, comme elles sont larges et agiles. Elles savent tout faire, cueillir un nouveau-né et ensevelir dans un drap blanc un corps qui nous quitte. Elles voient, parlent et dansent. Elles sont le témoin de tous mes souvenirs. Mais aujourd'hui elles s'ennuient. Elles n'en peuvent plus de s'ennuyer. Le pays a été maudit depuis le jour où la vipère bleue s'est mise à parler.

– C'est le jour où la mort de Brahim a provoqué celle de Kacem, puis où celle de Kacem a entraîné celle de Fatouma...

– Elle n'a pas provoqué que la mort, elle a semé le malheur dans ce village et est en train de disperser toute une famille qui revient du pays de la chance et de la fortune... Une camionnette est en route... Je la vois... J'ai juste le temps de vous raconter comment la vipère a frappé trois fois en se trompant deux fois.

15

« Tout a commencé à cause de Fatouma qui dit croire en Dieu, mais croit davantage à la sorcellerie et aux charlatans. Son vrai nom c'est Slima ; mais, pour des raisons obscures, elle se fait appeler Fatouma. Depuis que son frère a quitté le village, emmenant toute sa famille près de lui en France, elle ne sait plus où exercer son pouvoir maléfique. Elle me voue une haine terrifiante parce que tous les enfants de la tribu sont nés par mes mains et qu'elle n'a jamais pu avoir d'enfant. Mais elle ne peut rien contre moi. Je la connais trop et elle ne peut pas me jouer de tours, sauf si elle décide de se débarrasser de moi dans mon sommeil. Là, je suis sans défense et je sais qu'elle est capable de tout. Mais, à présent, comme vous le savez, elle est hors d'état de nuire. Elle est dans la prison de la ville.

» Vous vous souvenez de l'histoire de cette pauvre femme qui cherchait à empêcher par tous les moyens son mari d'aller avec d'autres femmes ? Elle était venue consulter Fatouma – sa réputation dépasse les frontières de ce village –, qui mit sur pied tout un plan pour que le mari volage revienne à son épouse, fidèle et amoureux. Elle lui vendit une boule de pâte qui venait de passer la nuit dans la bouche d'un mort. Il paraît que c'est efficace. Si le mari mange cette pâte, il se fixera sur sa femme et ne la trompera plus jamais. C'est pour cela que cette potion coûte si cher. La malheureuse repartit en ville, la pâte soigneusement enveloppée, et attendit le retour de son mari. Avec la pâte, elle prépara des crêpes. Rentré tard dans la nuit, affamé et fatigué, le mari avala la crêpe au miel et s'endormit. Ce fut sa dernière nuit. Il ne se réveilla plus. La pâte avait fait son effet au-delà de toute espérance. Le mari lui était revenu définitivement... mais dans la tombe. La femme se mit à pleurer et à appeler au secours. Il était bien mort, empoisonné. Elle fut arrêtée par la police et raconta son histoire telle qu'elle l'avait élaborée. Les médecins crurent que l'homme avait été mordu par une vipère, mais il n'y avait nulle trace de morsure. On vint chercher Fatouma, qui commença par tout nier, puis avoua tout en jurant qu'elle était de bonne foi et que ce n'était pas la première fois qu'elle utilisait cette potion pour mater les hommes qui trahissent leur femme. La seule chose qu'elle ne savait pas, c'est que le mort qui mordit dans la pâte était le pauvre Brahim, qui venait d'être terrassé par la fameuse vipère bleue, réincarnation d'une jeune fille enlevée par des singes de l'Atlas qui l'auraient enfermée dans une cage au milieu de serpents. Brahim avait acheté cette vipère pour aller gagner sa vie en étant charmeur de serpents sur la grande place pour touristes. Chaque fois que Fatouma apprenait la mort de quelqu'un, elle se précipitait à la maison de la victime et s'arrangeait pour loger une pâte de farine dans sa bouche. Elle la récupérait le lendemain, après une nuit, en creusant la tombe fraîche. Elle gardait ainsi en réserve quelques potions. Savait-elle que Brahim avait encore du poison entre les dents ? Peut-être pas. Mais de toute façon elle n'avait pas ce genre de scrupule. Fatouma était la seule personne du village qui se réjouissait de la mort des autres. Évidemment, chaque mort lui rapportait des sous !

» Brahim est mort. Kacem, le mari volage, est mort. Fatouma est en prison. Quant à Khadija, elle est devenue folle parce qu'elle a tout perdu.

» L'homme qui revient aujourd'hui à son village dans cette camionnette chargée d'objets et d'enfants a un compte à régler avec Fatouma, sa sœur, son ennemie, sa fièvre et son malheur. Il ne sait pas que le hasard va la mettre sur son chemin. Pour le moment, il roule sans dire un mot. Peut-être qu'il pense à son village comme on pense à un jardin où tout fleurit. Il ne s'imagine pas, il ne peut pas s'imaginer le dénuement dans lequel nous sommes. Le village n'est plus un village. C'est une carcasse vide, une kasbah désertée, un mouroir pour nous autres vieillards, une insulte pour les jeunes, un nid de scorpions déchaînés, une aubaine pour les charlatans et les sorcières. Plus rien n'y pousse. Seuls les ânes continuent de faire semblant d'être dans une prairie. Le coiffeur ne trouve plus de têtes à coiffer. Comme moi, il est devenu laveur de morts. Le muezzin, imperturbable, monte cinq fois par jour appeler à la prière ; les pierres bougent, pas les hommes. Le seul téléphone du village est en panne ; ce n'est pas un téléphone, mais un appareil pour appeler la poste de la ville ; l'épicier est inquiet : il n'y a plus d'enfants à qui vendre ses bonbons. Nous sommes quarante-trois personnes oubliées de tous, abandonnées ; quarante-trois cas de souffrance vivant de souvenirs arrangés, inventés. Même les chiens ne circulent plus dans les rues. Mais les pierres sont là, fidèles à la terre et au ciel. Sous les pierres, des serpents attendent la mort du dernier habitant du village pour sortir et danser autour du feu. Aujourd'hui, en l'an 1409 de l'hégire, trente-trois ans après l'indépendance, le village n'a pas d'électricité ; cela fait dix ans qu'on se cotise pour faire venir les poteaux et les fils qui donnent la lumière et, chaque fois, les agents de la ville partent avec l'argent et ne reviennent plus. Ah, l'électricité, quel rêve impossible ! Depuis que la bouteille de gaz a explosé, on n'utilise que les bougies, il paraît que ça a son charme. C'est ce qui nous manquait le plus, le charme ; à l'homme dénudé, on offre une bague pour l'habiller, on repeint les murs extérieurs de la mosquée et on laisse la charogne des chats pourrir à l'intérieur. Le ciel est indifférent et on guette l'arrivée du postier qui, une fois par mois, vient distribuer quelques mandats envoyés de Hollande et de France. On signe avec le pouce et on emporte l'argent qu'on ne veut plus compter. L'été, les hommes reviennent, apportant des cadeaux qui ont besoin de l'électricité pour fonctionner : les objets s'entassent ; les rats mangent les fils ; les araignées tissent leur toile ; les machines s'entassent sur des machines, et les pierres, de plus en plus lourdes, sortent de terre, poussent en craquelant le sol, pierres tombales, pierres de vie, figées, recouvertes d'un duvet jaunâtre, entourées d'herbe inutile. On s'assoit dessus pour observer la ligne d'horizon, pour voir si un nuage de poussière la traverse et pour croire que la vie va changer. On est assis sur ces pierres qui ne donnent même pas d'ombre, on croit que ce sont des bancs, alors que ce sont nos tombes érigées à la verticale, comme pour témoigner de notre indignité, de cette patience devenue maladie faisant fuir les enfants et les enfants de nos enfants, jusqu'à ce que les ventres des femmes deviennent aussi stériles que ces pierres. Nos yeux rongés par le trachome ne savent plus voir, s'ouvrent sur un désert. Le désert est en nous et nous le restituons aux pierres levées, aux arbres morts depuis longtemps, aux hommes du lointain qui, dès qu'ils arrivent ici, rebroussent chemin, emportant dans leur regard un peu de notre mort. Ils s'en vont sans savoir pourquoi. L'instinct les guide et les oblige à aller camper ailleurs. Ils partent et oublient ce lieu qu'ils n'osent pas nommer. D'ailleurs ce village n'a pas de nom ; on dit bien village Aït Sadik – est-ce un saint ou un malfaiteur ? Ce Sadik, notre ancêtre, notre père, fut une erreur et ce village ne fut pas le sien, il était venu mourir ici, chassé par sa famille pour injure à Dieu et désobéissance au père. C'est le village de ceux que la ville expulse, terre d'exil pour ceux qui sont maîtres dans l'échange de haine et de fièvre, ceux que le Mal fait vivre, ceux qui ont fait du Mal leur religion et leur patrie. C'est le village de Fatouma, disparue puis revenue, échappée à la justice et à l'asile pour les malades de la tête et de l'âme. Fatouma est toujours là, même si je sais qu'elle est en prison, elle rôde autour de nous, fidèle à sa vocation, infatigable, éternelle, car ce sera elle le dernier être vivant de ce lieu de malheur.

185

» Nous sommes quarante-trois plus, deux femmes qui ne se montrent pas. Il paraît qu'elles sortent la nuit quand la lune est couverte par des nuages noirs. Elles se retrouvent au cimetière et refont les plans du partage de l'eau. On dit même qu'elles complotent. Elles mettraient au point une stratégie pour se débarrasser de nous, quelque chose comme une intoxication générale ou un empoisonnement des puits. Fatouma serait leur idole, leur âme et leur maîtresse. Ce sont des femmes dont l'une n'a jamais trouvé de mari et l'autre a été abandonnée la nuit même de ses noces. Seuls la vengeance et l'esprit du Mal les font vivre. Elles portent le deuil en permanence, le deuil de leur propre vie, de leur regard qui bute sur les pierres et l'herbe sèche. Je suis la seule à les connaître et à pouvoir les identifier. Mais jamais je n'irai les dénoncer. Elles n'ont pas de nom, pas d'âge et pas de famille. Aucune n'est vraiment originaire de Aït Sadik. Elles viennent de loin, peut-être même d'un autre pays, une terre étrangère au Bien et à la Miséricorde de Dieu. Il paraît qu'elles circulent masquées, enveloppées dans d'immenses draps, dissimulant tout leur corps, les mains gantées et les chevilles prises dans des bracelets en argent ou plutôt en fer, comme si c'était la trace d'une chaîne pour les empêcher de sortir. Cette histoire de chaîne est évidemment fausse. Elles n'ont jamais été enchaînées, pas même cloîtrées par un maître, un mari ou un prince des ténèbres. Elles auraient introduit plusieurs scorpions et vipères dans le village. Elles en feraient l'élevage et les vendraient aux sorciers et aux brigands du pays. Elles avaient une première fois délivré Fatouma quand elle était enfermée dans l'asile

186

après la mort suspecte d'un enfant, un neveu dont elle était jalouse.

» Le village est ainsi : quand il n'est pas maudit par le ciel, il est réduit à néant par ces femmes dont l'âme est habitée par une araignée à deux têtes. C'est dans cet état-là que l'émigré et sa famille, qui roule en ce moment dans une camionnette, trouvera le pays de sa naissance, qu'il a quitté comme des centaines d'autres, il y plus de dix ans. »

Une voix de femme, calme et posée, parvient du haut du minaret. Elle a profité de l'absence du muezzin pour parler aux pierres et aux quarante-trois survivants de ce désastre :

« Notre masque est notre visage, notre extrême nudité. Nous ne sommes ni des envoyées du malheur ni des exterminatrices à figure d'ange. Nous venons de loin et nous sommes dénuées de sentiments. Ce n'est pas une infirmité ni un manque, mais une pureté. Nous sommes incapables d'aimer ou de haïr. C'est notre unique qualité, notre force et votre chance. Nous n'avons rien à dissimuler, rien à protéger ; nous ne possédons rien. Le drap que nous portons nous sert d'habit et de linceul. Les anneaux à la cheville sont notre seule attache à la terre ; ils nous guident et nous permettent de rester debout. Nous n'avons pas d'âge puisque nous ne connaissons ni sentiments ni émotions. Depuis que nous avons reçu ordre de quitter nos marabouts et d'aller rendre la justice dans le pays, nous ne dormons plus. C'est vrai que nous évitons de sortir le jour. Simple mesure de prudence. Cela nous a été déconseillé. La nuit, nous essayons de remettre de l'ordre. Nous devons, tous les cent ans, faire la preuve de notre sainteté ; nous devons la mériter de nouveau, sinon nous ne retournons pas au marabout mais à un cimetière quelconque, mortes parmi les morts, corps voués à la vermine parmi d'autres corps anonymes qui s'effritent jusqu'à devenir de la terre. Dans ce pays bien-aimé, la justice des hommes est entachée de corruption ; elle est indigne de son histoire et de son destin. Nous ne pouvons pas réparer tous les torts ; il nous faudrait du temps ou alors il faudrait vider tous les marabouts de leurs saints et les lancer à travers villes et villages pour rendre justice. Moulay Idriss, fondateur du pays, celui qui a apporté l'islam et la paix, ne reconnaît plus ce qu'il a bâti. Vous autres, vous n'êtes qu'une poignée d'hommes et de femmes désemparés, survivant à la pauvreté, à la sécheresse et au malheur qui ont vidé votre village et exilé ses enfants vers des pays où il fait froid et où ils perdent l'âme et la raison. Nous avons traversé des villes où les hommes sont de plus en plus indignes, font trop d'enfants. Ils les font travailler n'importe où, domestiques, porteurs, acrobates, amuseurs de touristes ; les filles travaillent dans des usines de tissage et sont renvoyées au bout d'un an, le temps d'attraper la tuberculose. Dès qu'elles le peuvent, elles reprennent le travail, cette fois dans une usine de tapis et sont payées deux dirhams l'heure ; avec deux dirhams, on a un pain et une cuillerée de beurre.

» Nous n'allons pas faire l'inventaire de tout ce qui vous a été enlevé dans ce village où plus une prière ne peut se dire. Nous vous connaissons tous : Chicha, le cordonnier qui marche pieds nus ; Rahou, l'homme stérile qui copule avec les chèvres ; Walli, le maître d'école qui a perdu la mémoire ; Rafik, le boucher qui fait passer la viande d'âne pour du bœuf ; Bziz, malin comme un singe, ne grandit plus et vit sur les arbres ; Baz, son frère, qui s'exclame chaque fois que le muezzin appelle à la prière ; Riha, la femme qui dort avec les rats ; Bourass, le déterreur de cadavres qui vend les crânes aux étrangers ; Ghoul, l'homme qui faisait peur aux enfants ; à présent il ne fait peur qu'à lui-même ; Lalla, l'homme qui se prenait pour une femme ; il ne sait plus qui il est ; Zerzaï, l'homme qui vendait des cordes et qui vit au bout d'une de ses cordes au fond du puits ; il dit que la vie a un sens là-bas, et on continue à lui faire parvenir du pain et des olives ; Barazite, la femme qui se prend pour une radio étrangère et qui essaie de brouiller la station nationale en sifflant entre ses dents ; Ahmed et Mohamed, ceux qui attendent la mort sur un banc de pierre et qui s'échangent les souvenirs ; Rquia, dont le fils a disparu, c'était un brave soldat mort sans avoir combattu ; Salah, qui ne quitte plus son âne depuis que son fils a été arrêté en ville dans une manifestation ; il dort sur l'âne et tourne en rond ; Friha, qui n'a plus ses dents, s'est assise sur un banc et attend ; Rahma, qui continue à faire du pain comme si toute la famille était réunie ; Moulay, qui se dit descendant du prophète alors qu'il avait atterri au village après une chute de pierres ; Chrika, la deuxième femme de Moulay, qui ne mange que de l'herbe ; Asser, le bûcheron qui a brûlé la plupart des arbres... Les autres sont de braves gens qui ne comprennent pas ce qui leur arrive. Ils vivent et se contentent de peu, attendant l'été pour revoir ceux de leur famille partis à l'étranger.

» Radhia, tu es le jour et la lumière de ce village. Tu seras la dernière à le quitter. Tu es leur témoin, leur passé et leur honneur. Tu vas nous aider à ramener Fatouma. Seul son frère pourra nous rendre justice, extirper d'elle le mal et la lâcher, vipère dévitalisée, parmi les vipères avec tout leur venin.

» Tu as cru que nous étions des ennemies, complices de Fatouma, venues ici pour faire le mal. Nous avons pris possession du minaret. Nous resterons là, immobiles, invisibles le jour, à veiller sur vous. Nous assisterons, comme vous tous, à la confrontation entre Fatouma et son frère. Tant que la justice n'a pas été rendue pèsera sur le village la malédiction de Dieu, de ses prophètes et de ses saints.

» Cette nuit, ne dormez pas. Sortez de vos maisons. Asseyez-vous sur les bancs de pierre et attendez. »

16

Ahmed et Mohamed, les deux vieillards aux souvenirs mêlés, furent les premiers à prendre place sur leur banc.

– Qu'est-ce qu'on attend ?

– Radhia doit savoir.

– Mais savoir quoi ?

– Qu'il va enfin nous arriver quelque chose dans ce lieu maudit.

– Quelque chose de bien ?

– Bien ou mal, quelle importance !

– As-tu remarqué la couleur du ciel ?

– C'est l'aurore. Le ciel a la couleur de notre patience...

– Une couleur douce et résignée.

– Non. C'est la couleur d'un feu qui se prépare.

– Pas du tout ; moi je dirais un feu éteint ; il y a longtemps que nous avons renoncé à ce qui bouge et vibre. Nous n'avons en nous que la couleur de ce qui est éteint et figé.

– Ce n'est pas parce que nous sommes assis que tout est figé en nous.

– Peut-être bien. Alors pourquoi les souvenirs grandissent-ils en nous, naissent-ils et renaissent-ils comme des herbes sauvages autour des pierres tombales ?

– Les souvenirs, c'est notre vérité ; ils sont les témoins de la pauvreté de notre présent.

– Tel est le temps !

– Telle est l'époque, une vieille araignée tissant sa toile avec nos paroles lasses et inutiles.

– Nous sommes bien seuls !

– Seuls et abandonnés ; mais on ne peut s'en prendre qu'à nous-mêmes...

– Même si nous ne sommes que des ombres ?

– Oui ! des ombres défaites par le temps, assises aujourd'hui sur un banc de pierre, attendant que les arbres se plient, que les tombes s'ouvrent et que les ancêtres surgissent au bout de la nuit, nous rappelant notre indignité...

Apparut alors un homme déguisé en corsaire, un feutre magnifique sur la tête, une clochette suspendue sur le côté droit, un monocle sur l'œil gauche, brandissant une épée en bois. Il dégageait, au fur et à mesure qu'il avançait, une fumée rouge, jaune, verte, bleue, blanche. Il fit tinter la clochette pour faire revenir les absents en ce lieu depuis longtemps déserté. Il portait sur chaque épaule un faucon aveugle.

Cet homme, surgi de l'aurore, venu de loin, connaissait parfaitement le village et ses habitants du temps où aucune malédiction ne régnait sur le cœur des hommes, du temps où personne n'était obligé de partir à l'étranger, époque où les femmes étaient belles, heureuses, et faisaient des enfants, où la vie se déroulait dans un mouvement bienfaisant, où l'année avait encore ses quatre saisons, où le village était irrigué par l'eau de source, où les fêtes étaient fréquentes et heureuses, où même les animaux vivaient dans une belle sérénité.

L'homme n'était ni un corsaire ni un clown. C'était le printemps. Le printemps en plein été. C'était peut-être une vision des deux vieillards à moitié endormis, le coup de grâce pour une nostalgie fatiguée, pour une attente de plus en plus déraisonnable. Vision ou pas, le printemps parlait. Le printemps, c'était une voix descendant de la montagne, aussi pure qu'une source d'eau ; la voix d'un ancêtre compagnon de cheïkh Ma El Aïnine, le rebelle du Sud qui avait battu des généraux français et espagnols.

La voix était distincte et même familière. Étaient-ils les seuls à l'entendre ? Pendant que le printemps parlait, les autres habitants sortaient et s'asseyaient le long de la route, formant une haie au passage des paroles :

« Je suis Hammou Ben Mohamed Ben Omar Essadik, celui qui est tombé au champ d'honneur à Tiznit aux côtés de notre grand cheïkh. Je reviens aujourd'hui, alerté par une enfant. Je sais que le village a été abandonné par les hommes. Ils l'ont quitté pour aller travailler ailleurs. Certains sont revenus chercher leur famille et ont disparu pour toujours. D'autres ont tout oublié et errent dans les villes, mendiants et poltrons. Le village est devenu un repaire de trafiquants et de sorcières. On y vend la cervelle des hyènes pour jeter des sorts et provoquer le malheur ; on y prépare des potions de mort ; on y fait du pain, non pour faire vivre, mais pour tuer. Depuis qu'un enfant est mort empoisonné par une femme féroce qui s'est servie d'un garçon innocent pour assouvir sa jalousie et sa vengeance, Dieu a maudit ce lieu. Il n'y eut plus de naissance ; toutes les femmes furent frappées de stérilité ; quant aux hommes, ils furent éloignés de leurs épouses. Voilà pourquoi il n'y a plus ici que des veuves et des vieillards qui tendent la main à la mort.

» Je suis revenu parce que le jour prévu pour la découverte du trésor caché dans la mongtagne est proche. La main digne de nous indiquer son emplacement exact ne se trouve pas parmi vous. Hélas, vos mains sont inutiles. Elles ne servent plus à rien ; elles sont mortes et vous ne le savez pas. Ce sont des mains qui n'apportent rien et ne reçoivent rien. Elles sont lourdes et tremblantes. Seule Radhia a gardé les mains propres. Elle sauve l'honneur et la vertu de ce lieu. Attendons, pour accueillir celle qui délivrera le village de la malédiction. Jeune fille nubile née près d'une source d'eau pure, elle a la passion de la connaissance et de la justice. »

17

C'était donc l'aube du troisième jour. J'aime cette atmosphère irréelle, presque rêvée, dans laquelle nous apparut le village. De loin on aurait dit un cimetière blanc avec quelques marabouts. Mon père avait les yeux rouges de fatigue ; mais il était content d'avoir traversé trois pays en un temps record. Il avait hâte d'arriver, regardait souvent sa montre comme s'il avait un rendez-vous important. C'était donc cela ! Un rendez-vous avec le destin, la conclusion d'une vieille affaire de famille. Ma mère et les enfants dormaient. Ils furent réveillés par l'écho d'un cri long et douloureux. Nous fûmes reçus par les youyous des femmes qui s'étaient mises le long de la piste menant à la place centrale du village. Les hommes étaient en face, alignés comme des piquets.

Il y avait de quoi être surpris, mais cet accueil exceptionnel avait dû être préparé par quelqu'un qu'on ne voyait pas. Les hommes et les femmes, vieillis et fatigués, avaient l'air d'être sous l'influence d'une autorité puissante et probablement invisible.

Le village était dans un tel état de délabrement et de dénuement qu'on avait de la peine à reconnaître les lieux. Peut-être que nous nous étions trompés de village ; la fatigue du voyage avait dû égarer mon père. Il ne comprenait rien à cet accueil. Ma mère, trop occupée avec les enfants, ne savait pas non plus où nous étions ni ce qui se passait.

Les quelques maisons encore debout étaient en ruine ; le sol était jonché de mauvaises herbes et de bouteilles en plastique. Je cherchais des yeux notre maison. A la place, il n'y avait qu'un amas de pierres. L'épicerie était ouverte ; il n'y avait que quelques boîtes de conserve sur les étagères. C'était le repaire des chats et des chiens.

Les hommes et les femmes nous regardaient sans parler. Certains avaient des baluchons à côté d'eux. On aurait dit que ces habitants n'attendaient que notre arrivée pour déménager, changer de vie et peut-être embrasser enfin la mort. Notre arrivée les libérait de quelque chose, le poids d'une faute, un péché ou un malheur.

Mon père, d'abord hébété de voir ces fantômes sortis d'un cauchemar, fut pris d'un fou rire. Ma mère, entourée de ses enfants, ne bougeait pas. Elle attendait dans la voiture. Moi, je suivis mon père. Il avançait d'un pas hésitant. Il saluait les uns et les autres. Personne ne répondait. Était-ce un piège ? Étions-nous dans un asile de fous ou dans un cimetière ? Une odeur de moisi se dégageait d'un peu partout. C'était peut-être cela, l'odeur de la mort, la mort lente qui s'installe, sans fièvre, sans violence. Mon père ne riait plus. Il n'y avait plus de maison, plus de ferme, plus de village. Il reconnaissait quelques visages, mais n'osait rien dire. Comme il arrivait au niveau des deux vieillards aux souvenirs mêlés, l'un d'eux s'approcha et lui demanda :

– As-tu un souvenir à échanger, un souvenir à envoyer au ciel, je ne vais pas tarder à m'en aller... Ou si tu veux, tu peux me confier un message pour ton père ou ton grand-père ; je le leur transmettrai dès mon arrivée.

L'autre vieillard intervint :

– Tu sais, cela fait longtemps qu'on attend ce jour et cette heure. Tu es enfin revenu délivrer le village de la malédiction.

– Non, répliqua Radhia qui se tenait en face. Ce n'est pas lui qui va nous libérer. C'est elle.

Son doigt me désigna.

A ce moment précis apparut un vieil homme tout de blanc vêtu sur un cheval gris. Derrière lui, une femme, les mains enchaînées, marchait péniblement, la tête baissée.

Le vieil homme arrêta son cheval. D'un geste, il ordonna à tout le monde de s'asseoir. Seule la femme enchaînée resta debout. Nous nous assîmes par terre et écoutâmes :

« Bienvenus ! Soyez les bienvenus sur cette terre où plus rien ne pousse, plus rien ne vit. Comme vous constatez, il n'y a que des vieillards sans âme et des pierres. Tout a été transformé en pierre et en poussière depuis que le malheur s'est emparé des cœurs. Depuis que tu es parti, mon fils, depuis que tu as emmené ta famille après avoir enterré ton enfant, victime d'une machination horrible, depuis que l'innocence a été frappée, défigurée par les mains de la haine, tout ce qui permettait au village de vivre a cessé. Tout s'est dégradé, tout a sombré dans la déchéance.

197

» Nous allons tous quitter ce lieu. Nous le laissons aux hyènes, aux chacals, aux chiens sauvages et au vent. Auparavant, dis-moi si tu es prêt à pardonner à celle qui est à l'origine de tant de malheur.

– Qui suis-je pour donner le pardon ? Je ne suis ni saint ni prophète. Je ne suis qu'un pauvre homme qui travaille pour gagner la vie de ses enfants. Je ne suis qu'un paysan qui ne sait ni lire ni écrire, mais qui croit au Bien, à Dieu et à son Prophète : un paysan devenu ouvrier dans le pays des chrétiens. Je suis revenu ici parce que, là-bas, la vie est difficile. J'ai peur que le pays des chrétiens ne me prenne mes enfants. Alors j'ai tout ramassé, et je suis revenu travailler la terre et donner à ma famille une vie meilleure. Mais le village a été détruit. La terre a-t-elle tremblé ? La foudre est-elle descendue du ciel ? Y a-t-il eu une guerre ? Je ne reconnais plus personne. Quelle défaite ! Quelle misère !

La femme enchaînée se précipita sur les pieds de mon père et les baisa avec frénésie en pleurant :

– Délivre-moi, pardonne-moi, je suis habitée par le diable, je suis l'incarnation du Mal. Oh, tu ne reconnaîtras pas en moi ta sœur, celle qui jouait avec toi quand nous étions petits. J'ai été possédée, j'ai causé le malheur. A présent je vais mourir, mais je voudrais partir l'âme apaisée. L'âme ? Oui. Je sais, je n'ai pas d'âme, j'ai un chiffon à la place, plein de goudron et de graisse, mais ne me laisse pas mourir dans la haine. Depuis que je ne suis plus malfaisante, je souffre, car le poison est reversé dans mon sang. Je m'empoisonne toute seule, je me détruis par moi-même et je vis en enfer. Même la terre m'a rejetée. Je me suis enterrée pour mourir asphyxiée, mais les pierres m'ont repoussée. Elles m'ont éjectée comme une herbe indésirable, comme une vermine étrangère. J'ai tenté de me pendre, mais la corde s'est cassée. Je suis condamnée à vivre dans la souffrance. Délivre-moi, pardonne-moi ! Toi seul pourras me donner la mort dont j'ai besoin. Pour cela il suffit que tu poses ta main droite sur ma tête et que tu dises cette formule :

> Moi, frère de Slima plus connue sous le nom de Fatouma, en posant ma main sur sa tête, j'efface la malédiction qu'elle porte en elle et je la laisse entre les mains de Dieu le tout-puissant ; lui seul saura lui faire subir le châtiment qu'elle mérite.

» Répète après moi. Ta parole sera reçue là-haut, pas la mienne. Je ne suis qu'une criminelle et je ne comprendrai jamais pourquoi je suis si mauvaise.

Mon père mit sa main sur la tête de Fatouma et récita la formule. Il y eut un moment de silence, puis le corps de la femme se déplia lentement ; elle se mit debout, face à son frère. Elle le fixa du regard, recula d'un pas et lui envoya un crachat au visage en hurlant :

– Tu n'es qu'un chien, un lâche, un pauvre type qui trimbale sa famille d'un pays à un autre, et tu as cru qu'en posant ta main naïvement sur ma tête tout allait s'effacer entre nous. Apprends, mon vieux, que le Mal a une puissance indestructible. Je te survivrai et je continuerai à brûler les terres de ceux qui partent. Je déposerai la souffrance dans les cœurs. Ah, frère indigne, pâte malléable faite de bonté et de beurre rance ; te voilà de retour, face à un comité d'accueil composé de vieilles carcasses, des fantômes qui ne savent plus dans quel corps ils habitent, des êtres aux yeux crevés par les faucons de l'ancêtre. Le pays t'a oublié ; tu es rayé de la liste, toi comme les autres. Ramène ta progéniture au pays du Couchant, là où tu vas les perdre assurément. Ils ne parleront plus ta langue, n'écouteront plus tes paroles, ne feront pas les mêmes prières que toi, ou n'en feront pas du tout. Ils te quitteront ; tu les abandonneras ; tu rentreras au pays et tu attendras la mort sur les cendres des terres brûlées. Voilà ce qui est écrit. Adieu. Il était de mon devoir d'être là et de te prévenir. A présent je n'ai plus de haine pour toi, juste de la pitié... Le jour va se lever ; je disparais...

Avec les premières lueurs du jour, son corps s'est fondu dans l'air ; il a été avalé par la lumière. Les vieilles carcasses se sont couchées. Et nous sommes restés seuls, figés, ahuris par cet accueil, cauchemar né d'une grande fatigue après un si long voyage.

Certes, le village existait toujours. Nous venions d'un autre monde. Nos yeux s'étaient habitués à d'autres espaces. En fait, le village n'avait pas tellement changé. Il s'était détérioré, la vie l'avait peu à peu abandonné, il s'était vidé. Ceux qui le peuplaient encore étaient là parce qu'ils ne pouvaient pas faire autrement. La vieillesse et quelque infirmité les maintenaient sur place, là où plus rien ne bougeait. Il ne fallait chercher ni sens ni logique dans ce qui nous arrivait. D'ailleurs la femme qui s'était prosternée devant mon père n'était pas sa sœur. Ce n'était pas Fatouma, celle qui tua mon petit frère Driss. La femme qui était là parlait comme elle, mais avait un autre visage. Nos yeux avaient cru la voir et nos oreilles l'entendre. Nous étions fatigués, cernés par nos hallucinations, trompés par nos sens.

200

Notre maison était toujours là ; les choses étaient couvertes d'une épaisse couche de poussière. Un peu partout des araignées avaient tissé leur toile. Cela sentait l'absence et l'abandon. Ma mère sortit un grand drap et l'étendit dans la cour. Nous nous endormîmes les uns à côté des autres sans plus attendre. Il fallait plonger dans le sommeil après trois nuits de veille et de fatigue. Mon père ne déchargea pas la voiture. L'envie de tout déballer n'existait plus. Il ne disait rien. Il s'était rendu compte qu'il avait fait une erreur. Les paquets et valises ne devaient pas sortir de la camionnette. Tout y était ficelé. Si on avait retiré un seul objet, tout se serait écroulé. C'était cela notre vie et notre bien.

Après une journée de sommeil, mon père me réveilla doucement et me demanda de l'accompagner au cimetière pour dire une prière sur la tombe de Driss. Il m'avait choisie parce que j'étais la plus grande, celle qui savait comment cet enfant fut tué. En chemin, il priait déjà. Son visage était grave et beau. Il avait une barbe de trois jours. Je passai ma main sur ses joues, où de chaque côté une ride verticale l'avait marqué. Mon père était un homme qui avait toujours travaillé. Jamais de repos. Jamais de vacances.

Nous fûmes accueillis à l'entrée du cimetière par Radhia.

– Je vous attendais, dit-elle.

– Et pourquoi ? demanda mon père.

– Parce que ce que vous cherchez n'est plus là !

– Comment ça ? La tombe de Driss n'est plus là ?

– Cet enfant est un ange ; dès que son âme l'a quitté, il a été directement au paradis. Enfin, je ne t'apprends rien. Tu sais bien que les enfants sont transformés en anges dès que la mort les frappe.

– Oui, mais son corps doit être là...

– En principe. Mais comme on sait que l'important c'est l'âme et non le corps, au quarantième jour après la mort, on libère la tombe...

– Comment ça ? Mais c'est illégal, c'est interdit par la loi...

– Quelle loi ? Ici il n'y a de loi que celle des hommes ; or, les hommes, surtout ici, sont corrompus. Tout s'achète, tout se vend, même le corps d'un enfant ! Ta as bien vu dans quel état est le village ; tu as vu que la tribu n'existe presque plus. Nous sommes dans ce lieu retiré, loin de la ville, loin de tout, à la pointe du Mal. Depuis quelques années, nous survivons, sans morale, sans loi, sans religion. Et c'est de votre faute. Vous êtes tous partis, les uns après les autres.

– Mais où est la tombe de mon fils ?

– Elle devait être là, là où on a enterré Hadj Mimouni, celui qui avait fait trois fois le pèlerinage de La Mecque et qui se proposait de devenir le saint patron de Aït Sadik ! Je n'aurais pas dû te dire tout ça. Dis ta prière ; où qu'il soit, il l'entendra ; en tout cas Dieu la recevra.

18

Depuis ce jour, tous mes rêves se passent dans des cimetières. En général il ne m'arrive que de belles choses dans ces lieux souvent ensoleillés et fleuris, des aventures qui commencent bien, avec un éclat de rire, puis qui restent en suspens, inachevées. Je ne les retrouve jamais. Peut-être le plus beau rêve que j'ai fait dans un cimetière musulman concerne-t-il la musique. Comme la plupart des enfants de ce pays, j'ai eu une enfance sans musique. Nous n'avions à la maison ni piano ni violoncelle, ni tambour ni même un harmonica. La musique me parvenait par bribes à travers les radios des autres. Était-ce de la musique ? Des litanies langoureuses et larmoyantes, des chansons venues d'Égypte, des poèmes d'amour chantés par de belles voix, semés de refrains à faire pleurer toute une ville. Voilà ce que j'écoutais sans faire attention. C'était une journée printanière. J'enjambais les tombes sur la pointe des pieds et je courais, poussée par un petit vent agréable. Avec une rapidité extraordinaire, je calculai l'âge des personnes enterrées en jetant un simple coup d'œil sur la pierre tombale. En quelques minutes, j'additionnai les âges, puis je divisai par le nombre des morts et je trouvai ainsi le chiffre de quarante-neuf ans trois mois et cinq jours, moyenne d'âge de ce petit cimetière.

L'orchestre qui m'apparut se composait de quarante-huit musiciens plus un chef, très jeune et très beau, une baguette à la main. Ils étaient tous en smoking. Le chef demanda un peu de silence à des oiseaux qui gazouillaient, se tourna vers moi, puis donna le signal aux musiciens qui jouèrent une musique gaie, heureuse et qui correspondait probablement au printemps. J'appris plus tard que ce ne pouvaient être que *Les Quatre Saisons* de Vivaldi. Ce dont je me souviens parfaitement, c'est le moment où le ciel devint sombre et la musique triste. Je me retournai et je vis les tombes ouvertes. Quarante-neuf tombes ouvertes, d'où se dégageait une fumée blanche. J'avais froid et je n'entendais pas la musique qui se jouait. J'étais devenue sourde et mes pieds s'enfonçaient lentement dans la terre humide. Je m'accrochais à la pierre tombale, mais une main puissante m'attirait vers le fond de la tombe. Je hurlais, mais aucun son ne sortait de ma gorge. En regardant le fond de la tombe, je voyais défiler des images féeriques : des couleurs vives, sur des robes portées par les femmes de l'arrière-pays, se mélangeaient à des banderoles agitées par des manifestants. Je n'entendais toujours rien. Tout s'agitait en moi, tenue prisonnière par ce que ma mère appela le lendemain, lorsque je lui racontai mon cauchemar, l'« âne de la nuit ».

Après notre retour en France aussi précipité que notre départ, mon pays natal envahissait mes nuits dans des rêves qui se transformaient en cauchemars. Tout m'obsédait : les paysages, les visages, les couleurs du ciel, les parfums de la nature, les épices et les bruits. Et puis, il y avait cette image du trésor caché dans la montagne et dont le plan serait dessiné dans les lignes de ma main.

J'avais un professeur de français, un homme très cultivé issu d'une famille aristocratique ruinée, il nous disait : « Mon père était riche et célèbre ; moi je suis ruiné et pas encore célèbre ! » Ce professeur avait vécu et travaillé en Italie ; cela avait rendu son élégance et sa générosité naturelles. Il s'intéressait beaucoup à ses élèves et se montrait particulièrement attentif à ceux qui venaient du Maghreb.

Cet homme avait un don : il savait lire dans les mains.

J'avais un désir secret : donner ma main à quelqu'un d'étranger pour qu'il la lise. Je voulais savoir et surtout vérifier ce que mes parents et grands-parents croyaient. Étais-je vraiment la clé de ce trésor caché dans la montagne ? Était-ce moi ou une autre fille, une cousine, qui avait la main heureuse, la main dont les lignes indiquaient l'emplacement secret ? Je me disais que si M. Philippe De ... – on l'appelait ainsi à cause de cette particule précédant un nom imprononçable – confirmait cette vieille histoire, je ne serais plus porteuse d'une légende devenue pour moi un fardeau.

M. Philippe De était un personnage original ; il se distinguait de tous les autres professeurs par une pédagogie dont les principes étaient le jeu, l'incitation à la curiosité et la lutte contre l'ennui. Certains disaient de lui : « C'est un anticonformiste ! » Nous ne comprenions pas le sens de cette phrase, mais on imaginait bien que ce devait être une critique. Il nous enseignait la littérature et la poésie. Il nous racontait les histoires qui lui arrivaient. Ce fut ainsi que nous eûmes une belle leçon de peinture à cause d'un tableau que ses parents avaient reçu en héritage et qui fut volé lors d'un cambriolage. Nous ne savions pas qu'une toile pouvait valoir des millions. Depuis, je sais tout sur Matisse, sa vie, ses couleurs, ses passions, ses drames et son séjour au Maroc.

M. Philippe De nous emmenait au musée, faisait venir des écrivains au lycée, nous projetait des films et nous faisait écrire des nouvelles. J'ai raconté mon histoire, ou plus exactement l'histoire d'une petite bergère du Haut Atlas que les ancêtres auraient désignée pour trouver un trésor caché dans la montagne. J'évoquais les lignes de la main reproduisant en partie le plan du lieu convoité. Je décrivais surtout l'embarras et les craintes de cette jeune fille qui avait quitté le pays et qui était en train de faire perdre, à sa famille et à sa tribu, une caisse pleine de pièces d'or...

M. Philippe De me convoqua à la fin du cours et me dit :

– Ton histoire est-elle vraie ou l'as-tu inventée ?

– Je l'ai imaginée, monsieur...

Il voyait bien que je mentais. Il prit ma main gauche, l'observa, puis la main droite ; il les compara, puis, se sentant un peu gêné, il dit :

– Ce n'est pas le lieu pour lire dans tes mains. J'ai besoin de me concentrer. Je vois des choses, mais je préfère les regarder une autre fois, calmement. Je te dirai quand.

Son visage avait pâli et ses mains tremblaient. Il était secoué par ce qu'il avait vu ou pressenti. Il me laissa dans le désarroi. Une semaine plus tard, il se fit inviter chez mes parents pour prendre le thé. Ce n'était pas la première fois qu'il venait chez nous. Il aimait bien parler avec les parents de ses élèves. Dans la famille, on l'aimait bien. Il apportait toujours des livres à mes frères et sœurs, des disques ou des places pour le théâtre du dimanche après-midi. Ce jour-là, il s'était mis à regarder les mains de toute la famille. Il riait et plaisantait avec les enfants qui l'entouraient en lui présentant leurs mains ouvertes. A chacun et à chacune, il dit un mot gentil : à Malika, il prédit un avenir plein de jardins fleuris ; à Lotfi, il parla d'amour et de femmes belles mais difficiles ; à Nadia, il réserva un chariot de chocolat et de bonbons ; quant à moi, il se mit à me parler d'un ton grave et sérieux.

– Ta ligne de vie et ta ligne de chance se croisent en un lieu où la ligne de santé marque un peu d'inquiétude. Je dois avouer que j'ai rarement vu une main aussi riche, aussi complexe que la tienne. Je vois arriver beaucoup d'événements. Mais je dois dire aussi que tu as eu un malheur, il y a quelques années. Je vois la perte d'un être proche et je vois un œil immense qui l'a avalé. Je ne lis pas l'avenir. Personne ne peut le faire ; mais, à partir du passé, je peux prévoir ou pressentir où les événements vont continuer leur chemin. Ton histoire de trésor a des traces sur cette main. Je vois un secret ; il a la forme d'une étoile ; l'étoile est mobile ; le secret est dur à garder, difficile à porter. En fait, il prend un peu l'allure d'un destin ; ta vie est sous le signe de ce secret. Mais pourquoi est-il si lourd à porter ? Sa présence t'empêche d'être gaie et légère. Il ne faut pas laisser cette histoire t'écraser. Il faut arriver à t'en débarrasser.

207

J'ai vu tout à l'heure, très vite, la main de ta mère. Elle avait aussi des traces de cette présence. Je ne sais pas comment elle a fait pour s'en délivrer. Elle ne doit pas le savoir elle-même.

– Mais que voyez-vous de si inquiétant ?

– Ce n'est pas inquiétant, c'est troublant, c'est formidable ; c'est la différence entre les gens des montagnes et les gens des plaines, entre ceux qui viennent du Nord et ceux qui arrivent du Sud. Toi, tu es une fille du Sud, là où la raison est secondaire, où le silence, l'invisible, l'ombre et la nuit, l'eau et la lumière sont l'essence même de la vie.

– Alors, suis-je égarée ?

– Non ! L'être porteur d'un secret n'a pas le droit d'être égaré. Tu es jeune et, pourtant, d'après ta main, tu as couru plus vite que le temps ; on dirait que tu as été poussée par un vent venu du désert, il t'aurait malmenée si tu lui avais résisté. Tu as suivi ton chemin. C'est ce qu'il fallait faire. A présent, tu as acquis une maturité qui te met à l'abri des tempêtes.

– C'est quoi, ce trésor ?

– Est-ce à moi de te le dire ? Personne n'est en mesure de t'aider à répondre à cette question. Moi j'ai vu des choses, j'ai aperçu des ombres, j'ai relevé des traces ; ce sont là les éléments éparpillés d'une énigme. C'est une belle énigme. Il y a du mystère et du doute, du trouble et de la fascination. A toi de dénouer les fils de cette superbe histoire.

Il avait l'air épuisé. Il se leva et me demanda de l'excuser auprès de ma mère. M. Philippe De partit, me laissant totalement désemparée. « Une superbe histoire ! » Quelle histoire ? Où commence-t-elle ? A qui arrive-t-elle ?

19

Mon histoire – ce qui était supposé être mon histoire – n'était pas banale. Elle sortait d'un gros livre
plein de contes.
Ce fut Victor, le personnage aux yeux écarquillés,
qui me la conta. Lui, assis sur sa chaise pliante, moi,
par terre, les jambes croisées, nous eûmes toute la nuit
pour retrouver les rues, les maisons et les palais où
cette histoire était censée se dérouler en un siècle lointain :

« Tu t'appelais Kenza et tu avais une sœur jumelle
qui portait le nom de ta grand-mère Zineb. Votre père
était un cheïkh, un grand seigneur que plusieurs
années de sécheresse avaient ruiné. C'était un saint
homme, aimé et respecté par la famille et la tribu. Il
avait dix enfants, vous étiez ses préférées. Pour vous
faire plaisir, il était prêt à tout. Non seulement vous
étiez inséparables, mais on ne pouvait pas vous imaginer l'une sans l'autre, au point que vous étiez arrivées
à ne former qu'une seule et même personne. Pourtant
vous ne vous ressembliez pas tellement. Zineb avait les
yeux clairs ; les tiens étaient noirs. Tu avais des che-

veux courts et frisés ; ceux de Zineb étaient raides et longs. Tu étais brune ; Zineb avait la peau claire. Vous aviez à peu près la même taille, mais pas la même démarche. Ceci pour le corps. Quant au caractère, il y avait entre vous une complémentarité remarquable. Quand l'une s'énervait, l'autre montrait son calme ; quand l'une tombait malade, l'autre restait en bonne santé ; jamais vous n'étiez contrariées en même temps ; à chacune son tour. A vous deux, vous étiez arrivées à être une femme idéale douée d'une intelligence exceptionnelle. Une phrase commencée par l'une pouvait aisément être terminée par l'autre. Rien ne vous échappait. Vous aviez vos secrets et personne ne se hasardait à s'y intéresser, car vous ne supportiez pas les intrus et les curieux ; vous étiez même capables de provoquer le malheur chez ceux qui s'approchaient trop de vous.

» Un jour, un homme riche et puissant, alerté par la réputation de votre beauté, se présenta à votre père, suivi de toute une caravane de présents. C'était une demande en mariage. Vous veniez juste d'avoir dix-huit ans. Vous étiez fleurs parmi les fleurs, belles à couper le souffle, malignes et cruelles, prêtes à l'aventure, sans scrupules. L'homme était âgé, chauve et assez gros. Vous aviez jugé sa demande insensée. Pour le punir, vous aviez décidé d'accepter son offre. Vous auriez dit à votre père :

– Père, cet homme est venu nous acheter, n'est-ce pas ?

– Ne dites pas de bêtises. Vous n'avez pas de prix. Cet homme est amoureux de la beauté ; je l'ai reçu et écouté ; mais je ne suis pas fou au point de lui offrir une de mes perles, même s'il apporte une dot exceptionnelle.

– Père, sais-tu que nous sommes sensibles aux hommes qui aiment la beauté ? Ne refuse pas sa demande. Nous pensons, ma sœur et moi, l'honorer à notre façon. Dis-lui que nous sommes inséparables et que s'il désire Zineb, il devra épouser aussi Kenza... Puisque c'est un homme qui aime la beauté, il sera comblé. Nous acceptons ses cadeaux et sa dot, à condition qu'il nous épouse toutes les deux selon la loi et les règles de notre religion bien-aimée.

– Mais savez-vous qu'il est déjà marié et qu'il a des enfants de votre âge ?

– Cela ne nous gêne pas. Nous sommes prêtes à un tel sacrifice pour sauver la situation dans laquelle la sécheresse t'a mis.

– Votre démarche m'inquiète. Vous, jeunes et belles, pourquoi allez-vous vous enterrer dans la maison d'un vieillard ? Vos sourires aussi sont inquiétants.

– Mais non, père ! Cet homme a besoin de la jeunesse pour vivre. Nous sommes prêtes à lui insuffler un peu de notre vitalité et de notre jeunesse. Mais sache une chose, père : cette homme regrettera un jour ou l'autre d'être venu demander la beauté en mariage.

» Le père convoqua son futur gendre et lui dit :

– J'ai l'honneur de vous annoncer que votre demande en mariage a été acceptée, non seulement par moi-même et mon épouse, mais aussi par Zineb et Kenza. Le seul problème, c'est que mes filles jumelles ont entre elles un pacte, celui d'être absolument inséparables. Je ne peux par conséquent vous donner la

211

main de l'une sans vous obliger à prendre l'autre aussi. Accepteriez-vous cette clause particulière ?

– Vous me faites là un grand honneur. Mais sont-elles d'accord ? Vous savez, pour rien au monde je ne priverai une jeune fille de sa liberté...

– Non seulement elles sont d'accord, mais elles l'exigent. Elles ont toujours été inséparables... L'autre condition est qu'elles ne veulent pas de fête ; tout devra se passer discrètement.

» Le mariage eut lieu dans les jours qui suivirent. Vous déménageâtes chez le vieux, qui vous laissa à vos jeux et ne se préoccupa que de votre confort. Il était riche et laid, mais pas bête. Il n'entra jamais dans votre chambre. Le mariage ne fut jamais consommé. De temps en temps, il vous adressait une lettre d'amour qui disait son regret, son manque de temps et d'énergie pour s'occuper de vous. D'épouses venues avec l'idée d'une revanche, vous devîntes des prisonnières dans un château d'où vous n'aviez aucune possibilité de vous enfuir.

» Le vieux tomba malade. Il vous convoqua et vous remit une clé en or :

– Mes belles, mes perles, mes plus belles perles, je regrette de vous avoir délaissées. Merci d'avoir apporté à cette demeure la vie qui lui manquait. Depuis votre arrivée, mon capital a doublé ; mes affaires sont florissantes et ma passion de la vie est une belle revanche sur le temps. Votre présence a illuminé mes longues nuits, même si nous ne les partagions pas. La seule pensée de vous savoir heureuses dans cette maison me procure de la joie. Si je vous ai réunies ce soir, c'est pour vous proposer de reprendre votre liberté.

J'avais besoin de vous ; à présent c'est à moi de vous servir. Vous allez repartir chez votre père. Acceptez cette clé en or ; elle ouvre une cassette où se trouve une partie du trésor que vous m'avez aidé à trouver. Je sais, vous n'êtes au courant de rien. Ce serait trop long à expliquer. Sachez toutefois que, grâce à votre présence dans ce lieu, j'ai réussi à remplir plusieurs cassettes de pièces d'or. Il est tout à fait naturel que vous soyez récompensées. La cassette a été enterrée de nuit, quelque part dans la montagne. Le plan de la cachette ne m'est pas connu, j'avais les yeux bandés. Personne ne sait où se trouve le trésor. Dans cent ans naîtra une fille avec le plan dessiné dans les lignes de la main droite. Vous ne serez probablement pas là pour ouvrir la cassette avec cette clef. Mais vous devrez la transmettre de mère en fille jusqu'au jour où apparaîtra celle qui ira sans difficulté vers le lieu secret où est enterré le trésor. Après ma mort, il faudra vous marier. Faites des enfants qui eux-mêmes grandiront et feront d'autres enfants jusqu'au jour où naîtra celle qui sera le dernier être à porter en lui ce secret et délivrera la tribu qui sera devenue prisonnière de ses légendes, abandonnée de Dieu et de son Prophète. Méfiez-vous de la méchanceté des hommes. Dans cette histoire, ce sera une femme qui apportera le malheur à la famille.

» Telle est l'énigme ; une histoire qui a cent ans et qui te poursuit aujourd'hui. Sais-tu au moins ce qui arriva à Zineb ? Elle se maria avec l'un des fils du vieux, fut maudite par la tribu et garda la clé du trésor. Ce mariage, interdit par la loi des hommes et non par l'islam, fut la source de tous vos malheurs. Peu à peu le

213

village fut déserté par les hommes, qui s'en allèrent chercher du travail à l'étranger ; il fut ensuite privé d'enfants ; les sources d'eau furent taries et seules les pierres restèrent intactes. Je crois savoir que Fatouma eut pour arrière-grand-mère une certaine Zoubeïda, qui n'est autre que Zineb, ta sœur jumelle dans l'histoire. La clé a été perdue ou dérobée. Le trésor n'existe que dans le conte. Tu dois probablement porter les traces de cette histoire dans les lignes de ta main.

» A présent tu es seule à pouvoir enterrer cette histoire. Pour cela il faudra que tu retournes au village et que tu le délivres de cette malédiction faite de superstition et de résignation. »

20

Il n'était pas question pour moi de refaire le voyage de retour. Ce n'était pas mon affaire ; et puis je n'avais plus l'âge de croire à ces histoires de trésor caché par un vieux cheïkh fortuné dans un coin de cette montagne qui domine et écrase de son ombre notre malheureux village. Je me dis souvent que la misère rend les gens stupides. C'est inimaginable ce qu'ils sont capables d'inventer pour voiler la pauvreté, pour la parer et la nier.

Un soir, à la veille de mes vingt ans, je décidai de mettre de l'ordre dans tout cela, dans ma tête d'abord, dans le reste ensuite. D'un trait, disons d'un geste de la main, je renvoyai Victor et récupérai sa chaise pliante. Ce personnage n'avait plus d'existence et ne devait plus s'immiscer dans ma vie. Au début, je l'avais adopté parce qu'il m'intriguait, parce qu'il avait tout d'un personnage de théâtre ou de roman. Il m'avait bien servie, mais il avait pris quelques libertés avec l'histoire qu'il était censé contrôler. Au lieu de rester à l'écart, observateur vigilant, il s'était lié avec Malika et tentait de la détourner du droit chemin pour en faire, comme il dit, une « galérienne ». Je lui en voulais de m'avoir assimilée à un conte des nuits et des jours lointains.

Le renvoi de Victor n'a pas été facile. On ne peut pas se débarrasser d'un personnage comme d'une vieille chaise. Il revenait souvent, surtout la nuit, s'installait dans mes rêves et les transformait en cauchemars. Il me fit refaire le rêve du cimetière. Les musiciens avaient chacun une scie et découpaient des corps récemment enterrés. Moi, j'étais plaquée contre un arbre et je voyais Victor à la place du chef d'orchestre. Il dirigeait cet ensemble avec nervosité. De temps en temps, il se tournait vers moi et me rassurait d'un geste de la main. En fait, il me terrorisait. Je me mettais à redouter la nuit et le sommeil à cause des rendez-vous qu'il me fixait. A la fin de chaque cauchemar, il se penchait sur moi et me disait d'une voix rauque : « A demain, ma belle ; je me trouve bien dans l'ombre de tes nuits ; jamais je ne te quitterai, car jamais tu ne pourras te délivrer de moi. Nous avons toute la vie pour nous aimer et nous haïr. Bonne fin de nuit ; à demain ! »

Victor demeurait mauvais. En le faisant venir dans mon histoire, je ne pensais pas qu'il allait s'incruster ainsi et prendre sa revanche.

Une nuit, il m'apparut tout de blanc vêtu, un grand bouquet de roses à la main. Il était suivi d'une vieille femme en djellaba blanche qui portait un plateau où étaient posées des soieries. Derrière eux, une jeune fille balançait un encensoir. Pour une fois, nos retrouvailles ne se déroulaient pas dans le cimetière. Nous étions dans une grande maison de style andalou. Victor venait avec sa mère faire une demande en mariage.

Il avait grandi de quelques centimètres et son visage s'était apaisé. Sa demande en mariage fut rejetée par mon père parce qu'il ne parlait ni berbère ni arabe. Moi, je n'avais pas un mot à dire. De toute façon j'aurais refusé. Il disait qu'il était amoureux de moi et qu'il n'envisageait pas la vie sans ma présence ; il menaçait même de me prendre de force ; il parlait d'enlèvement et de séquestration ; je savais qu'il en était capable.

« Pourquoi me refuser après m'avoir inventé ? Tu joues avec les êtres comme s'ils étaient des objets. Moi, je sortais de l'ordinaire. Tu me trouvais bizarre, j'étais bizarre. Tu me voulais inquiétant, je l'étais aussi. Tu m'avais rangé parmi les choses étranges et tu croyais que je n'avais pas d'existence, pas de sentiments, pas de désir, rien ; tu pensais que je n'étais rien qu'une image, une chimère que tu installais dans un coin pour surveiller les autres. Mais j'ai pris goût à ce travail et j'ai aimé t'obéir, j'ai aimé suivre tes ordres souvent murmurés ; je lisais sur tes lèvres, quand je ne lisais pas tes pensées sur ton visage. J'ai aimé ce visage, avec ce front haut et ces yeux noirs. J'aime tes yeux et ton sourire ; j'aime tes lèvres épaisses et douces ; j'aime tes mains petites et fines ; j'aime ton cou ; j'aime ton ventre ; j'aime tes bouts de seins ; j'aime ta voix, c'est elle que je connais le mieux. Je n'aime pas quand tu t'énerves et que tu cries. Cela ne te ressemble pas et pourtant tu es aussi colérique, je veux dire nerveuse. J'aime ta vie, j'aime ton histoire. Tu es une héroïne. Te rends-tu compte ? Il n'y a pas longtemps, tu étais une bergère qui ne parlait qu'avec les chèvres et les arbres. Tu as tout appris très vite. Tu as beaucoup de mérite. Voilà pourquoi je suis amoureux de toi. Je ferai tout pour rester à côté de toi, pour que tu redeviennes mon amie, mon aimée, mon amour. Tu crois que je ne suis qu'un être de papier, une ombre qui a hanté ton histoire. Non, j'existe et je brûle pour toi. Si tu continues de me refuser, je te poursuivrai partout. Je n'ai rien d'autre à faire que t'aimer. Je suis à toi. Et tu seras à moi, où que tu te trouves, où que tu ailles. Je te suivrai partout. Jusqu'à présent, je suis discret. Je n'apparais que la nuit, dans ton sommeil. Je ne veux pas déranger les autres. Mais bientôt je ne me gênerai pas pour envahir tes jours.

» Je pensais que tu comprendrais ce que moi-même je ne comprends pas. Ce qui m'arrive me tourmente et me fait mal. J'étais assez confortablement installé dans le silence et l'obscurité. Quant à mon existence, c'est à toi que je la dois, j'ai le droit de réclamer la vie. Tu ne peux pas te dire que ce n'était qu'un jeu et qu'à présent tu passes à autre chose. Je vivais grâce à ton regard et à l'attention que tu me réservais. La terre sur laquelle je marchais t'appartenait comme mes phrases, mes gestes, mes crachats, mes tics, mes insomnies. En détournant ton regard, tu as failli me porter un coup fatal. J'ai échappé à l'anéantissement parce que j'ai eu la chance de garder vive ta voix, là, dans ma cage thoracique. Quand tu parles, ça vibre dans mes bronches. J'ai un peu de toi en ce corps incertain. Mes pieds, en fait, n'ont jamais quitté le sol que tu m'avais destiné. Je suis devenu lucide et j'ai mes exigences. Pour le moment, je te veux à moi tout seul ; mais si ça se gâte, j'alerterai tous ceux que tu as créés puis abandonnés.

» Je ne suis pas un monstre, même si je suis fait

d'humeur, de papier, de mots rocailleux et de notes de musique sans harmonie. J'ai à présent un cœur rempli de toi et je ne sais où aller ; je voudrais éviter de tomber dans ce que vous appelez le " domaine public ", là où n'importe qui peut faire ma connaissance, violer notre intimité ou même déchirer la page où j'apparais, parce que je ne suis pas et ne serai jamais un homme sympathique, un homme quelconque qui peut se fondre dans la foule et vivre sa petite vie.

» Je suis au seuil de toutes les nuits et j'attends. Je reste fidèle à toi et à moi-même. »

Ses interventions nocturnes devenaient de plus en plus pathétiques. Il insistait, s'énervait et me menaçait des pires châtiments. Je commençais à avoir peur. Étais-je folle ou étais-je en train de le devenir ? Je me regardais dans la glace et ne voyais rien d'autre qu'un visage fatigué par l'insomnie ou par un sommeil agité. Et si les autres personnages en faisaient autant ? Et s'ils débarquaient tous dans notre petit appartement et se mêlaient à notre vie ? Je me disais qu'heureusement je n'avais pas imaginé une armée de soldats fougueux dans mon histoire.

Je décidai de réagir. Il fallait arrêter ce manège et retrouver mes nuits paisibles. A qui exposer mon problème ? A la brave Mme Simone ? Elle est assistante sociale ; pas psychiatre ! A ma mère ? Elle serait capable de faire venir des guérisseurs à la maison. Mes camarades de la faculté ne pouvaient rien comprendre à cette histoire : ils me riraient au nez et en profiteraient pour faire de moi une folle.

Je doutais de moi-même. Il m'arrivait d'entendre en

plein jour sa voix qui me disait : « Chérie, je ne suis pas une chimère, un fantôme exilé dans la nuit. C'est toi que j'aime et je m'en veux d'exercer sur toi cette tyrannie ; je n'existe que par toi et je serai là tant que tu respireras. Ton désarroi – je ne dis pas ta souffrance – me désole ; j'aimerais tellement t'aider et te posséder autrement que dans la peur et la menace. Je souffre à cause de cet amour contrarié, et je ne peux laisser le malheur s'emparer de nos âmes. Tu crois m'avoir fait sans âme, juste un corps, une image gonflée pour donner l'impression de la vie. Mais je dois t'avouer qu'en même temps j'ai servi chez quelqu'un d'autre, une personne de qualité qui ne m'a pas abandonné. C'est un artiste, un sculpteur qui m'avait pris pour modèle. Je devrais dire : c'était un homme remarquable, car le malheureux est mort, la tête fracassée par l'œuvre en fer qui tomba sur lui pendant qu'il astiquait les pieds. Ce n'est pas moi qui l'ai tué, c'est mon double en fer. Malgré ce matériau ingrat, l'artiste m'avait donné une âme. Je la garde soigneusement en moi ; d'ailleurs, c'est depuis le jour de l'accident que j'ai décidé de revenir vers toi. Je ne risque pas de tomber sur ton petit corps frêle. De toute façon, je ne suis plus en fer. Tu m'as fait de papier ; j'ai juste le pouvoir de perturber tes nuits. Avec un peu d'effort, je pourrai envahir tes jours. Pour cela j'attends encore un peu. Chérie, sache que je ne suis pas une chimère ! »

L'histoire du sculpteur tué par son modèle était vraie. La presse en avait parlé. C'était un accident. Le socle ne tenait pas en équilibre. Deux chats s'étaient battus ; l'un s'était accroché au bras tendu de la sculpture, l'autre en se jetant sur lui fit tomber la masse de fer sur le vieil artiste qui reçut tout le poids sur la tête.

Ce fut ainsi que j'eus l'idée d'aller demander à un écrivain comment se débarrasser d'un personnage encombrant. Les auteurs que je lisais à l'époque appartenaient au passé et étaient morts depuis longtemps. Je me disais que si Jules Verne avait été vivant, il m'aurait sans doute aidée. J'avais lu aussi Victor Hugo et Benjamin Constant. Mon professeur, M. Philippe De, me les avait conseillés. Au moment de cette histoire, je n'étais plus son élève, puisque j'entamais un cycle spécial dans une université où l'on acceptait les étudiants sans baccalauréat. Je revins au lycée et demandai un rendez-vous à M. Philippe De. Ce fut lui qui me rendit visite à la maison. Je lui racontai mon histoire ; ce qui le fit beaucoup rire.

– Mais, ma pauvre amie, tu fabules ! C'est de la pure affabulation. C'est dans ta tête que cela se passe. Tu ne vas pas nous faire croire que ce Victor existe ! Et même s'il existe, que peut-il faire ?

– Je sais, mais il est au courant de l'affaire du trésor et il prétend que, si je le reprends à mon service, il me montrera où est caché le trésor... Sinon il m'embêtera tout le temps...

– Mais tu sais très bien que c'est une parabole... Le trésor n'est pas enterré dans la montagne ; le trésor, c'est la vie, c'est le destin, c'est l'amour que tu vas vivre... Rien à voir avec des pièces d'or ! Mais enfin, tu n'es plus une enfant, tu n'es plus une bergère du Haut Atlas. Ton histoire mérite d'être écrite ; tu devrais cesser de la rêver. Curieusement, si tu l'écris, les personnages ne pourront plus t'importuner. Cela dit, tu devrais en parler avec quelqu'un qui a l'habitude d'avoir affaire avec ce genre de personnage. Pourquoi ne pas consulter un écrivain ?

– Oui, j'y ai pensé. Mais ils sont tous morts ! Vous pourriez me mettre en contact avec Jules Verne ?

– Mais je ne suis pas un médium !

– Alors mettez-moi en contact avec un écrivain vivant.

M. Philippe De prit cette demande au sérieux. Il pensait que je voulais écrire une histoire et que j'avais besoin de conseils de la part d'un romancier. Il m'écrivit une lettre de recommandation auprès d'un auteur célèbre qu'il connaissait bien.

Je gardai cette lettre plusieurs jours dans mon cartable. Je n'osais pas faire cette démarche. J'avais peur. Peur de paraître ridicule. Peur de déranger un homme très occupé. Je lus d'abord certains de ses livres. J'étais fascinée par les images qu'il utilisait, mais je me perdais dans ses histoires. Je trouvai dans une revue un entretien où il disait que, quand il commence une histoire, il n'a aucune idée de la manière dont elle va évoluer ni comment elle finira, et que ce sont les personnages qui le guident et qui provoquent les événements de leur propre drame. Il disait aussi que les personnages sont comme des amis, des gens avec qui il vit et dont il a du mal à se séparer.

Pour ma part je trouvais plus intéressant ce qu'il disait que ce qu'il écrivait. Je lui adressai cette lettre :

Cher Monsieur,

C'est la première fois que j'écris à un homme célèbre. Je vous prie d'excuser ma démarche, qui peut vous paraître étrange, mais j'ai besoin de vos conseils, et sans les encouragements de mon ancien professeur, M. Philippe De, je ne me serais pas permis de vous importuner avec une histoire à peine croyable. Cependant, ce qui m'a finalement décidée à vous écrire, c'est ce que vous avez déclaré dans le *Magazine des lettres* de l'année dernière.

Je suis marocaine ; j'ai vingt ans ; j'ai passé mon enfance dans un village du Haut Atlas à m'occuper des vaches, et à onze ans je suis arrivée en France à cause d'un malheur survenu dans ma famille.

Si vous avez l'extrême amabilité de m'accorder un peu de votre temps précieux, j'aimerais vous entretenir d'un problème particulier. M. Philippe De m'a dit que vous êtes un homme de qualité. Un dernier mot : j'ai lu deux de vos romans ; je me suis perdue dans une de vos ruelles. Je compte sur vous pour m'aider à sortir de cette médina.

Si vous avez eu la patience d'arriver jusqu'au bout de cette lettre, j'aurai probablement une chance de vous rencontrer... Etc.

21

L'écrivain habitait une petite maison où tout était bien rangé. C'était un lieu où jamais un enfant n'avait joué. Les objets étaient à leur place. Quelques livres et journaux, sur une table basse, à côté d'un canapé en cuir à deux places, donnaient une impression de désordre. Seul un côté était usé. L'écrivain avait ses habitudes ; il devait se mettre toujours à la même place pour lire ou pour regarder la télévision. Moi qui venais d'un appartement voué au désordre à cause des enfants, je crus entrer dans une petite église ou dans une salle de bibliothèque. C'était une maison habitée par le silence, et cet homme avait besoin de cette solitude pour écrire. Je me disais : « Mais d'où sort-il tous ses personnages, fous, poètes, bohémiens, vagabonds et souvent extravagants ? » Je remarquai près de la cuisine une trappe. C'était par là qu'il descendait à la cave. Alors les personnages ne pouvaient surgir que de là. Ce devait être leur territoire, leur univers et aussi leur cimetière. En les entreposant dans ce lieu obscur, il avait la paix. Peut-être n'était-ce qu'une paix relative, mais il avait l'air de maîtriser ses fantômes.

J'eus l'impression que cet homme maniaque – pour

la deuxième fois il essuyait des verres avec une nouvelle serviette propre – était préoccupé. Je n'osais pas le penser, mais il devait être intimidé par ma présence ; ou plus exactement par mon regard qui se posait sur tout et scrutait sans gêne son monde. Il prépara du thé et me dit sur un ton blasé :

– Alors, ainsi vous écrivez !

– Non, monsieur, je n'écris pas ; je rêve et j'imagine.

– Moi aussi, je rêve et j'imagine, mais je ne garde pas pour moi tout cela. Je m'en délivre pour vivre. Vous vous rendez compte, si je devais garder toutes ces images, toutes ces histoires uniquement pour moi, il y a longtemps que je serais devenu fou.

– C'est vrai que ce sont vos personnages qui vous dictent vos livres ?

– Ce n'est pas tout à fait vrai. Mais un personnage est d'abord une liberté. Vous ne pouvez pas en disposer comme d'une chose malléable. Disons que l'écriture est une négociation entre l'auteur et ses personnages. Moi, j'aime raconter des histoires. Quand j'en commence une, je suis incapable de savoir ce qui va se passer. C'est cela qui est passionnant. Si je savais tout d'avance, où serait le plaisir ? Le plaisir d'écrire, c'est justement les surprises que me réservent les personnages. Certains me jouent des tours, d'autres me déçoivent, d'autres enfin me séduisent et j'en tombe amoureux, j'ai du mal à m'en séparer, alors il m'arrive de déchirer un chapitre pour le plaisir de les retrouver et de revivre avec eux durant quelques pages. Parfois je les reprends sous un autre nom ou avec une nouvelle fonction dans un autre livre. Ce sont en général des

226

amis. On leur donne vie et consistance. On ne peut pas les abandonner seuls sur la route qui se poursuit à l'infini. Ce sont des êtres que je respecte parce que je leur dois mes livres, même si c'est moi qui les imagine. Des amis ? Oui, mais il faut s'en méfier...

Cet homme si silencieux et réservé avait changé après le thé. Il était affable ; je l'écoutais, les yeux grands ouverts. J'étais sous l'emprise de sa parole. Ses mains bougeaient, son visage n'était plus sombre et inquiet. La confiance s'était tout d'un coup installée. Je regardais autrement la maison et les objets rangés. Je me sentais à l'aise. Je lui racontai mon histoire avec Victor. Il m'écouta attentivement, esquissant de temps en temps un petit sourire.

– C'est la première fois qu'on vient me voir pour un tel problème. J'avoue que je suis flatté. Alors, pour vous rassurer, il faut que je vous raconte un rêve. Vous comprendrez après qu'il n'y a qu'une solution pour vous sortir de là. Voici quelques années, j'étais en train d'écrire un roman sur le thème de l'humiliation. Vous savez que dans notre pays on humilie facilement les gens. Il y a de plus en plus une perte de dignité. Les gens sont résignés ; ils acceptent, accumulent le mépris, jusqu'au jour où ils descendent dans les rues et cassent tout. Cela est arrivé plusieurs fois ces dernières années. La police puis l'armée chargent et tirent sur la foule. Bon, j'étais parti de l'idée d'un enfant qui vient de naître et qu'on a abandonné. Il sera trouvé par une vieille femme et par deux clochards vivant dans un cimetière. Il fallait emmener cet enfant sur la tombe d'un homme, un combattant qui s'était illustré par trois vertus : la résistance à l'occupant, la volonté de vivre dans la liberté et la dignité, la rigueur dans le courage. Je me disais que cette tombe était le symbole d'un ressourcement pour un nouveau-né. Mes trois personnages devaient faire la traversée du pays du nord au sud. C'était pour moi une façon de faire le portrait d'un pays et de ses problèmes. Ils passèrent par plusieurs villes et villages. Arrivés à Marrakech, ils s'installèrent sur la grande place. C'était l'été, il faisait très chaud. Je pris quelques jours de vacances et j'ai donc arrêté d'écrire. Je suis allé à Essaouira où il faisait plus frais et où la mer est très belle. Une nuit, je fis un rêve : la grande place de Marrakech était sous un soleil de plomb. Tout le monde l'avait quittée. En fait, pas tout le monde. Au milieu, j'aperçus trois vagabonds avec un couffin où un enfant dormait. Je m'approchai et reconnus mes personnages : la vieille femme en charge de l'enfant, les deux hommes, l'un en rupture de ban de la société, l'autre, un simple d'esprit. Ce fut ce dernier qui me tira par la manche et me dit :

» – Mais tu es méchant ou inconscient ! Pourquoi nous as-tu laissés là, sous cette canicule, sur cette place où il n'y a ni arbre ni refuge ? Nous sommes en train de fondre. Je te préviens, si tu nous laisses encore quelques jours dans cette chaleur, nous disparaîtrons, évaporés, dissous par le soleil. Il faut que tu nous sortes de là. Si tu ne sais pas où aller, si tu n'as plus d'inspiration, si tu es en panne, nous sommes prêts à t'aider... Moi je connais un endroit très beau avec une source d'eau et beaucoup de verdure. Nous ne pourrons y aller que si tu nous libères. C'est cela ton pouvoir. Si j'avais su, je n'aurais jamais accepté d'être un person-

228

nage chez un écrivain sans grande envergure, un écrivain à bout d'inspiration, sans grande imagination, et qui, au lieu de se creuser la cervelle, s'en va sur les plages !... Quelle misère ! Nous sommes fixés au sol par une colle importée du Japon. Il faut avoir pitié de ceux qui remplissent tes livres. Sans nous, tu n'es rien.

» A ce moment-là, la femme le fit taire et s'adressa à moi sur un ton plus conciliant :

» – Vous et moi, nous nous connaissons bien. Il me semble que je suis dans tous vos livres. Il m'arrive de faire de la figuration, mais là, c'est moi qui guide le groupe. La chaleur ne me fait pas peur. J'ai connu pire. Mais ce qui m'inquiète, c'est l'enfant. Nous devons l'emmener sur la tombe de cheïkh Ma El Aynine, n'est-ce pas ? A présent, prenez une carte et dites-nous où il faut aller. A la rigueur, si vous être fatigué, nous vous attendrons, mais pas ici. Cette place est réservée aux conteurs, aux charlatans et aux charmeurs de serpents. Nous, nous n'avons rien à faire ici. Les gens tournent autour de nous, attendant qu'on leur raconte une histoire. Si vous ne nous libérez pas, nous finirons par dévoiler les secrets de ce que vous êtes en train d'écrire. La vie de ces gens ne nous plaît pas. Nous avons une mission. Ou bien nous allons jusqu'au bout, ou bien nous cessons de vivre, du moins pour vous.

» Pendant qu'elle parlait, j'observais attentivement son visage. Elle n'avait pas d'âge. Ses traits étaient réguliers et il se dégageait d'elle une belle sérénité. Je voulus m'approcher d'elle pour toucher sa main, mais tout bascula dans une lumière aveuglante. C'était le soleil qui pénétrait dans ma chambre d'hôtel. Je fus ébloui et émerveillé par cette vision. C'était plus qu'un rêve. C'était une illumination. Sans même boire du café, je me mis au travail et repris le roman là où je l'avais laissé. Je les fis quitter Marrakech en toute hâte. Ne sachant pas d'avance où les emmener, j'inventai un village pour eux. Je lui donnai un nom et une fonction, et mes trois personnages continuèrent leur voyage selon leur volonté dans un pays imaginaire.

Je l'écoutai, un peu incrédule. Je me demandais s'il n'avait pas inventé cette histoire juste pour moi, pour répondre à ma question et me rassurer un peu.

Il me dit après un silence :

– A présent, vous savez ce qu'il vous reste à faire.

– Mais faire quoi ?

– Écrire. D'ailleurs, si vous avez inventé des personnages pour passer le temps, c'est que l'envie d'écrire existe, mais vous n'osez pas.

– Même si j'ai envie d'écrire, je ne veux pas... Je fais des fautes, je conjugue mal les verbes, je confonds les temps, et puis... je suis trop impatiente.

– Oui, mais s'il n'y a pas urgence, à quoi bon écrire, et puis écrire quoi ?

– Vous, vous avez l'habitude. J'ai lu dans un journal que vous attendez la nuit pour écrire et que vous passez la journée à ne rien faire. Le soir, vous vous mettez devant votre machine, et en avant...

– Pas aussi simple. La journée, parce que je n'écris pas, je travaille ; j'observe les gens et les choses, je lis, je m'informe, je marche dans les rues, je regarde les gens vivre. Il m'arrive de passer toute une journée à fouiller dans des archives à la Bibliothèque nationale. L'écriture est un plaisir qui se prépare par le travail. Le fait de vivre ici, loin de mon pays, entretient chez moi une grande curiosité pour tout ce qui touche à l'histoire, le passé et le présent, de ma terre natale.

– Vous n'êtes pas exilé...

– Non, j'ai pris de la distance, physiquement, avec le pays. Non, l'exil est un malheur, une infirmité, une longue et interminable nuit de solitude. Je garde en moi une image très triste d'un voyage dans un beau pays, la Suède. C'est un pays qui respecte les droits de l'homme et les défend un peu partout dans le monde. Il a une politique de l'immigration correcte, et quand il accueille des exilés politiques, il leur garantit la sécurité et le travail. J'y ai rencontré un jour deux Arabes qui avaient fui la dictature de leur pays, je ne sais plus si c'est l'Irak ou la Syrie. Ils m'ont abordé dans la rue pour parler avec moi. Sur leur visage, il y avait une espèce de lassitude et de tristesse. Ils m'ont dit qu'ils n'avaient pas à se plaindre de l'accueil, mais que leur pays leur manquait trop. L'un d'eux me dit que, le pays, ce n'est pas seulement les plaines, les montagnes et les arbres, c'est aussi le vent, la chaleur, la poussière de l'automne, les odeurs de la vieille ville, les parfums de la cuisine, la langue parlée avec un accent particulier, etc. Les deux hommes, pour colmater les brèches ouvertes de l'exil, se sont mis à écrire. L'écriture s'imposa à eux comme une urgence. Ils avaient chacun un manuscrit sous le bras. Ils se promenaient dans les rues de Göteborg avec la somme de leur mélancolie, leurs angoisses et leurs espoirs, consignés dans un gros cahier dans une langue que presque personne ne peut lire en Suède. Cette image m'a accompagné longtemps. Il y avait là un mélange de désespoir et d'espérance. Écrire ! Écrire pour ne pas devenir fou, pour s'accrocher à ses racines, pour traduire les longs et douloureux silences qui traversent nos vies.

– Et vous ?

– Moi ? Oh ! j'aime bien dire : « J'écris pour ne plus avoir de visage ! » J'écris pour atteindre un anonymat total où seul le livre parle. Je sais, c'est prétentieux. J'aspire à une certaine humilité... Nous voilà bien loin de l'objet de votre visite.

Je n'avais pas senti le temps passer. En parlant, il lui arrivait de fixer mes mains et de glisser une phrase comme « Vos mains sont fines... » ou bien « Vos cils sont assez longs pour protéger votre regard ». La nuit était tombée. Il était l'heure, pour lui, de se mettre à sa table d'écriture et, pour moi, de prendre le train pour rentrer dans ma banlieue grise. Il me remercia de ma visite :

– Revenez me voir, même si Victor ne vous poursuit plus ; nous avons bien des choses à nous dire. La prochaine fois, ce sera à vous de parler...

En effet, la nuit, je la passai avec l'image de l'écrivain, pas avec Victor qui, comme par miracle, avait disparu. Les images de notre entrevue défilèrent tout au long de la nuit. Je ne savais plus si je rêvais ou si j'étais éveillée. Je réentendais la voix de cet homme qui m'intimidait. Le visage et les mots se mélangeaient ; et moi, j'étais perdue dans des ruelles tournantes.

Le lendemain, à la faculté, je m'endormis pendant le cours de droit administratif. Ce fut un bon sommeil, sans rêves, sans nuages, sans paroles. Lorsque je me réveillai, il n'y avait plus personne dans l'amphithéâtre.

Cette rencontre me fit penser à Mario. C'était un artiste plus impulsif et moins subtil que l'écrivain. C'était l'époque où j'étais plus attirée par la peinture que par les hommes. Ils me faisaient peur.

Je donnerais beaucoup pour effacer définitivement l'un de mes plus mauvais souvenirs : Rahou, le fils aîné de nos voisins au village, emprisonnant entre ses jambes une malheureuse chèvre, essayant d'introduire son sexe dans le derrière de l'animal. Je rentrais dans l'étable chercher du foin quand je fus horrifiée par cette image. La chèvre avait les yeux exorbités et gémissait. Il avait mis un chiffon dans sa gueule et tentait de se maintenir en équilibre, tant l'opération était violente. Je voulus crier, mais je n'y arrivai pas. J'étais suffoquée et j'eus très peur. En m'apercevant, Rahou lâcha la bête et courut se cacher dans l'étable. Je passai toute la journée à sangloter. Cette image prit d'énormes proportions dans ma tête. Elle ne cessait de grossir et de s'enlaidir. J'avais dix ans à peine ; je ne pardonnerai jamais à cette brute de m'avoir donné l'image la plus hideuse de mon enfance.

Que n'est-il possible de faire le propre dans ses souvenirs ! On ne garderait que ceux que nous aimons et qui nous aident à vivre. J'aimais bien l'atelier de Mario, son désordre, les palettes pleines de couleurs, la lumière du jour en fin d'après-midi ; mais son impatience, sa fougue me dérangeaient. Il m'arrive encore de penser à lui ; j'étais trop jeune pour comprendre toutes ses émotions.

22

Moi aussi, je choisissais la nuit pour écrire. Je ne pouvais pas faire autrement. Je n'avais le silence et la tranquillité qu'après le dîner, lorsque mes frères et sœurs se mettaient au lit. Je débarrassais la table à manger et ouvrais le grand cahier où je consignais tout ce qui m'arrivait. Ce n'était pas tout à fait un journal. Je racontais mes histoires, je fabulais, je m'amusais. Je suivis les conseils de l'écrivain : j'inventai une vie plus sereine à Victor. Ses aventures étaient réduites, et moi j'avais la paix. Victor s'éloignait petit à petit de mes nuits. Il ne me troublait plus. Je le chargeai de retrouver Rahou : il partit à sa poursuite ; il devait l'attraper et l'expulser du pays de mon enfance. Je ne sais pas si ce fut le visage de l'écrivain qui prit place dans ce pays, ou bien si ce fut mon village d'avant la malédiction qui se mêla par l'ombre et le parfum à cette rencontre.

Immobile dans la nuit, je fixais cette image jusqu'à ce qu'elle se brouille.

Assise. Décidée. Dans l'obscurité. L'image s'était assombrie, devenue une partie de la nuit, ma nuit. Le mur dressé entre elle et moi se hachurait au fur et à mesure que mes yeux se fatiguaient. Ils étaient humides. Figée dans cette attente. Fidèle au souvenir naissant. Le mur, une pierre dressée, chancelante dans le silence. Le visage n'était possible que dans le noir de mes yeux fermés. Je serrais mes paupières jusqu'à l'apparition des étoiles. Normal. J'avais besoin de cette obscurité pour faire le portrait de cet homme dont la voix me parvenait encore, chaude et malicieuse, sereine, mais d'une douceur feinte ; la voix me donnait les traits du visage, fixant le regard puis le sourire. Je sus, à cet instant, que je n'avais plus besoin d'inventer des personnages pour rêver et supporter la nuit. Soudain, les yeux fixant une étoile sur écran noir se remplirent de larmes. Je les sentis couler à l'intérieur. J'avais mal. Signes de chagrin ou de joie impossible à nommer, les étoiles mouillées se désagrégèrent. Le noir devint gris puis blanc. Je ne voyais plus rien. J'avais besoin de sa présence. Toute chimère m'était insupportable. Où était-il à présent ? Sa maison s'éloignait dans le temps. Était-il seul ? Il était du genre à dormir seul. Maniaque. Précis dans ses habitudes. Exigeant dans sa façon d'utiliser le temps. Ceux qui écrivent la nuit ne supportent pas quelqu'un qui dort à côté d'eux. Je sus cela plus tard. Lui, il avait peur la nuit. Il restait éveillé même s'il n'écrivait pas. Il disait : « Ce sera elle ou moi ! » Souvent c'était elle qui prenait le dessus. Le sommeil le gagnait à son insu. Que de fois il dormit sur sa chaise, la tête posée sur la table de travail, la main sur son cahier d'écriture. Il lui arrivait de sortir et de marcher pendant des heures dans les rues. Il n'aimait pas les bars, mais rôdait dans les gares à la recherche de personnages perdus dans la brume, s'étant trompés de pays ou d'époque. Il avait le don de les repérer et de leur parler. Il disait que ses romans étaient pleins de ces êtres marqués par l'échec et le mal de vivre. Il lisait sur leurs visages comme Philippe De lisait dans les mains, devinant leurs blessures et leur désarroi. Il tombait souvent sur des immigrés sans papiers, sans argent et sans domicile. Les aidait-il ? Sans doute, mais discrètement. Plus tard, il me donna à lire *Le Livre de Zina,* journal d'une jeune Marocaine qui le lui aurait envoyé juste avant de se donner la mort. C'était un cahier où tout était consigné, même les choses les plus intimes ou les plus insupportables. Il m'avait demandé de le lire attentivement, sur place, dans son bureau. C'était une écriture fine, méticuleuse, sans rature. Les événements étaient datés et relatés dans leur nudité. Je le feuilletai au hasard :

Mercredi 29 octobre. Je viens d'avoir dix-sept ans. Je ne suis ni fière ni heureuse. Ma mère est encore enceinte. Ses yeux sont tristes. Je voudrais la délivrer. Il suffirait d'une lame fine qui transpercerait son ventre. Mais j'ai horreur du sang. Je ne supporte pas le mien non plus. Je ferme les yeux quand je retire mes serviettes hygiéniques ; je les enveloppe dans du papier et les jette dans la poubelle sans jamais les voir. Il paraît que le sang des agneaux est celui de l'innocence ! Est-ce une raison pour l'accepter ? Le jour où mon père égorge un mouton pour la fête du Sacrifice est un jour de désolation. Enfin passons.

(Sans date.) Il est onze heures. Impossible de dormir. Mon petit frère ronfle à mes côtés. Mes deux

sœurs ont l'air insouciantes. Elles ne savent pas ce qui les attend. Ah ! si je pouvais leur parler, leur dire combien l'épaisseur de la nuit sans sommeil est pesante ! Ne vaut-il pas mieux être hors d'atteinte ?

5 novembre. Mon père rentre tard. Ne parle pas avec ma mère. Il dort avec son pantalon fripé sur le canapé. Dès qu'il bouge trop, le canapé grince. Je l'entends ronfler. La maison est pleine de tristesse. Il ne s'est rien passé de nouveau. Mais le temps, dès qu'il entre dans cet appartement, devient lourd et gluant.

Fin décembre. Nos voisins espagnols préparent les fêtes. Je déteste ces fêtes de fin d'année où tout le monde se sent obligé d'être heureux. Mon petit frère a réclamé un sapin de Noël. Il a reçu une gifle pour toute réponse. Mon père ne parle toujours pas. Il cogne. Mon frère a dessiné sur une grande feuille un arbre et y a collé des étoiles. Ma mère fait sa prière.

2 février. Il m'a encore relancée. Il m'attendait à la sortie du lycée. Il me répugne. Il est tellement laid que j'ai envie de vomir. J'ai voulu crier dans la rue. Il me donna une gifle et prit les gens à témoin : elle manque de respect à son père ! J'ai hurlé : il n'est pas mon père, c'est un sadique. Les gens lui donnèrent raison. J'ai pu prendre la fuite.

5 février. Le chantage a commencé. Un enfant m'a donné ce matin à la sortie du lycée une grande enveloppe beige. Dedans il y a un montage photo apparemment bien fait : sur un corps de jeune fille nue, il a mis ma tête. La fille est à quatre pattes. Une autre photo – celle-là n'est pas un montage – nous montre lui et moi posant à côté d'une fontaine publique. Sa main est légèrement posée sur mon épaule. C'était le jour où je le voyais pour la première fois. Je lui avais apporté mes poèmes pour qu'il les lise et éventuellement les publie dans sa revue. Je ne savais pas que c'était un moyen qu'il utilisait pour piéger les jeunes filles.

6 février. Une deuxième photo encore plus obscène que la première a été déposée dans notre boîte aux lettres, accompagnée de ces mots : « C'est à toi de voir. Ce n'est qu'un échantillon. J'ai d'autres photos de l'époque où tu posais pour les Allemands. Rendez-vous le 10 février à 17 heures au siège de la revue. »

7 février. J'ai envie d'aller me plaindre à la police. Je n'ai pas le courage. J'ai peur. Cet homme est ignoble et sans scrupules. Il paraît qu'il est lui-même de la police. Je n'ai personne à qui parler. J'aurais dû me méfier dès le premier jour. Hakima, qui me l'a présenté, dit qu'il n'est pas dangereux ; elle a dû payer, elle aussi. Je vais finir par le tuer.

8 février. Mon père a battu ma mère.

9 février. Ma mère a battu mon petit frère.

9 février. Les voisins se sont battus. Et moi je dois me battre seule contre un malade sadique, un vieillard visqueux. Je décide d'accepter son rendez-vous. Comment est-ce possible qu'un pervers se croie tout permis dans une ville où tout se sait ? J'étais bien naïve. Je n'aurais jamais dû accepter de poser à ses côtés pour une prétendue photo-souvenir. Si mon père le sait, il me battra. Ma mère est trop malheureuse pour m'écouter. Ce matin, j'ai trouvé une autre enveloppe glissée sous la porte. Heureusement que c'est moi qui l'ai découverte. Cette fois-ci, une fille (avec ma tête) est assise nue sur les genoux d'un Européen lui aussi nu ; il caresse ses seins. Le montage est bien fait. C'est diabolique. Il faut que ça s'arrête. Je me sacrifierai s'il le faut. Il paraîtrait qu'il est au-dessus de tout soupçon. Il faut que je le décrive : il est maigre comme un clou rouillé. Il est myope et porte des lunettes grises. Il a plus de cinquante ans. La couleur de sa peau est grise comme les verres de ses lunettes. Le nez pointu, les lèvres inexistantes, il est une outre sale. C'est l'être le plus hideux de la ville. C'est le mal dans toute sa plénitude. A présent je sais qu'il s'est toujours attaqué aux filles très jeunes, pauvres et sans recours. Dans son bureau, des photos sont accrochées. C'est son tableau de chasse. Il a l'habitude de faire chanter jusqu'à ce qu'il arrive à son but. Toute fille qui l'a approché a eu sa vie souillée, pourrie à jamais. Avec moi, il n'aura pas cette satisfaction. Je laisse ce journal pour témoigner sur un malheur : un homme – une crapule – peut aujourd'hui salir une jeune fille innocente et ne pas être inquiété. Je vous donne son nom, son adresse. A vous, lecteur de ce journal en détresse, de le présenter devant la justice. Je pars tout à l'heure chez lui. Je lui donnerai ce qu'il désire en échange des photos. Ensuite je m'enfermerai chez moi et avalerai la boîte de somnifères. Cet homme est à éliminer de la vie. C'est un criminel. Il a deux domiciles, un à Rabat, l'autre à Tanger. J'offre ma vie en sacrifice pour que cette ordure soit mise hors d'état de nuire. Si la justice ne fait pas son travail, toi, lecteur, tu pourras me venger. Je ne peux me défendre, sauver mon honneur et sauvegarder ma vertu, qu'en me donnant la mort même si ma religion me l'interdit. Adieu !

23

Cela fait vingt ans que j'ai quitté le village. J'ai compté. Vingt ans et quelques jours. L'idée d'y retourner m'obsède depuis quelque temps. J'y pense et j'imagine ce qui aurait pu pousser sur cette terre rouge. Probablement d'autres pierres, d'autres figuiers de Barbarie. Je me souviens d'un immense champ de pierres et de cailloux qui s'étend jusqu'au pied de la montagne. Là, il y avait des arbres et un peu d'eau. A côté de chaque maison, il y avait un monticule de terre. On montait dessus pour voir de loin, pour observer le mouvement des femmes sur les terrasses, pour attendre le vent. Quand il était en colère, on pouvait l'apercevoir soulevant le sable jusqu'à former une boule blanche. Très vite il nous atteignait, nous bousculant. Je restais sur la colline, mes pieds nus accrochés à la terre. Je me disais : seul ce vent violent et furieux est capable de me donner des ailes. J'étendais les bras, essayant de me tenir en équilibre. Que de fois je me suis retrouvée sur le dos, les jambes en l'air, la bouche pleine de poussière, les cheveux rouges et les yeux pleins de grains de sable ! Les autres enfants riaient. Je me relevais et me remettais en position jusqu'à la fin du vent. Après, je rentrais à la maison, triste, mais pas découragée.

L'hiver, on ne voyait pas le vent. On l'entendait. Il s'annonçait par des sifflements lointains. Je savais que ce vent-là ne me donnerait pas des ailes. Je sortais quand même, enveloppée dans une couverture rouge ; je montais sur la petite colline pour l'entendre passer et deviner comment il jouait avec l'air froid. Je grelottais. Mais j'aimais bien le saluer. Je ratais rarement l'un de ses passages. La nuit, j'avais peur de sortir. Les chiens affamés hurlaient comme des loups. Peut-être avaient-ils peur du vent. Du fond de la chambre, je lui parlais, je lui racontais ma journée, je lui disais ma vie. Je fermais les yeux et le voyais tourner tout autour des maisons. Je lui disais : « Quand me feras-tu pousser des ailes dans le dos ou tout au long des bras pour m'en aller d'ici ? Je sais, tu viendras un jour et tu m'emporteras, tu souffleras dans la bonne direction, je volerai sans faire d'effort, j'irai là où tu voudras, là où je n'aurai plus à t'attendre. Tu me déposeras sur la branche la plus haute d'un eucalyptus. J'y resterai quelque temps à observer les hommes et les femmes, et puis, quand j'aurai faim et soif, je descendrai. Il y aura un jardin traversé par un ruisseau. Les femmes cultiveront la terre en chantant. Les hommes iront sur leurs mulets au marché. Je ne garderai plus les vaches. Je ne m'ennuierai plus à compter les pierres blanches de la terre rouge. Mon corps frêle sera invisible. Personne ne s'apercevra de ma présence. Quand je bougerai, on dira : " Tiens, il y a un peu de vent. " J'irai vite sans piétiner les tomates ou les fleurs. Je mangerai peu et boirai beaucoup d'eau. Je plongerai la tête dans la source et boirai toute l'eau. On manque tellement d'eau ici que mon rêve le plus doux est que tu me déposes dans une source. Je nagerai, je danserai, je chanterai, je prierai jusqu'à n'être plus qu'une multitude de gouttes d'eau. Je deviendrai un bras de ce ruisseau et je coulerai jusqu'à irriguer mon village. Sans toi, si tu ne m'aides pas, si tu ne me pousses pas, je n'arriverai jamais à réaliser ce rêve. Je te demande beaucoup, mais je sais, par ce que m'a dit ma grand-mère, que tu écoutes les prières des enfants. Sais-tu qu'ici il faut creuser jusqu'à soixante mètres pour trouver de l'eau ? Alors personne ne creuse. Tout le monde attend la pluie pour remplir les petites réserves. Parfois, un camion nous apporte de l'eau dans une citerne. Il vient d'Imiltanout, là où l'eau coule dans des tuyaux. Elle n'est pas toujours bonne à boire. Ma mère la fait bouillir depuis que le fils aîné de l'épicier est mort après avoir bu l'eau de la citerne. C'est l'infirmier d'Imiltanout qui nous l'a dit. Il est brave. Il soigne tout le monde avec les mêmes cachets blancs. Il dit souvent : " Je ne sais pas, je ne suis qu'un pauvre infirmier. " Voilà pourquoi il faut que tu viennes. Je t'attends. Je t'attendrai aussi longtemps que tu voudras. Mon oncle a ramené l'autre jour une petite boîte qui fait de la musique. C'est une radio. Des gens parlent dedans. Je t'ai entendu souffler dedans. Tu émets des sifflements aigus. Tu dois être contrarié par un vent plus fort que toi, venant d'une autre direction. Quand vous vous rencontrez, ça fait beaucoup de bruit et de poussière. Les chats miaulent d'une façon bizarre, quand vous vous approchez du village. Alors on fait rentrer les enfants, à cause de la maladie des yeux. Nous avons tous les yeux malades. L'infirmier appelle ça trakoum. C'est la maladie apportée par le vent mauvais. Toi tu ne seras jamais mauvais, puisque tu vas me délivrer de ces pierres et de ces longues journées où il ne se passe rien. Dans le petit jardin où mon père a planté un figuier et un olivier, la terre est fondue. Elle abrite des serpents et des scorpions. Pourquoi ne donnes-tu pas un coup de balai à cet endroit jusqu'à chasser ces bêtes ? Je sais comment jouer avec elles sans qu'elles me mordent. Mais je ne les aime plus. Je ne m'amuse plus avec elles. Même pour jouer, j'ai besoin de toi. Mon oncle a accroché une corde en haut de la manche d'une charrette renversée. Au bout de la corde, il a fait un grand nœud. On fait passer le nœud autour de la tête, on glisse un peu juqu'à s'y installer. Les deux mains tiennent la corde. Cela fait une balançoire. Quand je suis seule, je t'attends pour me balancer. Les enfants ne savent pas pousser. Ils sont violents ou mous. Avec toi, je m'envole dans un mouvement régulier, je ferme les yeux et je rêve. Cette balançoire nous fait passer le temps. Le jour où mon oncle a besoin de la charrette, on doit inventer d'autres jeux. C'est ainsi que j'ai appris à jouer avec les serpents et les scorpions. C'est très délicat. Il faut faire des gestes précis et sans avoir peur. Le plaisir est d'empêcher le scorpion de piquer en le désarmant. Une fois qu'on l'a fatigué, on le met dans un bol d'eau et on assiste à sa noyade. Avec les serpents, le jeu est moins subtil. On les attrape avec un roseau au bout fourchu et on les étourdit en manipulant le roseau. Il arrive qu'on leur coupe la tête. Ils continuent de s'agiter, puis on les jette. Les chiens les avalent à toute vitesse. Il arrive qu'ils se battent pour un malheureux serpent qui n'a rien d'appétissant. La faim, c'est cela : se battre de toutes ses forces pour un rien. »

Je revois ce bout de corde transformé en balançoire. Ce n'est même pas une corde, mais un bout de tissu assez solide récupéré sur des draps. Avant, mon père accrochait au figuier un vieux pneu au bout de deux cordes et on passait la journée à nous balancer. On se mettait à deux dans le pneu et le troisième poussait. En général, je m'arrangeais pour être avec Brahim, mon cousin aux yeux clairs. Il était beau et on l'appelait le « roumi », parce que ses yeux gris le faisaient ressembler à un étranger, un Français. Je n'avais jamais vu d'étranger, mais je me disais que les roumis devaient être beaux. Je les imaginais tous avec des yeux clairs et une douceur dans le regard. On qualifiait de « roumi » tout ce qui était beau : un poulet, une veste, une couverture légère...

Brahim avait deux ans de plus que moi. On me le destinait, ou plus exactement la logique et la nature des choses nous désignaient pour un mariage inéluctable. Rien n'était dit. Tout était écrit dans un ciel limpide et immuable. De temps en temps nos mères plaisantaient. Les jours de fête, elles nous habillaient de manière qu'il n'y ait pas d'ambiguïté. Nous étions beaux et nous ne savions pas si c'était un jeu ou si c'était la vie qui commençait pour nous. On se donnait la main et on partait se promener. On faisait la tournée des terrasses. On passait de maison en maison en escaladant des échelles vacillantes. C'était amusant. On essayait de caler le pied de l'échelle avec une grosse pierre. Brahim tenait l'échelle pendant que je montais.

Il fermait les yeux pour ne pas me gêner. Il n'y avait rien à voir. Je portais sous la robe un saroual. On riait. Il me rejoignait ensuite et on courait sur la terrasse. On surprenait des chiens collés l'un à l'autre et on pouffait de rire. On savait ce qu'ils faisaient, mais cela ne nous gênait pas. Des animaux n'avaient pas à se cacher pour cela. Mais le jour où nous vîmes Rahou courir après une chèvre pour lui faire ce que faisait le chien à la chienne, nous n'eûmes pas envie de rire. Nous eûmes peur. Brahim mit sa main sur mes yeux pour m'empêcher de voir cette chose horrible. Il me prit ensuite dans ses bras et me dit : « Tu es tout pour moi ; tu es ma cousine, ma sœur, la lumière de mes yeux, ma fiancée et ma femme pour la vie ! » Il parlait naturellement et aimait utiliser des images. La nuit venue, nous ne savions plus comment retourner à notre terrasse. Il faisait noir. Le ciel était couvert. Nous nous étions perdus. Nous entendions l'écho d'appels. Ils nous étaient criés dans le silence de la nuit. Nous n'osions pas répondre, de peur de réveiller les gens de la maison. Ils nous auraient pris pour des voleurs et nous auraient battus. Dans l'obscurité, ils ne pourraient pas savoir si nous n'étions que des enfants égarés ou des voleurs traqués. Alors nous ne bougions pas. Je m'endormis sur l'épaule de Brahim. Je me souviens d'avoir fait un rêve très beau, plein de couleurs et de lumière : une pomme rouge posée sur une table peinte en bleu, une branche d'olivier peinte à la chaux ; dehors les figuiers de Barbarie étaient de toutes les couleurs et scintillaient de loin. J'étais habillée de feuillage doré et mon amoureux portait un chapeau de paille où un oiseau avait fait son nid. De la pomme rouge sortit tout à coup un poussin jaune. Il gazouillait. La table devint blanche et grande. Elle bougeait, avançait, dansait. Les figuiers s'ouvraient et dégageaient un parfum très fort. Il m'étourdissait. Je me levai puis tombai. Brahim était sur la table et dessinait en l'air. Avec son doigt trempé dans un pot de peinture verte, il dessinait une colombe qui, sitôt faite, s'envolait. Son doigt suivait un mouvement ondulatoire et je voyais la mer. C'était la première fois que je voyais la mer. Elle n'était pas bleue ni verte, mais rouge, comme la terre de notre village ; les vagues étaient blanches comme les pierres semées dans notre terre. La mer venait vers nous, poussée par un vent fort. J'eus froid. Je me serrai contre Brahim. Une vague nous submergea. Ce fut à ce moment-là que je me réveillai. Je vis un homme qui s'apprêtai à déposer sur nous une couverture de laine. J'ouvris les yeux et poussai un cri. Brahim sursauta. L'homme nous dit : « N'ayez pas peur ! Vos parents vous recherchent. Ils savent à présent que vous êtes ici. Continuez à dormir. »

C'était le matin. Le soleil venait à peine de se montrer. Il faisait froid. Je me mis à pleurer. Brahim essuya mes larmes. « Tu n'as rien à craindre, me dit-il, je suis là, je suis avec toi, tu es ma femme et je suis ton époux. C'est ce que je vais leur dire... »

Les coups de bâton sur la plante des pieds, ce fut mon oncle qui s'en chargea, pas mon père. D'ailleurs il n'était pas là. Il devait être en ville, à Agadir ou à Marrakech, à rassembler les papiers pour le passeport.

Mon oncle a toujours eu le regard méchant. Il se laissait pousser la barbe, plus par paresse de se laver que pour faire beau. Sa barbe, touffue et épaisse, était sale.

Elle retenait la poussière rouge de la terre. Sur la tête, il portait toujours la même « Taguia ». Il dormait avec et, comme il se lavait rarement, il ne l'enlevait presque jamais. C'était un homme envieux et triste. Mon père disait que « ce frère était une erreur », surtout depuis son mariage avec une étrangère, pas une chrétienne, mais une femme d'un autre village. Ce fut elle qui introduisit la discorde dans la famille, ne respectant ni les personnes âgées ni les coutumes de la tribu. Je suis sûre que ce fut sur son instigation que mon oncle me battit. Je ne cherche pas à le disculper, mais il ne faisait rien sans l'assentiment de son épouse, qui lui reprochait tout le temps sa faiblesse de caractère. A défaut de tempérament, il avait de la méchanceté. On disait qu'il avait un cœur noir, et sa femme une langue de vipère. C'était peut-être à cause de tout cela qu'ils n'arrivaient pas à avoir d'enfants. Mon grand-père les avait maudits sur son lit de mort. Il avait dit : « Je m'en vais, le cœur serré, pas parce que la mort me fait peur, mais parce que je laisse derrière moi un fils indigne, un homme sans courage, sans bonté, complètement aux ordres de sa femme, cette étrangère qui n'est même pas capable de lui donner un fils. Elle a injurié notre terre et nos biens. Nous ne possédons pas grand-chose, mais cela suffit pour vivre. Dès qu'elle est arrivée, elle a commencé à parler de misère et de pauvreté. Avec elle les problèmes sont arrivés. Elle nous fut apportée au village par la sécheresse. Au lieu de la répudier et de la renvoyer à son lieu d'origine, mon imbécile de fils s'est accroché à elle et a avalé toutes les potions de sorcellerie qu'elle amena avec elle. La sorcellerie est contre la religion. Mon fils a trahi et sa famille et sa religion. Je pars attristé, souhaitant être rejoint le plus tôt possible par ce couple, en ce vendredi où le ciel nous écoute. »

Il mourut la nuit, dans son sommeil. Quelques jours après, un homme du village apporta à mon père une convocation pour se présenter à Imiltanout où il devait subir un examen médical. C'était le signe que son dossier pour partir à l'étranger était accepté. En une semaine, tous les papiers étaient prêts. Mon père eut un passeport et un contrat de travail. Il nous montra ce livret vert tant désiré et cette feuille grise où il y avait sa photo. Il était ému et inquiet. Je montai sur la colline et regardai tout autour : il n'y avait rien sur la terre, rien que des pierres et quelques touffes de mauvaise herbe. La sécheresse était une malédiction. Au loin, je voyais les montagnes. Elles étaient nues. Plus de neige. Au moins à leur pied il y avait un peu de verdure. Les plus chanceux réussissaient à y amener leur bétail. Nous, nous nous contentions du foin en réserve. Il n'y avait rien à regretter dans cette terre maudite où plus rien ne pousse. Le ciel le savait, mais restait indifférent à notre malheur.

24

Vingt ans ont passé, et toujours la même terre, le même horizon, les mêmes questions. La terre, étendue à perte de vue, ne présente aucune ambiguïté. Elle est plate. Sèche et nue. Une piste creusée par les charrettes la sillonne en son milieu et va jusqu'à l'infini, jusqu'au ciel. Cette piste est le point de mire des enfants qui attendent : tantôt c'est la camionnette de l'épicier ambulant qui s'annonce par des nuages de poussière, tantôt c'est le taxi qui ramène un père parti à l'étranger.

Je connais cette piste comme si je l'avais tracée moi-même. J'ai passé des journées entières à l'observer du haut de notre terrasse. C'était l'époque où mon oncle me maltraitait. Je n'avais personne à qui parler, à qui me plaindre. Ma mère était assez malheureuse pour ne pas rapporter à mon père ce que faisait son frère. Elle aussi passait son temps à attendre mon père. Surtout pas de conflit avec le frère de son mari, ni avec l'étrangère. Alors je m'adressais à la piste, qui devenait sous mes yeux une route large et belle. La lumière y faisait dérouler des mirages, des miroirs où se reflétait le ciel, des caravanes qui ne cessaient d'avancer sans jamais atteindre notre douar, des voitures roulant à toute vitesse en faisant de la musique ; j'y voyais aussi une mer, un port et des bateaux. Cette piste était plus qu'une route, plus qu'un chemin rocailleux ; c'était ma passion, territoire où devaient atterrir mes rêves.

Pour ma mère, elle était une blessure et aussi une délivrance. Elle ne la regardait pas, ayant peur des illusions. Pourtant, un soir, je l'ai surprise en train de la fixer et de lui parler comme si c'était une porte, la porte d'un saint, la porte d'une espérance qui devait s'ouvrir. Elle lui disait : « Toi qui t'es ouverte devant les pas de mon homme, toi qui l'as emmené loin de moi et de ses enfants, quand me le rendras-tu ? Quand verrai-je le joli nuage de poussière qui annonce une visite ? Quand viendra-t-il nous délivrer de cet enfer plat où rien ne bouge ? Je suis jeune et seule. Mes enfants ne savent plus quoi inventer pour remplir le temps. Ils jouent à présent avec des scorpions et des serpents. C'est dangereux. La vie est immobile. Le ciel est immobile. La montagne du fond est immobile. Seul le vent fouette de temps en temps mes insomnies et leur donne des ailes. Ô mon homme ! J'essaie de te rejoindre là où tu es et je m'égare en route. Je t'imagine sans connaître ce pays où tu travailles. Je te vois sous un soleil éteint. Je t'entends, même si je ne distingue pas ce que tu me dis. Reviens. Reviens vite ! »

– Avec qui parles-tu ?

– Je parle seule... Je priais...

– Tu crois qu'il reviendra bientôt ?

– Pas avant l'été. Allons à présent dormir.

Cette nuit-là, je ne dormis pas. J'étais trop excitée et je savais que quelque chose allait se passer. Tôt le matin, je me mis à observer la piste. Je fus la première à voir le nuage de poussière s'approcher de chez nous. Je réveillai ma mère. Tous les enfants s'étaient installés sur la colline et attendaient. Ce n'était pas un mirage. Ce ne pouvait pas être la camionnette de l'épicier ; ce n'était ni le jour ni l'heure. On écarquillait les yeux pour mieux voir. Le nuage grossissait et on n'arrivait pas à repérer si c'était un vélo ou une voiture. C'était une charrette qui avançait lentement. Mon père arrivait toujours en taxi. Jamais sur une charrette. Tout d'un coup, on vit mon oncle sortir de la maison et faire des gestes avec une canne en criant : « C'est ici, c'est ici la livraison. » Le conducteur ne répondit pas et continua à suivre la piste. Quand il s'arrêta devant la maison, les enfants l'entourèrent. Mon oncle les chassa en les menaçant de sa canne. Le vieux conducteur demanda une carafe d'eau avant de décharger deux caisses.

– Attention, on m'a dit que c'est fragile. J'ai évité autant que j'ai pu les grosses pierres et les crevasses. Il y en a pas mal sur cette piste. Dieu vous a oubliés, on dirait.

Sur une caisse, il y avait, dessinés, une flèche verticale sur un côté, sur l'autre un carré blanc. Mon oncle prit l'objet précieux dans ses bras et le déposa dans sa chambre. Sa femme était derrière la porte pour empêcher les curieux de voir ce que contenait le carton. Dans l'autre caisse, il y avait une bouteille de butane identique à celle qu'on avait pour faire la lumière le soir. Mon oncle passa la journée sur le toit pour installer autour d'un pieu ce qui devait être l'antenne. Durant trois jours, ni lui ni sa femme ne sortirent de

255

leur chambre. Ils devaient être devant la boîte magique où les images n'arrivaient que le soir. On sut plus tard qu'ils regardaient l'écran même quand il n'y avait pas d'image. Au bout d'une semaine, ils décidèrent de nous inviter à regarder.

Des images défilaient. Certaines parlaient en arabe, d'autres en français, aucune en notre langue. Nous nous regardions, ne comprenant rien du tout à ce qui se passait sur l'écran. Seule ma grand-mère osa poser la question à laquelle tout le monde pensait.

– Ça coûte combien ?

Il y eut un grand silence, puis son fils, sans la regarder, dit :

– C'est pas cher, pas vraiment...

Puis il s'adressa à sa femme en bégayant.

– C'est vrai, elle n'est pas neuve, donc pas chère...

Ma grand-mère se leva et dit, sans élever la voix :

– Ça coûte une vache... la vache que tu devais acheter... c'est tout.

Mon oncle arrêta le gaz et les images s'évanouirent.

Mon oncle a vieilli. Le visage est marqué. Le regard est vitreux. C'est le visage d'un homme contrarié. Sa femme se farde toujours exagérément. Elle a tout d'une « chikha », danseuse et chanteuse pour amuser les hommes. Quand elle parle, elle écarte les jambes et met les mains sur ses hanches, prête à se battre. Elle me fait toujours peur. Mais ce n'est plus la peur de l'enfant traqué par le monstre. C'est une peur tranquille qui ressemble à du dégoût. Quand elle me regarde, je sais que le malheur n'est pas loin. Elle et son mari occupent notre maison. Le petit jardin est négligé. Le pigeonnier est vide. L'étable est sale. Ce n'est plus notre maison. Mon père ne mettra pas son frère à la porte. Quand mes parents viennent ici, c'est toujours en été et ils restent peu de jours. La chaleur arrange bien les choses. Nous dormons tous en plein air, sur la terrasse ou sur la colline.

J'ai décidé de rester quelque temps ici. J'habiterai chez mon autre tante. C'est une femme bonne. Elle a mon âge et déjà cinq enfants. C'était une fille très jolie. A quinze ans, on la maria. Elle n'est pas malheureuse. Ses enfants sont beaux et en bonne santé. Elle travaille sans relâche. Pas le temps de penser. Je la regarde aller et venir dans la cour de la maison. Elle sourit tout le temps. Elle a un beau visage et des dents en or. C'est une habitude ici. Les dents en or et le parfum au clou de girofle. Avec la chaleur, cette odeur qui me rappelle mon enfance me suffoque. L'ennemi, à présent, ce n'est pas tant la chaleur qu'une nuée de mouches. Elles sont noires et petites. Elles piquent comme les moustiques. Je suis attaquée de partout. Je ne savais pas qu'elles pouvaient être si redoutables. Les enfants ne les chassent pas. Ils les laissent glisser sur leur visage sale, sur leurs pieds nus. Ils ne doivent pas sentir leurs piqûres. Les adultes non plus n'y font pas attention. Tout le monde me regarde gesticuler comme une folle. Les enfants rient et me disent : « C'est rien, rien que des mouches ! » Elles sont partout. Je les vois partout. Ni le pain ni la viande ne sont préservés. On dirait qu'elles sont immortelles. Elles arrivent de nulle part pour couvrir cette nudité massive et donner à la vie un peu de gêne.

D'ici, j'ai le souvenir du silence. Immense et naturel.

257

Comme la brume du matin, il descend de la montagne. Il arrive pour couvrir la nuit, puis lentement s'installe entre les rares objets qui traînent dans la cour : une jarre d'eau, une table basse, une bouteille de butane, une brouette pleine de foin, un carton plein d'écorces d'orange destinées à être séchées, un bout de miroir posé au bord de la fenêtre. Le silence vient buter sur ce bout de lumière avant de régner, paisible, sur l'infinie étendue. C'est lui qui amène la nuit, lorsque les animaux ne bougent plus, dorment debout, les yeux ouverts. On dit que la nuit tombe quand on voit s'allumer les lumières de la ville. Ici, point de lumière. La nuit arrive, et parfois on la laisse s'installer dans son épaisseur sans allumer une bougie. Moi aussi, je garde les yeux ouverts. Je n'ai pas sommeil. Je tiens à tout voir, à tout observer. Je regarde le ciel, je compte les étoiles, je compte les mots prononcés dans la journée, je les mélange, j'en fais des phrases sans sens ou bien une prière aussi simple qu'une larme.

De ce lieu oublié de Dieu et des hommes, les prières partent, atteignent à la rigueur le pied de la montagne, puis reviennent avec la poussière et le vent. Que de fois, m'a dit mon père, les hommes se sont réunis et ont lancé des appels au ciel pour un peu de pluie, pour un peu de clémence. Ils ont fini par comprendre que cela ne servait à rien, que personne ne les entend, surtout pas le ciel.

Ma grand-mère, que plus rien n'étonne, me dit : « Alors, tu es revenue ; je t'attendais. Les autres aussi attendaient, mais ils ne pouvaient pas savoir que par toi la délivrance devait arriver. Donne-moi ta main

258

droite, laisse-moi la regarder. Il va falloir la protéger, on va la couvrir de henné et on ne dira rien à personne. »

Elle me prit la main, la regarda longuement, la caressa puis l'embrassa comme si c'était un objet sacré. J'étais accroupie. Mes jambes tremblaient et mes yeux se remplissaient de larmes que mes cils retenaient. Je sentis revenir en moi l'enfance, telle une vieille amie qui s'était éloignée et que le hasard de la vie ramenait auprès de nous. Ce qui me submergeait n'était point ces journées sombres peuplées de haine et de rats. C'était plutôt le rêve de l'enfance, le désir de l'enfance heureuse avec un immense cerf-volant, haut dans la blancheur de la lumière, comme un nuage colorié par des enfants. A travers mes larmes retenues, tout scintillait, même les rares nuages perdus dans le ciel. Même les mouches devenaient de petites étoiles tourbillonnantes, un peu folles, happées par la haute lumière de cette journée exceptionnelle.

Femme et enfant, je commençais, face à la mère de ma mère, à avoir des certitudes : cette terre où je suis née est le plus beau lieu du monde. Cette beauté n'est visible nulle part. Cette terre nue, dépouillée de tout, sèche et sans espoir, ces maisons basses où la lumière se fait brutale, cette étendue de caillasse et de mirages, n'ont pas rendu tous les gens mauvais. Leur humanité est dans leur regard, dans le cœur discret, dans les rides profondes et régulières des visages qui ont toujours vécu ici et qui n'ont jamais vu autre chose que ces montagnes improbables au fond, à l'horizon mouvant. Cette beauté est un miracle puisé dans la nudité des choses, dans les silences des longues journées où rien n'arrive, où personne n'entre dans les cours des maisons pour annoncer une naissance, un mariage ou un décès. Cela, tout le monde le sait d'instinct. On n'a pas besoin du crieur public. On sait tout sur tout et on se tait. C'est la pudeur.

Il y a la mort. Mais elle ne s'attarde jamais dans ces lieux. Elle enlève tantôt un enfant, tantôt un vieillard. Les autres, elle les laisse en paix, sans même leur faire un signe, sans leur murmurer une petite musique grinçante. On ramasse le corps, on le lave et on l'enveloppe dans un drap blanc, puis on le dépose à même la terre en priant. Tout se passe très vite. On efface ce passage funeste et on continue comme si la vie était pleine de surprises. Tout reste à sa place. La mort n'est pas une offense. C'est une des certitudes écrites dans le Livre. Ma grand-mère ne sait pas lire, mais elle connaît par cœur des sourates entières du Coran. Elle les récite lentement, apprises de son père et répétées des milliers de fois. Tant de prières n'ont pas réussi à amener l'eau courante et l'électricité à ce désert de pierres, pas de médecin non plus, ni de camion sanitaire. A dix, à vingt kilomètres à la ronde, la même lassitude du ciel, les mêmes maisons en « tara », basses, écrasées par le soleil et couvertes de solitude, des scorpions vidés par la sécheresse, des scarabées sur le dos, un serpent mangé par des fourmis, des cailloux, des morceaux de bouteilles en plastique récupérées par les enfants pour composer une caravane dans le désert, une boule de foin venue de l'Est, une carcasse de poulet entre deux chiens faméliques, et le jour qui s'allonge et s'étend comme un drap lourd et infini.

Et ma grand-mère qui croit encore au trésor enterré

au pied de la montagne ou dans l'une des maisons du village. Elle croit aussi que je suis la fille désignée par l'ancêtre pour retrouver le trésor, grâce aux lignes particulières de ma main droite, lignes qui indiquent un chemin et un destin. Elle me dit que l'oncle qu'elle appelle « Cœur noir » a creusé partout, même dans le cimetière, à la recherche des pièces d'or, aidé par sa femme surnommée « Cœur de pierre ». Elle dit aussi que les deux cœurs sont faits pour s'entendre, mais que le sang qui y circule n'est pas humain ; il a été noirci par la haine et l'envie. « Donne-moi cette petite main si précieuse, me dit-elle ; elle est si fine, si longue et si belle ; laisse-la bien ouverte, le henné est chaud, je vais te dessiner un œil à l'intérieur d'un poisson, à l'intérieur d'une autre main aux cinq doigts bien distincts, et tout autour des étoiles pour que le ciel soit clément, pour que la pleine lune nous inonde de sa lumière et que ta main nous guide ; nous traverserons de larges espaces à pied, nous marcherons la nuit et nous nous reposerons le jour. Que Dieu te bénisse, ma petite-fille, notre mère à tous. »

Elle parle en levant les yeux au plafond. Les mouches ont envahi la pièce et au moins une dizaine se sont noyées dans le bol de henné. Je les regarde se débattre, puis sombrer au fond du bol, engluées dans une mort épaisse et chaude.

Ma main tendue, offerte, je ne disais rien, lorsque nos regards se croisèrent, elle me fit signe de baisser les yeux car l'instant était solennel et qu'il fallait le vivre dans la retenue et la pudeur. Par terre, des fourmis tiraient un scarabée mort. Elles avançaient en file droite, par deux. Sur la paume de ma main, un œil déjà, mal dessiné. Je ne voyais plus les fourmis. Tout ce qui était proche était flou. Je pensais à ce rêve d'une tribu hérité de mère en fille, de père en fils. Le trésor existe peut-être. Il fait partie de la mémoire de tous. Pour certains, il est dans la montagne, à deux jours et deux nuits de marche. Pour d'autres, il ne peut être que dans la tombe du saint Sidi Seltane, au bout de la piste qui mène vers Sebt M'zouda. Je me souviens du temps où ma mère m'emmenait à Sidi Seltane et où un homme s'était enchaîné après avoir dépecé et dispersé un renard tout autour du marabout. L'homme pleurait. On disait que le renard était son frère et que ses enfants n'étaient pas ses enfants. On disait beaucoup de choses. On les croyait, on faisait semblant de les croire. De toute façon, il n'y avait rien à faire. Il fallait bien s'occuper, inventer des histoires et y croire, surtout quand le crépuscule enveloppait la plaine et rendait toute rencontre douteuse.

Il y avait un vieil homme, grand par la taille, barbe et crâne rasés, qui savait tous les mots, tous les noms de villes et de pays, tous les rêves et tous les contes, et qui se taisait. Il était assis au seuil du marabout et regardait les gens passer. Ma mère m'apprit que c'était lui qui expliquait les rêves ; il faisait des dessins sur le sable rouge avec le bout de sa canne et disait quelques mots clés, rendant le rêve limpide ou compliqué. C'était souvent surprenant. Il disait presque à chacun après de longs silences : « Ces rêves sont aussi vieux que le monde ; ils ont dû traverser tant de nuits que lorsqu'ils arrivent jusqu'à moi, rapportés par vous, ils sont abîmés. Je dois les reconstituer, surtout que vous les racontez n'importe comment ; je devine le début et la fin, j'imagine, j'invente et je me trompe rarement. »

Il refusait de se faire payer. Les gens déposaient à ses pieds des fruits ou des poulets vivants. Il disait : « Ne vous donnez pas cette peine, vos rêves me suffisent amplement. Quand on me raconte un beau rêve, une belle histoire, je suis heureux. Cela m'aide à vivre les autres jours de la semaine. Ne me donnez pas d'argent ; racontez-moi de belles histoires, cela me suffit. »

Certains ont dit que le vieil homme était assis sur le trésor. Une nuit, un couple vint creuser à cet endroit. Ils furent surpris par le gardien du marabout. Ils prirent la fuite et on ne sut jamais qui ils étaient.

Ma main tremblait. La fatigue ou le manque de foi. J'y croyais un peu, mais je ne voulais pas choquer ma grand-mère et lui dire : « Il n'y a pas de trésor, il n'y a jamais eu de trésor ; c'est une histoire qui ressemble à l'os à ronger qu'on jette aux chiens. » Non, je ne pouvais pas parler ainsi à une vieille femme. De quel droit le faire ? Qui suis-je pour détruire une montagne d'illusions ? Je la laissais faire. Elle me disait : « Dans trois nuits, ce sera la pleine lune, nous partirons tous là-bas, nous te suivrons, tu suivras les lignes de ta main, ce sont elles qui te guideront. C'est ça que nous avons entendu depuis que nous étions enfants. Et pourquoi es-tu revenue ? N'est-ce pas que tu as été envoyée pour nous montrer le chemin et le lieu secret ? »

Comment lui dire que j'étais revenue par curiosité, pour vérifier certains souvenirs devenus pour moi des

263

images fixes dans un rêve tout blanc où il faut deviner les choses, des images lentes, quasi insignifiantes, mais qui chaque fois me donnent des sueurs froides, parce qu'elles sont accompagnées du bruit d'une respiration difficile, comme d'un enfant en train de s'étouffer sans pouvoir crier, appeler au secours ; des images enveloppées dans un drap blanc, un linceul évidemment, un brouillard, un morceau de ciel. Comment lui dire que je suis à présent une autre, une étrangère venue prendre des photos, observer ce qui a changé, constater que cette terre, ces pierres, ce pisé et ces figuiers ne correspondent même plus aux souvenirs d'une enfance qui me hante ? Me trouble à présent cette lenteur des gestes dans une résignation satisfaite ; mais je reste là, la main tendue, entourée d'enfants aux yeux malades, avec le nez qui coule et les mouches qui se posent sur leur crâne. Les hommes sont allés à Sebt M'zouda, c'est le jour du marché. Ils vont rentrer avant le coucher du soleil. Les femmes vont faire cuire le mouton dans le four, tout en préparant un couscous de blé concassé aux légumes. C'est un jour de fête. Comment l'aurais-je su avant ? Ma mère m'avait bien parlé d'une histoire de trésor et d'une fille désignée par l'ancêtre pour guider toute la tribu jusqu'au lieu où il avait été enterré. Je croyais que c'est une histoire qu'on raconte aux enfants, un conte pour donner de l'espoir aux gens du village. A présent, je suis là, ridicule avec mon appareil photo que je n'ai pas osé enlever de son boîtier. Cet objet noir intrigue les enfants. Je devrais peut-être le leur donner, leur dire ce que c'est et leur apprendre à s'en servir. Mais je ne peux pas bouger. Ma main a été enveloppée dans un morceau de turban de l'ancêtre. Le henné doit être protégé pour qu'il puisse s'imprimer dans la peau. On dirait que ma main est plâtrée. Je ris toute seule. Ma grand-mère réchauffe le henné pour l'autre main. Pendant au moins deux jours, je ne vais pas pouvoir me servir de mes mains. On me donnera à manger comme à un bébé. On me lavera. On m'habillera. Je vais devenir une petite chose précieuse. Depuis que mes mains sont enveloppées dans le tissu blanc, j'ai une grande envie d'écrire, de prendre des notes. J'observe tout et j'enregistre. Tous les détails m'intéressent. Au fond de la pièce sont entassés des sacs de blé, provision pour les temps difficiles. Sur le mur, une large fissure. Sur le bord de la fenêtre, on a déposé une théière, des verres et un pain de sucre enveloppé dans du papier bleu de Mauritanie et qui aurait – dit-on – des vertus contre la migraine et le vertige. Par terre, il n'y a pas de matelas, mais des tapis et des peaux de mouton. Le sol, recouvert d'une couche de ciment, est froid. Dehors l'air est chaud. Les mouches se sont déplacées vers la cour, là où se prépare le dîner. Les enfants montent sur l'échelle boiteuse. Ils n'ont pas peur de tomber. Et moi, je suis assise par terre, les mains lourdes posées sur mes jambes écartées, et j'attends.

Ils ont commencé à venir tôt le matin. Certains se sont habillés comme s'ils allaient à un mariage. Ils ont apporté des provisions qu'ils ont déposées au milieu de la cour pour le bonheur des mouches. Quelqu'un étala un drap sur tous ces présents et chassa les chiens à coups de pierres. Comme par hasard, le montreur de serpent arriva en même temps que des arrière-cousins.

On le chargea de s'occuper des enfants en les éloignant un peu de la maison. Ma grand-mère décida que tout devait se passer dans le calme et la sérénité. Pour le moment, je regardais tous ces gens dont j'avais oublié les visages et les noms. Je sentais monter en moi les premières douleurs de la migraine. Ce devait être le poids du henné dans les cheveux. Je me disais que mes cheveux s'étouffaient dans le henné. Il est vrai que j'avais du mal à respirer. C'était une impression, une sorte de folie provoquée par ce que je voyais et ressentais. Rien n'allait plus entre mon corps et ma tribu. Je vacillais, tout en étant assise. Si je m'évanouissais, qui s'en rendrait compte ? Cela me rappelait le jour de mon mariage. J'étais prisonnière de deux grosses femmes, professionnelles du protocole. Elles devaient m'assister, comme si j'étais une princesse. Elles faisaient semblant de le croire. Elles me disaient : « Gazelle, princesse, baisse les yeux, ne regarde pas en face, tu es couverte d'or et de diamants, tu dois rougir et même pleurer de bonheur lorsque ton homme viendra à côté de toi, ne le regarde pas, garde les yeux baissés, car tu es fille de la pudeur et de la vertu. Si tu t'évanouis, nous sommes là pour te ranimer. C'est bien, une fille qui s'évanouit, cela prouve son innocence et sa pureté. » Tout pesait sur moi, les habits neufs, les bijoux loués, le fard sur les paupières, la musique lancinante, la foule des curieux accourus de tout le quartier, mon mari tendu et triste, les chikhats qui faisaient semblant de danser tout en mâchant du chewing-gum, les deux grosses qui me serraient les bras jusqu'à me faire mal, les invités mal à l'aise, d'autres indifférents, mes parents dépassés et la chaleur étouffante qui finit par m'étourdir et me jeter par terre comme un fichu sale qui ne sert plus à rien. Et l'une des deux grosses qui me murmure à l'oreille, l'haleine pleine d'ail et de beurre rance : « C'est bien, ma fille, tombe, juste un peu, pas vraiment, il faut qu'on sente que tu es émue, que ce mariage te bouleverse et te rend nerveuse parce que tu vas enfreindre la règle ; ton mari n'est pas de ta tribu, ce pourrait être grave, mais pour le moment tout se passe bien, enfin même si tout le monde est contrarié, essaie de pleurer, pas pour regretter, mais pour traverser la rivière sans gué, tu vas te mouiller, ma petite, c'est toi qui l'as voulu, il faut aller jusqu'au bout, nous sommes là pour ça, pour t'accompagner jusqu'au matin, pour entendre, pour constater la satisfaction de ton homme, reste comme tu es, les yeux baissés, les yeux irrigués de larmes, les larmes de la honte et de la pudeur. Nous sommes payées pour exhiber le drap, tu sais bien que c'est ça qui importe... » Ce fut à ce moment précis que je m'écroulai, après avoir repoussé de toutes mes forces les deux grosses. Ma mère accourut et pleura en me serrant dans ses bras. Je vis le monde tourner autour de moi ; je m'absentai avec délice, disparaissant de cette fête où ni moi, ni mon mari, ni mes amis, ni mes parents n'étions heureux. Je me trouvai transportée par une brise du petit matin, assise seule sur le sable dans ma belle robe de mariée, face à la mer, face à un marabout tout blanc où veillait une femme noire. Elle me dit : « Viens, il est ici, il t'attend ; lui aussi s'est enfui, il est arrivé il n'y a pas longtemps ; il est beau ; enlève tous ces bijoux, on va les enterrer ici ; je vous laisse, soyez heureux ! » Mon mari était assis, la tête posée sur ses genoux. Il dormait ou rêvait. Sans le réveiller, je me glissai tout contre lui ; ses bras lentement m'entourèrent. Nos corps se mêlèrent et nous fîmes un rêve merveilleux dans le silence d'une belle lumière, au bord d'un rivage qui fumait sous une brume tiède, avec, juste derrière le sanctuaire, un dromadaire aux yeux trop brillants, crachant de temps en temps une flamme rouge et or. Ce fut une aurore pleine de couleurs et de chants mêlés. Une nuit excessive qui me laissa le souvenir du vent, la soif d'un corps, et une terre se débarrassant de ses pierres inutiles.

Me voici de nouveau pieds et mains liés à la tête d'un cortège de vieux et d'enfants chercheurs de trésor. Certains s'étaient munis de pioches et de pelles, d'autres avaient emporté de vieux sacs en plastique bleu-blanc-rouge appelés sacs-immigrés, d'autres enfin partaient les mains vides, mais récitaient le Coran à voix haute. On aurait dit un enterrement.

J'avais du mal à marcher ; trop de pierres sur la piste ; ma fatigue n'était pas due à un travail pénible accompli, elle venait de ce fardeau que je traînais derrière moi. Je regardais tous ces visages hantés par le secret et l'illusion. Un sentiment de pitié et de honte rendait mes pas lourds ou hésitants. Je marchais quand même, espérant entendre une voix sage s'élever dans la nuit pour ramener ce troupeau de pauvres gens à leurs baraques.

Arrivés au village où se tient le grand marché tous les samedis, nous nous arrêtâmes pour nous reposer et mieux nous organiser. Une journée pour faire à peine la moitié du chemin. On nous servit du thé et du pain.

Il fallait reprendre la route avant la tombée de la nuit. J'étais assise sur une caisse de Coca-Cola et je regardais le ciel, dont le fond était balayé par des arrivées de couleurs successives allant du rouge pâle au mauve et au bleu mélangé par endroits à du jaune. Je préférais poser mes yeux sur cet enchantement de couleurs furtives plutôt que de faire attention à l'agitation autour de moi. Je ne rêvais pas ; je m'absentais. Toute petite, j'avais cette faculté de me soustraire à un lieu ou à une situation. Cela ne durait pas longtemps, mais cette absence m'aidait ensuite à supporter les gens et leurs bavardages.

Au moment où le ciel fut inondé d'étoiles, quelqu'un vint vers moi et me dit :

– Ta jument est prête.

25

Je ne pensais plus au trésor ni à la caravane derrière moi. Je pensais à l'amour. J'étais venue revoir mon village, non pas pour constater ce qui y avait changé depuis mon départ, mais pour comprendre pourquoi je n'arrivais pas à aimer sans provoquer de drames. H., mon homme, dit toujours que chez moi « la nature prend le pas sur la culture ». « Pensée de sociologue attardé ! » lui répliquais-je. Il avait des explications à tout, même à ce qu'il ne pouvait pas comprendre.

J'avais besoin de retourner à mon « bled », comme il dit. Au lieu de me retrouver dans la solitude et le dépaysement pour réfléchir, pour penser à l'avenir de l'amour, puis revenir à ma maison avec une ou plusieurs propositions de vie sans drames, me voici à présent sur une belle jument, les mains emmitouflées dans plusieurs couches de tissu, à la tête d'une cinquantaine d'hommes et de femmes décidés à creuser jusqu'à découvrir le coffre plein de pièces d'or.

La nuit était belle, calme et fraîche. Le silence avait quelque chose d'inquiétant. Il précédait un grand événement, peut-être une désillusion, une immense déception.

Je revois le visage creusé de mon homme me disant :
« En amour, il suffit de si peu pour basculer. » Notre
couple était porté par un amour bizarre. Ça basculait
plus souvent dans l'agacement, la crise de nerfs, les
mots dangereux qui dépassent la pensée, les défis et le
rapport de forces, que dans la tendresse, les silences
heureux, les mots choisis pour être murmurés. Il faut
dire que nos différences étaient inconciliables. Nous
ne regardions jamais la même chose en même temps.
Non seulement nos regards divergeaient, mais nos
idées s'opposaient sur tout. Ça commençait par un
petit rien, un détail du genre un encrier que j'oubliais
de fermer et qui comme par hasard se renversait sur
ses cahiers ; ou alors on passait tout de suite aux
grandes et graves questions métaphysiques. Nous
n'avions pas les mêmes angoisses. Lui, obsédé par la
mort et le temps qui passe ; moi, insouciante, ayant
tendance à tout dédramatiser, même et surtout la
mort. Il aurait voulu me coller ses angoisses d'homme
occidental pour qui tout est affaire de principe, de loi
et de droit. Je suis douée pour énerver les gens qui
conduisent leur vie affective comme une ligue des
droits de l'homme. J'aime bien plaisanter, arriver en
retard à un rendez-vous ou à un dîner, courir dans le
hall d'un aéroport et rattraper l'avion. Lui, quand on
doit voyager, il se présente à la gare ou à l'aéroport
deux heures à l'avance. Il a peur de rater son train ou
son avion. Moi, j'aime bien défier le temps et ses
contraintes. La première chose dont il m'avait parlé,
quand je l'ai connu, c'était l'insomnie. Il a du mal à
dormir. Je n'ai jamais compris comment le sommeil
emporte certains sans problème et comment il nargue
d'autres pendant une bonne partie de la nuit. Moi,

je dors n'importe où, quand je veux et durant le temps que je veux. C'est vrai, nous n'avons pas les mêmes angoisses ou, pour être plus juste, l'un a des angoisses et l'autre pas. Comme je lui disais : « Tu en as pour deux ! » Aimer, est-ce connaître tout de l'autre et l'accepter, ou au contraire avoir l'illusion de tout savoir de l'autre et vouloir le changer ? Lui, prétend que je ne l'aime pas, parce que je ne le comprends pas. Je fais tout pour le contrarier, cela l'empêche de dormir sur ses deux oreilles. En le contrariant, je secoue ses années de solitude et d'égoïsme. Malheureusement il réagit mal. Il s'énerve, peste, crie, dit des mots grossiers, prend des calmants la nuit, écrit des lettres de rupture, se plaint et geint en permanence.

Le rythme de la jument me convenait bien pour réfléchir.

Avec la nuit et la situation assez étrange où je me trouvais, mes pensées s'accumulaient en se précisant.

J'ai l'impression d'avoir, sans vraiment le vouloir, piégé mon homme. Lui qui a toujours parlé et défendu le droit à la différence, lui qui a milité pour que la femme arabe, berbère, musulmane ne soit plus maltraitée par la loi des hommes, lui qui donne tant d'importance aux principes, il s'est trouvé face à une femme qui ne cesse de cultiver sa différence de classe, de race et de culture, qui revendique un statut d'égale à l'homme sur tous les plans et qui, en outre, ne reconnaît de principes que ceux qu'elle invente pour exister et trouver une place à côté de celui qui règne en faisant plus attention à ses angoisses qu'au désir d'évasion d'une femme vive et parfois cruelle.

Si l'être pouvait changer, serais-je aujourd'hui à la tête d'une bande de simplets croyant au miracle et au trésor ? Non, les mots dits sur tous les tons et dans tous les sens ne changent personne. C'est une illusion perfide. Ma prétention est aussi une perfidie : faire de cet homme égocentrique et angoissé un être éternellement amoureux. Il a peut-être raison quand il me dit : « Tu ne sais rien de l'amour ! » Que dois-je savoir ? Souffrir ? Apprendre à vivre l'absence, le manque et l'attente. Et pourquoi devrais-je passer par là ? Je ne suis tout de même pas face à un analphabète, comme les gens que je suis censée guider vers le trésor caché. Je sais ce qu'il veut, il me l'a clairement dit un jour ; il me veut les yeux baissés comme au temps où la parole de l'homme descendait du ciel sur la femme, tête et yeux baissés, n'ayant pas de parole à prononcer autre que : « Oui, mon Seigneur ! » Il appelle ça de la pudeur, moi je dis que c'est de la bassesse, de l'hypocrisie et de l'indignité. La pudeur, c'est regarder l'homme en face et confronter nos désirs et nos exigences. Si, aujourd'hui encore, l'homme monte sur le mulet et la femme suit à pied, si tout le monde trouve cela normal, pas moi. Cette nuit, je ne dis rien, parce que j'ai décidé de faire plaisir à une vieille femme, ma grand-mère. Elle croit ou feint de croire à cette histoire de trésor. A quoi bon lui enlever brutalement ses illusions ? Après tout, quand on vit dans ces villages nus, abandonnés de tous, je comprends qu'on rêve jusqu'à croire aux légendes dignes de figurer dans un livre de contes pour enfants.

Que de femmes ont parlé de cette nuit de pleine lune où la fille élue par le temps et la tribu allait sur un cheval blanc guider tout le village au lieu secret ! Voici cette fille ; elle somnole et pense à son homme laissé loin derrière elle, blessé par l'amour, captif de ses angoisses et de ses questions lancinantes sur la liberté, le droit, les principes, l'histoire, les racines, l'identité, la responsabilité, la maladie, la mort... bref, la vie vue du côté dramatique.

Comment aurait-il réagi, s'il était, non pas à ma place, mais à côté de moi dans cette expédition nocturne et incertaine ? Il aurait invoqué le droit au rêve pour ces gens humiliés par la pauvreté et qui n'ont que la religion et les superstitions pour compenser tant de manque. Il aurait été mal à l'aise, faisant des remarques sur l'hygiène, l'abondance des mouches, l'odeur forte des clous de girofle et la passivité séculaire comme une anesthésie générale vouée à une éternité rageante. Il n'aurait pas supporté tout ce manège et l'aurait exprimé par la mauvaise humeur et la migraine. Malgré tout, je me sens bien ici, avec les miens qui ne m'opposent aucune théorie, des gens simples, vivant simplement et mourant aussi simplement. Je n'ai jamais été en conflit avec mes racines. Je les retrouve avec naturel et je les respecte. Je les accepte. Voilà ce qu'il aurait voulu pour notre relation. Il aurait voulu être mes racines, et qu'en lui, avec lui, je me sente aussi bien que lorsque mes pieds foulent cette terre rouge et stérile, sans me poser trop de questions. Il a raison, quand il dit que je réagis souvent comme un animal, avec mes tripes, avec mes nerfs, jamais avec ma tête.

Peut-on aimer quand on n'a rien en commun ? Je me posais cette question pour la centième fois, quand un homme, une torche allumée à la main, dépassa ma jument et se mit à crier : « Allah Akbar ! » La jument s'arrêta et ne voulut plus avancer. Ma grand-mère vint vers moi et me dit : « Ça y est, nous sommes arrivés. A toi de nous guider à présent. Si la jument ne veut plus avancer, c'est le signe que nous ne sommes pas loin de l'endroit où est enterré le trésor. Descends, on va retirer le tissu autour de tes mains. Normalement, le henné a dû travailler les lignes de ta main droite ; elles nous indiqueront le chemin à suivre par rapport à l'emplacement de la lune. Tu vois comme elle est belle, ronde, pleine, brillante. La lune est avec nous ! »

26

Nos corps s'aimaient. Nos pensées s'ignoraient ou s'opposaient. Nos âges différaient, mais cela ne me gênait pas. Je pensais que l'amour, le grand, le véritable, était déjà là, dans son regard, dans ses gestes, dans son impatience. Je ne savais pas qu'il fallait le créer, le construire, comme si c'était une maison, une œuvre d'art. J'étais là et j'attendais que l'homme que j'ai choisi m'apportât la flamme pour éclairer mon âme. Quand il n'arrivait pas exactement comme je l'espérais, j'étais déçue et je devenais malheureuse. C'était de sa faute. Il devait deviner mes attentes et les combler comme dans un roman. Or, il m'a dit un jour : « La vie n'est pas un roman, elle est plus et mieux qu'un roman ; elle est plus imprévisible, plus folle et moins tendre qu'une histoire racontée dans un livre. Un roman trahit la vie, car n'importe qui peut l'ouvrir et commencer à le lire à partir du dernier chapitre. » Dans la vie, il existe pour chacun un dernier chapitre, on sait comment se termine une histoire, on connaît l'issue finale, mais personne ne peut dire quand, où et dans quelles conditions la fin se déroulera. Même si pour le musulman tout est écrit dans le ciel. Il m'arrivait de regarder longuement le ciel et d'espérer y lire des bribes de notre histoire.

Cette nuit aussi, tous les yeux sont levés vers le ciel. Ils attendent un signe d'une étoile ou de la lune même. L'homme à la torche m'éclaire pendant que ma grand-mère déroule la bande de tissu autour de ma main. Une tante est arrivée avec de l'encens. Elle tourne autour de nous en balançant l'encensoir de droite à gauche, balbutiant quelques prières. La jument est attachée à un arbre et boit dans un seau en plastique. Les autres se sont assis en rond et attendent.

Mes mains sont nues, les doigts sont ankylosés, je les bouge. Je sens mes mains devenir légères, comme des ailes. Je repense à l'époque où je rêvais de voler. La torche donne une lumière diffuse. Le henné a été entièrement absorbé par ma peau. Sur toute la paume de ma main, une tache noire a rendu les lignes illisibles. On dirait que le henné s'est transformé en goudron. Ma grand-mère poussa un cri de stupeur, puis se mit à crier :

– Mon Dieu, mon Dieu, fais que cette noirceur disparaisse de ces mains innocentes, donne-nous ta miséricorde et ta bénédiction. Nous sommes tes adorateurs, nous croyons en toi et nous disons que Sidna Mohammed est ton prophète...

Elle fut rejointe par quelques hommes âgés qui décidèrent d'égorger une vieille chamelle et de déposer sa tête sur le seuil du marabout. La vue du sang m'a toujours indisposée. Je regardais mes mains toutes noires et je riais en douce. Pour épargner la pauvre chamelle, je levai la main et leur interdis de la toucher :

– N'ajoutons pas un malheur à notre désarroi. Le

sang de la chamelle ne rendra pas les lignes de ma main plus visibles, même en considérant que je les trempe dans son sang chaud. Il faut attendre que le henné s'en aille. Il est cette nuit une couche de ténèbres faite pour nous égarer et pour rendre notre quête plus difficile. Un trésor doit se mériter. Vous avez attendu des décennies sans rien faire. Votre terre s'est appauvrie. Au lieu que l'herbe y pousse, ce sont des pierres qui surgissent. Je regarde ma main droite et j'arrive à y lire tout ce que je vous dis. Les lignes du destin, les lignes de vie et les lignes de chance se sont brouillées. Elles ne signifient plus rien. C'est un signe de cette nuit extraordinaire qui nous réunit. La lune a posé sa lumière sur mes mains et a avalé les lignes qui devaient indiquer le lieu secret du trésor.

Pendant que je parlais, des hommes se sont mis à creuser dans différents endroits autour du marabout. Ils creusaient avec énergie et violence. Certains pleuraient, d'autres criaient le nom d'Allah, tous étaient pris d'une grande frénésie. Ils étaient devenus fous. Ils se battaient entre eux. Certains s'évanouissaient, d'autres avaient leur crise d'épilepsie. Seules les femmes, rassemblées autour de moi, restèrent calmes. J'entendais quelques-unes pleurer en silence. Je continuais à parler et je sentais mon corps se secouer. On aurait dit que la terre bougeait. J'étais fatiguée. J'avais soif. Il n'y avait plus d'eau. Les lamentations des hommes, les pleurs des femmes, les cris de la chamelle, le bruit des pioches sur les pierres me donnèrent le vertige. Je me levai et essayai de marcher. Mes pieds étaient endoloris. Le henné les avait noircis aussi. Je voulais prendre l'air, échapper à ce vent d'hystérie collective, partir loin, très loin, en Australie par exemple. Je souris. C'est une expression de mon homme. Quand il veut disparaître, se cacher dans un territoire immense et très éloigné du Maroc et de la France, il évoque l'Australie. Il aime ce nom, mais il n'a jamais fait le voyage. S'il avait un jour appliqué ce qu'il disait, s'il s'était effectivement caché en Australie, peut-être l'aurais-je définitivement pris au sérieux.

L'homme à la torche me prit par le poignet et me tira violemment vers un groupe d'hommes qui creusaient avec les doigts. Certains avaient les mains en sang, ils continuaient à creuser. Quand ils me virent, ils s'arrêtèrent. L'un d'eux m'ordonna de montrer ma main. Il l'examina, en frotta la paume avec de la terre, cracha dedans, puis cria :

– Elle se moque de nous. Cette fille ne sait rien, elle est indigne, elle a été pervertie par les gens de là-bas, ça fait plus de vingt ans qu'elle est partie, elle a eu le temps de tout oublier. Je suis sûr qu'elle a vendu à un chrétien les plans du trésor... Elle nous a trahie... Une femme qui quitte le village est perdue pour nous. Même si elle revient, elle n'est plus la même.

J'avais mal au poignet. L'homme hurlait. Ma main était pleine de terre mélangée à ses crachats et au sang de mes doigts blessés.

Un autre, les yeux fermés par une espèce de moisissure congénitale, tendit vers moi ses deux mains sales et se mit à palper ma joue, puis mon épaule. Je me dégageai en poussant un cri.

– C'est bien ce que je pensais. Rien de bon ne peut venir d'une femme maigre. On a dû lui apprendre là-

280

bas que plus on est maigre, plus le poison qui tombe du nez est efficace. Car son nez est pointu. Il a été modelé par le poison.

Je n'écoutais plus ce qu'il disait. Je rentrai dans ma coquille en courbant le dos et, en faisant un petit effort de concentration, j'arrivai à ne plus rien entendre. Mon homme m'a reproché plusieurs fois ma minceur. Il ne disait pas « maigre », mais « mince ». Il trouvait que cela expliquait mon agressivité. Je ne m'en rendais pas compte. Ce qu'il appelle agressivité, c'est ma façon un peu brutale de dire la vérité. C'est vrai que je n'aime pas ménager mon homme. En amour, l'hypocrisie n'a pas de place. La vérité doit être dite, même si elle blesse. Dans mon esprit, je ne le blessais pas. Par amour, par exigence, je lui envoyais au visage tout ce que je pense, sans calcul, sans retenue. Je le reconnais aujourd'hui. J'ai plus d'une fois exagéré, et je ne me souviens pas de lui avoir fait des excuses. Il tenait beaucoup aux excuses. Je lui répondais : « Ce sont des formalités incompatibles avec l'amour et la vérité. » Il me manque terriblement. Surtout en cet instant où il aurait pu venir me délivrer des mains de ces hommes et femmes déchaînés. Ils m'ont attachée à l'arbre et se sont tous mis à creuser. Je suis donc prisonnière. Ils ne crient plus. Ils doivent être fatigués. Je cherche des yeux ma grand-mère. Je ne la vois pas. Elle est peut-être de l'autre côté du marabout. Je l'appelle. Personne ne me répond. J'appelle mon homme. Aucune voix ne me répond. J'essaie de me détacher. Je hurle. Personne ne se retourne ou ne se relève pour venir me libérer.

Je me souviens du jour où mon homme, après une discussion orageuse, prit son cartable et disparut pendant une semaine. Je m'étais demandé : Comment est-ce possible d'aimer quelqu'un avec autant de violence, jusqu'à la destruction ? Est-ce possible de continuer à se déchirer au nom de l'amour que ni lui ni moi n'arrivons à définir ? Lui disait : J'assume mes erreurs. Moi, je rétorquais : Si notre amour est une erreur, il vaut mieux en finir. Je ne comprenais pas : comment arrive-t-on à assumer ses erreurs ? Il doit y avoir une formule pour cela, une espèce de potion magique qui introduit dans l'organisme un produit qui aplanit les différences et qui installe un calme pour supporter l'insupportable. Cette potion, je l'ai découverte un jour. Je pensais que c'était un médicament, un calmant. Car je le voyais souvent avaler des cachets avant de dormir. Ce n'était qu'un pis-aller. Sa véritable potion, c'était sa création. Il écrivait de la poésie. Uniquement de la poésie. Souvent hermétique ou compliquée. Au début il me la faisait lire. Je ne comprenais pas grand-chose, en même temps je sentais que c'était l'expression d'une souffrance. Je ne disais rien ou alors je disais « C'est bien ! », ce qui revenait au même. Je me disais : Si un jour il me quittait, ce ne serait pas parce que nous sommes trop différents, mais parce que je n'entre pas dans sa citadelle. J'aurais aimé être initiée à la poésie, mais pas par lui ; la poésie à laquelle je suis sensible est celle de la vie, de la nature. Elle n'est pas dans les mots. Quand j'étais petite, je remplissais ma tête d'images. C'était ma façon de faire de la poésie.

Adossée à l'arbre, la tête penchée, je m'étais endormie. J'ai fait beaucoup de rêves. Je crois avoir vu mon homme creuser avec les autres, avec la même frénésie et la même folie. A lui tout seul, il a fait une grande fosse, il y a précipité ceux qui m'avaient attachée et les a recouverts de terre. Il les a enterrés vivants par amour pour moi ! Ça, c'est une preuve d'amour. C'est ce que j'attendais de lui depuis longtemps. Une preuve extraordinaire. Un geste exceptionnel.

En bougeant un peu, la corde autour des poignets se dénoua. J'étais libre. Je regardais mes mains. Il n'y avait plus de henné. Plus aucune trace. Les paumes de mes mains étaient propres et les lignes à leur place. J'aurais aimé les montrer à cet instant précis à mon professeur, M. Philippe De. Il m'aurait certainement raconté ce qui s'était passé cette nuit. Autour de moi, il n'y avait personne. Le marabout était fermé. Je marchais lentement à la recherche des pelles et des pioches. Je poussai la porte du marabout. Il faisait sombre. Je dis : « Il y a quelqu'un ? » Un homme ou une femme, emmitouflé dans un drap blanc – peut-être un linceul –, se leva et se mit à me mitrailler avec un appareil photo avec flash. J'avais les yeux éblouis. Je ne voyais pas bien. Il sautait d'un endroit à un autre avec agilité. J'avais peur. En reculant pour sortir, je butai contre lui. Il était derrière moi et continuait à prendre des photos. Je criai. Mon cri fit de l'écho. J'étais de nouveau prisonnière. Il se mit à me parler en berbère, en arabe et aussi en français. J'étais étonnée, car il me semblait reconnaître cette voix. Non, ce n'était pas celle de mon homme. Il était loin, dans une rencontre d'écrivains à San Francisco. Non, cette voix ne pouvait être que celle de Victor :

« Et les crapauds de toutes les villes se sont mis à danser sur mon ventre. Les plus gros pesaient sur ma poitrine pour m'empêcher de respirer. Les plus petits couvraient mon nez et ma bouche. Ensuite, ils se sont mis à danser toute la nuit, et moi, ligoté, le corps immergé dans l'eau sale du lac, je fermais les yeux en pensant que je dormais et que c'était un cauchemar. Quand je les ouvrais, je voyais toutes ces pattes courtes sautiller sur la poitrine et le ventre. Depuis j'ai appris à sautiller. Il suffit de bien plier les jambes et de s'élancer sans penser à rien. Malheureusement, moi je pense. Je pense trop et c'est ce qui finira par précipiter ma perte. J'ai cru que mon heure était arrivée, que la nuit des crapauds allait être éternelle. Heureusement que j'ai été repêché de justesse par des hommes et des femmes qui rentraient le matin après avoir passé la soirée et la nuit à creuser. Quel courage ! Je sais qu'ils reviendront ce soir. Ils sont décidés à creuser jusqu'à ce que l'eau jaillisse du puits. Les hommes s'occupent à trouver les puits ; les femmes tracent les sillons par lesquels l'eau passera pour arriver au village et à la grande citerne. Ils ont attendu des années que le gouvernement leur installe l'eau. Les installations ne sont pas loin, à peine une dizaine de kilomètres du village. A présent ils savent que s'ils veulent de l'eau, il faut aller la chercher. Ils creuseront jusqu'à la fin des temps s'il le faut. Ensuite ils se battront pour la préserver, pour qu'aucun salopard ne vienne avec ses machines la détourner et irriguer ses champs en toute impunité. S'ils gagnent la bataille de l'eau, ils auront gagné la vie, la leur et celle de leurs enfants. Et moi, enchaîné dans la boue, je gigotais et me débattais avec des crapauds, là où tu m'as abandonné. Je t'avais suivie. Puis quelqu'un m'a arrêté, pas loin de ton village, et m'a jeté dans une flaque d'eau après m'avoir ligoté. C'est quelqu'un qui venait de ta part. Heureusement que j'ai été libéré par ces braves gens. Pendant ce temps-là, toi, tu te promenais avec ton appareil photo comme une touriste. Quelle impudeur ! Il faut sortir à présent de ta léthargie, cesser de penser que tu as toujours raison, cesser de prendre tes rêveries pour la réalité, même si la réalité de ce pays est plus forte, plus folle et plus imprévisible que toutes les rêveries du monde. Reviens sur terre. Laisse tes pieds s'imprégner durablement de la beauté et de la gravité de cette terre qui ne cesse de travailler et de nous étonner. Les ancêtres avaient raison ; ils avaient prévu qu'un jour la terre du village risquerait de mourir sous la sécheresse du ciel et des hommes. Alors ils savaient qu'il y avait des puits, pas forcément sous vos baraques, mais un peu plus loin. Ils parlèrent alors de trésor. Tout le monde a pensé à l'or et à l'argent. Personne n'a pensé à quelque chose de plus précieux, l'eau, simplement l'eau. C'est en creusant qu'ils ont compris. Plus ils déterraient les pierres, et plus la terre devenait humide. Ils reviendront toutes les nuits, jusqu'à ce qu'ils soient éclaboussés par une eau profonde, froide et pure. C'est l'or qui a la pureté de l'eau, non le contraire. A présent, je me sens utile. Je ne suis plus une chimère, un personnage de tes fantaisies, un être de papier. Je vais me mettre au service de ces gens. Je vais creuser avec eux. Ma place sera là, auprès d'eux. Ils sont simples et sans prétention. Ce n'est pas de leur faute s'ils ont nourri quelques illusions. Quant à toi, fais ce que tu veux. Tiens, reprends ton appareil photo, fige ta tribu dans des images. Ils ne t'en voudront pas. Ils sont au-delà de ça. Il vaut mieux que tu repartes là-bas ; je ne sais pas si ton homme t'attend. Je sais que tu l'as usé. A-t-il eu la force de s'en aller ? Je l'ignore. Tu connais l'histoire du naïf qui a cuisiné un plat très raffiné au gingembre et l'a offert à l'âne. Celui-ci l'a avalé comme si c'était une poignée de foin. C'est de là qu'est venu le dicton : " Que comprend l'âne au gingembre ? " Le trésor, le tien, tu l'as eu entre les mains et tu l'as saccagé ! Aujourd'hui, ton homme n'est plus un poète. C'est un scribe, en lui tout est éteint, son âme comme la lumière de ses yeux. C'est un héros : il a défié tout le monde et a voulu concilier l'inconciliable. Il n'est pas le premier à avoir voulu réunir deux univers faits pour s'opposer. C'est un poète et un conteur. C'est sa folie qui m'a le plus rapproché de lui. Sa folie et sa douleur. Adieu, petite fille qui as grandi quand il fallait être enfant et qui t'es comportée comme une gamine quand il fallait être adulte. Adieu, je t'aimais bien. J'aimais ton courage, ton obstination, ton imagination et tes rêves ! Prends à présent le temps de réfléchir et d'agir. »

27

— Tiens, mange des amandes amères.

L'enfant qui me tendait la main pleine d'amandes fraîches avait les yeux malades. Je pris un mouchoir propre et les nettoyai.

— Si on ne trouve pas d'eau, m'emmèneras-tu avec toi ?

— Où veux-tu aller ? lui demandai-je.

— Là où tu iras.

— Et l'école ?

Il se mit à réciter la première sourate du Coran, puis enchaîna avec la suivante. Comme j'avais l'air incrédule, il voulut m'étonner et les récita à l'envers, commençant par le dernier verset. Je lui dis que c'est un blasphème. Il répondit :

— Non, le blasphème, c'est de rester ici à faire des concours de vitesse dans la récitation du Coran.

Le long discours de Victor m'avait abrutie. J'étais perdue et ne comprenais plus où j'étais ni ce qui m'arrivait. Je mangeai alors les amandes. Certaines étaient amères. J'avais besoin d'un café. Ici on ne boit que du thé. Je cherchai des yeux l'homme qui me parlait et prétendait être Victor. Je ne le trouvai pas. Je demandai à l'enfant :

– As-tu vu un homme, petit de taille, enveloppé dans un drap blanc ?

– Je veux une photo, pas tout seul, une photo avec toi... et je te dirai.

Il n'y avait personne autour de nous pour prendre une photo. Je posai l'appareil sur un figuier de Barbarie et me mis à côté de l'enfant. Le système automatique se déclencha et l'enfant, heureux, me prit la main.

– Quand est-ce que j'aurai la photo ?

– Je te l'enverrai, c'est promis.

– Tu me l'enverras si l'eau ne jaillit pas du sous-sol. Sans eau, nous serons obligés de partir comme toi, comme tes parents.

– Alors, ce bonhomme, tu l'as vu ?

– En vérité, il n'y avait pas de bonhomme. Il n'y avait personne dans le marabout. Au lever du soleil, ceux qui creusaient s'arrêtèrent et partirent au village pour dormir. Toi, tu t'es endormie sous un arbre. J'ai vu une vieille femme essayer de te réveiller. Tu avais les yeux ouverts, mais tu dormais. Elle t'a laissée et m'a demandé de te garder. C'est elle qui m'a donné les amandes pour toi. Voilà toute la vérité. Alors, on rentre ?

– Oui, on rentre.

– Il faut faire vite, parce que le soleil va bientôt devenir insupportable.

Je marchais en regardant par terre, essayant de me souvenir de la veille et de la nuit. L'enfant me serrait la main. Il me ramenait au bercail. Il était fier. Je pensais m'être débarrassée de Victor. Voilà qu'il refait surface et me tourmente de nouveau. Le retour au pays

288

ne m'avait pas totalement guérie. J'étais encore aux prises avec des ombres qui me poursuivaient. Un jour, après une discussion où je l'avais beaucoup énervé, mon homme me dit calmement et après avoir réfléchi : « Ma pauvre amie, tu n'as pas de sur-moi ! » Il disait cela avec une petite satisfaction, comme si un miracle s'était produit, rendant tout ce qui était obscur clair, simple ce qui était compliqué. Enfin il avait trouvé la clé de nos différends, de mon comportement agaçant et de ses emportements coléreux. Il était manifestement content de sa découverte. Il pouvait me mettre dans une case et tout expliquer à partir de là. C'était commode. Cette histoire de « sur-moi » l'avait calmé. Il ne réagissait plus avec violence comme avant. Je sentais que je devenais pour lui un sujet d'analyse, un cas à étudier. Il m'exposa la théorie du déracinement, de l'absence de repères. Je l'écoutai en souriant. « Après tout, lui avais-je dit, si cela arrange nos difficultés, admettons que je n'ai pas de sur-moi ; mes parents ont oublié de me le transmettre dans le lait, et toi, à présent, tu vas réparer les manques de mon éducation. » Je disais ça pour le provoquer. Il s'énerva et tout repartit comme avant. Depuis, on n'a plus jamais parlé de cette histoire.

En arrivant au village, le soleil s'était déjà levé. Les enfants jouaient avec un chaton mort. Ils se le jetaient les uns sur les autres comme un ballon mou. Cela les amusait beaucoup. Une nuée de mouches accompagnait le petit animal. Je m'arrêtai sur un monticule et vis ce lieu pour la première fois tel qu'il était : un lieu de désolation absolue où un chat mort donnait de la joie à des enfants aux yeux malades. Apparemment, hommes et femmes dormaient. Dans un coin, pelles et pioches étaient déposées. Mon accompagnateur avait rejoint les gosses et donnait des coups de pied dans le ventre du chaton. Je crus un moment entendre un cri de l'animal comme s'il était encore vivant. Malgré le soleil qui tapait fort, je m'assis et me mis à pleurer. J'avais une envie terrible de descendre et de me mêler à ces gosses sales. Je voulais, moi aussi, saisir le chaton par la queue et le balancer en l'air. Je pleurais parce que j'avais compris que mon enfance remontait en moi comme une fièvre soudaine mais familière. Profitant d'une seconde d'inattention, deux chats noirs ramassèrent leur petit et s'enfuirent loin dans la plaine. Les enfants, pris de court, se regardèrent, étonnés, et ne comprirent pas pourquoi on les avait privés de leur ballon. Mes larmes coulaient de plus en plus. Un des enfants se précipita vers moi et m'arracha l'appareil photo. Ils se le passèrent et le démontèrent. Chacun avait pris un morceau. Je ne disais rien et laissais faire. « Pourvu qu'ils trouvent de l'eau, sinon ils deviendront fous, ils seront enragés, fous et enragés, ils descendront à Marrakech ou à Agadir et casseront tout, pourvu qu'ils trouvent de l'eau... » Je quittai le village sans me retourner. Je serrais contre moi mon sac contenant le passeport, le billet d'avion et un peu d'argent. Je marchais vite. Je ne savais plus si mon visage était baigné de larmes ou de sueur. Je transpirais. Je me mis à presser le pas puis à courir. Il fallait quitter au plus vite ce territoire maudit. J'avais besoin de voir mon homme, de me blottir dans ses bras et de pleurer en silence. Je revoyais notre maison de Paris, la neige sur la Seine, le visage doux de mon homme. Je

me répétais : « Pourvu qu'ils trouvent de l'eau...
Pourvu qu'il m'attende... Pourvu qu'ils trouvent de
l'eau... Pourvu qu'il soit à la maison... Sinon nous
deviendrons tous fous... Cette histoire de trésor caché
au pied de la montagne est vraie. Ce n'est pas une
légende. »

Après deux heures de marche, j'arrivai à la route
menant à Imiltanout, puis à Marrakech. Le car partait
vers cinq heures de l'après-midi. Je devais attendre
toute la journée. Je m'assis sur une caisse de Coca-
Cola à l'entrée d'un magasin qui vendait tout, ali-
mentation, engrais, blouses, machines agricoles, gaz
butane, téléviseurs, cordes, charbon... Je cherchais des
yeux ce qui manquait : il n'y avait plus de pelles ni de
pioches. Deux hommes, assez vieux, jouaient aux
dames avec des capsules de Coca-Cola et de limonade
La Cigogne. Ils se parlaient tout en ayant les yeux fixés
sur le jeu :

– Tu sais, on demande des volontaires...

– Oui, le Mokadem est venu m'en parler ce matin.

– Pourvu qu'ils trouvent de l'eau... sinon, ils nous
envahiront.

– Ça fait des années qu'il n'a pas plu là-bas.

– C'est un village maudit. Il a donné naissance à des
démons. C'est pour cela que tout le monde le quitte.

– Telle est l'époque.

– Telle est la vie.

– Certains sont comblés, d'autres sont affamés.

– Dieu l'a voulu ainsi.

– Dieu et les hommes...

– Attention, pas de confusion. Dieu n'affame pas.
Ce sont les hommes qui s'affament entre eux. Joue, on
ne va pas rester toute la journée sur cette partie.

– Oui, tu as raison. Pourvu que l'eau jaillisse... Et nos souvenirs s'en iront avec la fumée du matin...

– Ils monteront au ciel...

– Depuis le temps qu'on s'échange des souvenirs ! Dieu prolonge notre vie jusqu'à leur épuisement. Tu sais, le jour où nous n'aurons plus de souvenirs à nous raconter, je suis sûr que ce jour-là l'ange Gabriel se penchera sur nous et nous emmènera avec lui.

– A moins qu'on les invente...

– Mais c'est ce que nous faisons depuis longtemps. Tu crois que nos vies ont été si pleines que ça ?

– Il vaut mieux se raconter des histoires que d'abdiquer.

– Et même si nous abdiquions, qui s'en apercevrait ? Qui s'intéresserait à notre sort ? Nous n'aspirons à rien d'exceptionnel. Nous avons vécu simplement, je veux dire pauvrement, et il est tout à fait indiqué que nous quittions ce monde aussi modestement.

– Cette nuit est la nôtre !

– Si Dieu le veut !

– Oui, bien sûr. Nous creuserons, nous aussi. Il est fort probable que notre corps nous lâchera bien avant que l'eau ne jaillisse

– Ce sera une belle mort.

Le car arriva en bien mauvais état avec une heure de retard. Quand il s'arrêta, le graisseur jeta par la portière plusieurs poules et coqs morts à cause de la chaleur. On vit aussi une jeune femme courir avec un bébé déshydraté. C'était la canicule faite de poussière, de bruit et de vent sec. Tout m'expulsait de ce pays. Je me sentais étrangère. Je regardais une dernière fois les deux vieux qui chargeaient leur mulet pour aller creuser, là où le trésor était enterré. Je les enviais presque d'avoir déjà vécu et de se préparer avec sérénité à mourir en se rendant utiles. J'avais envie d'aller vers eux et de leur baiser la main comme je faisais avec mon arrière-grand-père quand j'étais petite.

Je montai dans le car et fermai les yeux pour ne plus voir ce pays qui n'était plus le mien. Depuis ce matin, je réalisais peu à peu qu'un pays, c'est plus qu'une terre et des maisons. Un pays, c'est des visages, des pieds ancrés dans la terre, des souvenirs, des parfums d'enfance, un champ de rêves, un destin avec au bout un trésor caché au pied de la montagne.

Où trouverai-je ce pays ? J'aimerais tellement dire et croire que

> *Ma patrie est un visage*
> *une lueur essentielle*
> *une fontaine de source vive*
> *C'est une main émue*
> *qui attend le crépuscule*
> *pour se poser sur mon épaule...*

Mais je sentis venir le temps de l'incertitude et du sommeil difficile. Nulle brise ne vint faire de ce soir une cabane abandonnée au bord d'une plage ou d'un lac avec une porte entrouverte pour accueillir une âme fatiguée. Aucune lueur n'est apparue pour apaiser une conscience troublée. Nulle main n'est venue se poser sur mon épaule. J'étais arrivée insouciante comme une touriste. Je repars changée. La découverte des racines

293

est une épreuve difficile. Comment aurais-je pu en soupçonner la gravité ? J'ai grandi. Je ne suis plus une enfant émerveillée par la vie. Je suis sûre que mon homme est parti. Il m'avait prévenue. Je ne le croyais pas. Il m'avait encouragée à faire ce pèlerinage. Il devait savoir que ce choc allait me faire réfléchir mieux que tous les discours qu'il me tenait. Je découvre l'échec, et mes pleurs ne servent à rien.

Épilogue

Telle est l'histoire du trésor caché au pied de la montagne et dont le secret était porté par l'âme d'une petite fille qui allait grandir en enjambant le temps, déterminée à se battre et à vaincre parce qu'on ne lui a pas appris autre chose.

En rentrant à Paris, elle a trouvé la maison telle qu'elle l'avait laissée. Rien n'avait bougé. Son homme avait pris juste une valise et était parti. A côté du téléphone, une lettre.

Mon amour, [il s'adressait à elle toujours ainsi, même dans les pires moments]

Il faut, comme dit le philosophe, que le cœur se brise ou se bronze. Le mien n'est pas tout à fait brisé et ne pourra jamais atteindre la dureté du bronze. Le mien est las. Alors je m'en vais. Je te laisse enfin avec toi-même. Apprends la pudeur et l'humilité. Je sais que cette histoire des yeux baissés te fait rire. Ta vie, telle que tu me l'as racontée, m'a ému. Tes combats de fille d'immigrés m'ont plu. Je pensais que tu étais entre deux cultures, entre deux mondes, en fait tu es dans un

295

troisième lieu qui n'est ni ta terre natale ni ton pays d'adoption. J'ai eu l'audace de penser que je constituerais pour toi une patrie. Ce fut une erreur. Tu ne sais pas épargner la honte aux autres. Zina s'est tuée parce qu'elle avait honte d'elle-même, parce qu'elle a été souillée par une ordure. Je t'ai donné ce journal à lire sans intention précise. Peut-être y apprendras-tu que pour certains il est des vertus sans lesquelles la vie n'a plus de sens, plus de dignité. A trop nous opposer et nous déchirer, tu allais vaincre et triompher comme un animal. Tu vas avoir la victoire triste, et tes larmes pour une fois seront vraies et amères. A présent tu as tout le temps pour pleurer et peut-être apprendras-tu à vivre. Adieu mon amour. J'ai fait ce que j'ai pu. J'ai échoué.

Quelques jours plus tard, elle reçut une lettre du Maroc :

Mon amour,
Je t'écris sous un arbre face au puits. On vient juste de terminer sa construction. L'eau y est profonde. Le village est en fête. Les femmes travaillent plus que les hommes. Elles sont belles et dignes. Il m'a semblé t'apercevoir ce matin portant deux seaux d'eau. Tu aurais pu être cette jeune femme simple et heureuse qui, en me voyant, a baissé les yeux. La vie est en train de changer dans tout le village. Les autorités sont venues féliciter ceux qui ont creusé. Elles ont pro-

mis de leur installer l'électricité. Le village sera
sauvé. Le miracle a eu lieu. Le trésor trouvé
ennoblit la terre où les pierres vont être déterrées.
Je me suis lavé ce matin avec cette eau, très
froide et pure. Les hommes ont fait leurs ablutions avec l'eau du puits et ont prié en silence.
C'était beau et émouvant. Les visites se font plus
autour du puits qu'autour du marabout. Le saint
doit être content. Je vais rester ici quelques jours
pour me reposer et peut-être écrirai-je. Les gens
de ta famille n'ont pas compris pourquoi tu es
partie. Ils pensent que tu n'as pas supporté la chaleur. Ils m'ont dit qu'ils étaient fiers de toi, même
s'ils trouvent que tu as beaucoup changé. Les derniers jours, ils ont remarqué que tu pleurais
souvent et ils ne savaient pas pourquoi. Après la
fête, le travail sérieux va commencer. Ce sont des
gens très humains. Qu'as-tu fait de ces vertus si
belles et si nobles ? Tu as voulu, comme tu dis,
t'affirmer et t'imposer, comme si tu vivais avec
un homme qui t'aurait enfermée dans une cage. A
présent, le temps coule doucement entre toi et
moi. Je suis ici pour guérir et vivre. Avec ou sans
toi.

Cette histoire s'achève sur une autre qui commence.
Quand le soleil se lève, il bute de moins en moins sur
la caillasse blanche et sur les ronces grises. La terre a
été retournée par des mains heureuses. Elles ont
vaincu les légendes. Le partage des eaux est l'avenir de
ce destin ficelé aux pieds nus de ceux qui, enfin, sont

devenus travailleurs de la terre. Les vieux continue-
ront de s'échanger les souvenirs et de déceler les
rousseurs du ciel dans les yeux des jeunes filles qui
chantent.

Tanger et autres lieux,
août 1987-octobre 1990.

TRANSCODAGE : HÉRISSEY (ÉVREUX)
IMPRESSION : S.N. FIRMIN-DIDOT (2-91)
DÉPÔT LÉGAL : JANVIER 1991 — N° 12643-5 (17255)